아이네 클라이네
나흐트 무지크

아이네 클라이네 나흐트 무지크

이사카 고타로 연작소설
최고은 옮김

현대문학

韓国の読者のみなさんへ
決して特別ではない人たちの
少し特別な物語を楽んで
もらえれば　うれしいです。

한국 독자 여러분께서
결코 특별하지 않은 사람들의
조금 특별한 이야기를
즐겨 주시면 기쁘겠습니다.

차례

아이네 클라이네

アイネクライネ
《パピルス》 2007년 4월호

"요새 이런 설문 조사는 인터넷으로 하는 게 더 빠르고 간단하지 않나?"

눈앞의 중년 남자는 볼펜을 집더니 파일에 끼워진 설문지에 답하며 말했다.

"아픈 데를 찌르시네요." 나는 솔직히 대답했다. "저희도 평소에는 길거리에서 설문 조사를 하진 않습니다."

"역시 뭐든 인터넷이 최고라니까. 인터넷은 왜 안 쓰고?"

남자는 종이에 적힌 설문에 동그라미를 치며 물었다. 역 서쪽 출구에 있는 보행자 연결 통로에 서 있기를 30분, 설문에 응답해 준 이는 눈앞의 남자까지 포함해 두 명뿐이었다. 전도다난, 앞날이 불투명, 초장부터 패색이 짙었다.

"이렇게 나이나 직업 같은 걸 쓰라고 하면 거부감이 든단 말이야. 요새는 이런 것도 개인 정보로 치잖아."

"그건 잘 모르겠지만, 거기에는 대충 회사원이라고 적으시면 됩니다."

"그래도 영 꺼림칙하단 말이야……." 남자는 휘갈겨 쓰더니, 여기, 하고 파일을 내밀었다. "밤에 이런 식으로 설문 조사를 하는 선 난 저음 보네. 보통 낮에 하지 않나? 낮에는 뭐 한 거야?"

저기, 아저씨, 지금 심심하죠? 설문이 끝나고도 자리를 뜨지 않는 남자에게 무심코 그렇게 말할 뻔했지만, 꾹 참고 대답했다. "그렇죠, 처음 보시죠?" 야근비도 안 나와서 업무라기보다는 벌칙 같은 겁니다, 라고.

'시장조사'라는 말은 이미 시대에 뒤처진 미남처럼 겸연쩍은 느낌을 주었지만, 우리 회사의 업무 내용은 그렇게밖에 표현할 수 없었다. 의뢰를 받은 조사 내용에 맞춰 설문을 준비하고, 응답 표본을 모아 계산하고 통계를 낸다. 컵에 반쯤 든 물을 보고 '아직 반이나 남았네'라고도, '이제 반밖에 안 남았네'라고도 표현할 수 있듯, 정보나 통계는 보여 주는 방식에 따라 어떠한 근거로도 사용할 수 있었지만, 좌우지간 의뢰인의 의향에 맞춘 보고서를 작성했다.

최근의 시장조사 방법은 크게 둘로 나뉜다. 유행에 민감한 10대 여성에게 방과 후 서클 활동을 하듯 한곳에 모아 놓고 상품

과 이벤트에 대한 의견을 묻는 방법과, 인터넷을 활용하는 방법이었다. 우리 회사는 후자가 전문이었다.

길거리에서 설문 조사를 하는 낡아 빠진 수법보다 훨씬 효율적이었고 얻을 수 있는 표본 수도 비교가 되지 않았다. 의뢰 내용에 맞춰 계약한 회원에게 메일을 보내 사이트를 통해 응답을 입력하게 한다. 인터넷 넌 대체 뭐 하는 놈이냐고 따지고 싶을 정도로 효율적이고 손쉬운 방법이었다.

그런데 왜 지금 나는 비효율의 극치를 달리는 길거리 설문 조사를 하고 있는 거냐고?

답은 간단했다.

인터넷으로 수집한 데이터가 날아갔기 때문이었다.

물론 일반적으로 데이터는 그리 쉽게 사라지지 않는다. 데이터가 바로 회사의 근간이니, 정보는 매일 백업해서 보름마다 백업 테이프라는 매체에 기록한다. 테이프는 자물쇠가 달린 금고에 보관한다. 이중, 삼중으로 손을 쓰는 것이다.

그러면 왜 그 데이터가 날아갔느냐고?

그 역시 답은 간단했다.

아무리 엄중한 순서를 정해 시스템 보안을 유지해도, 그걸 조작하는 이가 잘못을 범하면 모두 허사로 돌아가는 까닭이었다.

물론 그런 일이 없도록 믿을 수 있고, 꼼꼼하며, 성실한 사원이 시스템 관리자에 임명된다.

하지만 세상에 완벽한 인간은 없는 법이다.

담당자는 30대 후반의 우수한 남자였다. 항상 냉정, 침착했고, 일처리도 성실했으며, 누구에게나 신임을 받는 성격이라 중요한 데이터를 관리하는 데 적임자라고 모두가 인정했지만, 그들 중 누구도 그의 아내가 돌연 딸을 데리고 집을 나가리라고는 예상하지 못했다.

그저께 늦은 밤, 서버의 펌웨어 복구 작업을 하던 그는 '잘 있어'라는 메시지 하나를 남기고 떠난 아내에게 정신이 팔려 있었다. 아마 마음 한구석에서는 자포자기했는지, 작업 중에 책상을 걷어차며 큰 소리로 아우성을 쳤다. 서버는 무거워서 굴러떨어지지 않았지만, 옆에 있던 선반이 쓰러지면서 서버 하드디스크가 물리적으로 파손됐다.

아, 옆에서 같이 작업하던 스물일곱 살짜리 후배 직원이 놀란 나머지 손을 뻗었지만, 때마침 들고 있던 캔 커피를 흘리는 바람에 직전에 백업해 두었던 테이프를 흠뻑 적셨다. 놀라서 옆에 있던 매뉴얼 위에다 캔을 올려 둔 탓에 거기에도 누렇고 둥그런 얼룩이 남았다.

아내가 도망간 선배 직원은 그러한 소동은 깡그리 무시한 채 그저 울부짖었고, 스물일곱 살의 후배 직원은 이 상황에 하얗게 질려 둘 다 한동안 꿈쩍도 하지 못했다.

시간이 한참 흐른 뒤, 후배 직원은 간신히 정신을 차렸다. 그게 바로 나였다. 나는 과장님에게 연락해 상황을 설명했다. 결국 다른 직원이 야밤에 불려 나와 뒷수습을 하게 되었다.

불행 중 다행으로 금고 안에 둔 백업 테이프가 있어서 데이터의 90퍼센트 정도를 복구할 수 있었다. 파손된 서버는 수리가 필요한 상황이었지만, 같은 기종의 다른 서버를 대여할 수 있다고 했다.

"그래도……." 과장님이 말했다. "회사에 피해를 끼친 건 분명한 사실이니, 상응하는 책임을 져야지. 서버 점검 중에 커피를 옆에다 놓아두면 어쩌자는 거야."

"놓아둔 게 아니라 들고 있었던 건데요."

"그게 더 문제야."

이리하여 나는 퇴근도 못 하고 수당도 안 나오는 설문 조사 작업을 하게 된 것이었다.

𝄞

"그럼 수고해."

설문에 응해 준 중년 남자가 드디어 떠났다.

그 뒷모습을 바라보며 시선을 돌렸다. 하늘은 옅은 쪽빛이었다. 날이 많이 쌀쌀해졌다. 코트가 필요했지만, 나는 없었다. 다양한 사람들이 통로를 오가고 있었다. 대부분 퇴근길의 회사원들이었지만, 교복을 입은 고등학생들도 드문드문 보였다.

눈앞을 지나가는 얇은 검은 코트 차림의 여자에게 "바쁘시겠지만 잠깐 시간 좀 내어 주십시오" 하고 말을 걸었다.

"제가 바빠서요."

여자는 나를 힐끗 보고서는 바로 가 버렸다. 나는 '죄송합니
다' 하고 우물거렸다.

아무리 일이라지만 사근사근한 태도로 다가가 정중히 말을
붙이고 무참하게 거절당하는 걸 반복하고 있으려니, 온 세상에
미움받는 기분이 들었다. 강인한 정신력이 필요했지만, 코트와
마찬가지로 나에게는 없었다. 한숨을 흘리며 손에 든 설문지를
물끄러미 보았다.

누구에게 말을 걸까. 타깃을 정하려고 지나가는 사람들을 훑
어보았다. 너 나 할 것 없이 나를 피하는 것처럼 보였다. 몰려다
니는 펭귄 무리처럼 수많은 사람들이 있었지만 모두 내 앞을 쌩
하니 지나쳤다.

후지마 선배 생각이 났다. 우수한 시스템 관리자였지만, 부인
의 가출로 정신이 나가 버린 그 유명한 선배. 그저께 있었던 소
동이 마무리되자, 후지마 선배는 어지간히 지쳤는지 여간해서
는 신청한 적 없었던 유급휴가를 내고 쉬고 있었다. 부인이 없
는 집에서 쉬는 게 훨씬 정신 건강에 좋지 않을 것 같았지만, 좌
우지간 나는 그런 선배 몫까지 열심히 해야겠다고 생각했다.

느닷없이 뒤에서 큰 소리가 났다. 돌아보자 역구내에 사람들
이 몰려 있었다. 스무 명쯤 되어 보이는 회사원들이 나를 등지
고 서 있었다. 그들의 정면, 머리 위를 보자 커다란 화면이 눈에

들어왔다.

복싱 시합이었다.

오늘 밤, 일본인 선수가 헤비급 타이틀매치에 도전한다고 했다. 많은 사람들이 전부터 고대하던 시합이라 우리 회사에서도 중계방송을 보려고 서둘러 퇴근한 직원들이 있었다. 그러고 보니 과장님도 그중 하나였다.

중계를 보는 사람들이 역 안에 있었다. 나는 밖이라 화면의 일부밖에 보이지 않았지만, 시합은 아직 시작하지 않은 것 같았다.

그로부터 20분 동안 열 명쯤 되는 사람들에게 말을 걸었지만 아무도 거들떠보지 않아서 기분은 더욱더 침울해졌다. 공손하게 헌팅을 하는 거라 여긴 건지, 아니면 수상한 상품을 팔려는 것으로 여겨졌는지는 모르겠지만, 대꾸해 주는 사람은 아무도 없었다.

정면에서 걸어온 여자는 작지도, 크지도 않은 체격이었다. 하나로 올려 묶은 머리가 어울렸지만, 수수한 회색 정장을 입고 고개를 숙인 채 걸어가고 있었다.

여자가 몇 미터 앞까지 걸어왔을 때, 나는 '바쁘신데 죄송합니다' 하고 불러 세웠다.

"네?"

걸음을 멈춘 여자를 보고 내심 안도의 한숨을 내쉬며 설문 취지와 우리 회사에 대한 설명을 간략하게 했다. 제발 도망가지 마라, 도망가지 마라, 하고 속으로 몇 번이고 되뇌었다.

이야기를 들은 여자는 "해 드릴게요" 하고 고개를 끄덕였다. 기꺼이 하겠다는 분위기는 아니었지만, 마지못한 표정도 아니었다.

지금까지 줄줄이 퇴짜만 맞았던 까닭에 이번에도 당연히 거절당할 줄 알았던 나는 "정말 괜찮으시겠습니까?" 하고 되물었다.

"네? 하면 안 되나요?"

"아닙니다, 정말 감사합니다."

여자가 설문지를 작성하는 동안 나는 우두커니 서 있었다. 기입 내용을 빤히 들여다볼 수도 없었고, 잡담을 할 수도 없었다. 줄곧 거부당하던 내가 드디어 누군가에게 받아들여졌다. 그런 안도감이 온몸을 뒤덮자 어깨를 짓누르던 힘도 약해졌다.

파일을 든 여자의 손을 보았다. 엄지손가락 아래, 손목 윗부분 피부에 '샴푸'라고 매직으로 적혀 있는 게 눈에 들어왔다. 딱히 무슨 생각이 있었던 건 아니었는데 무심코 "샴푸" 하고 소리 내어 읽었다.

"아." 여자는 자기 손목을 보며 작은 소리로 설명했다. "오늘 샴푸를 싸게 팔거든요. 잊어버릴까 봐서요." 창피해하는 게 아니라 담담한 목소리였다. 그 모습이 조금 우스웠다.

손에서 눈을 떼자 이번에는 가방에 눈이 갔다.

유명 브랜드의 큼지막한 로고가 달려 있었다. 비싸겠지. 안에는 휴대전화가 들어 있었는데, 생전 처음 보는 인형이 달려 있었다. 애니메이션의 등장인물인지, 우주 비행사 비슷하게 생긴 어설픈 생김새였다. 이런 게 유명한 캐릭터인가? 그럴 리가. 그런 생각을 하고 있는데 여자가 "여기, 직업란에는⋯⋯" 하고 설문지를 가리키며 물었다.

"아, 구체적으로 쓰지 않으셔도 됩니다. 회사원이나 학생 정도로요."

"지금 구직 중이라서요⋯⋯." 여자는 담담하게 말하더니 목언저리를 만졌다. 그 수수한 겉옷은 면접을 보려고 입은 걸까. 슬쩍 설문지에 적은 나이를 보니 나와 동갑이었다. 그러면 취업 준비 중인 학생일 리도 없을 텐데.

"아르바이트 같은 거 하십니까?"

"프리터라고 써도 되나요?"

여자가 물었다.

"그럼요, 상관없습니다."

여자는 반듯한 글씨로 프리터라고 쓰더니, "여기요" 하고 나에게 파일을 건넸다.

나는 감사 인사를 했다.

"계속 서서 일하는 거 힘들죠."

그녀는 위로의 말도, 잡담도 아닌 말을 건넸다.

"그렇죠." 갑작스러운 공격에 허를 찔린 나는 솔직한 심정을 흘렸지만, 이내 "물론 계속 앉아 있는 것도 힘들겠지만요"라고 덧붙였다. 자기가 하는 일이 제일 힘들다고 여기는 사람은 별로 좋아하지 않았다.

"아, 그렇죠."

"네."

여자는 딱히 웃지도 않았지만, 그렇다고 무뚝뚝하지도 않은 표정으로 고개를 까닥했다. 그리고 역 안으로 사라졌다.

그녀가 작성해 준 설문지를 가방 안에 넣고 힘내자, 하고 생각했다. 이렇게 조금씩 성과를 올리다 보면 어떻게든 되지 않을까. 그런 자신감이 생겼다. 어쩌면 방금 그 여자가 계기가 되어 앞으로 상황이 나아지지 않을까. 그런 안이한 생각까지 했는데, 놀랍게도 그 생각은 사실이 되었다.

지나가는 양복 차림의 남자에게 "설문 조사 좀 부탁드립니다"라고 하자 남자는 걸음을 멈췄다. "마침 시간이 남아서."

남자가 떠나자 타이밍 좋게 여자 두 명이 나타나 흔쾌히 조사에 응해 주었다.

그 뒤로도 전승까지는 아니었지만, 나름대로 순조로웠다. 일을 하다 보니 어느샌가 시간이 꽤 흘러간 뒤였다.

복싱 시합은 이렇게 됐을까. 그런 생각을 할 여유까지 생겼다.

역 안으로 고개를 돌렸다. 아까보다 사람들이 더 늘어나 있었고, 모두 흥분한 기색이었다. 그만큼 좋은 시합이었던 걸까.

나는 작성을 마친 설문지 묶음을 만져 보았다. 나름대로 거둔

성과에 만족했기 때문은 아니었지만 이 부근에서 잠깐 쉬어도 되겠다고 생각하며 입구를 지나 역 안으로 걸음을 옮겼다.

화면에서는 트렁크스 차림의 두 선수가 맞붙어 있었다.

역 안 출입구 옆에 기대 시합을 지켜보았다.

빨간 글러브를 낀 외국인 챔피언이 라이트 펀치를 날리자, 파란 글러브의 일본인 도전자가 몸을 젖혀 피했다. 역시 세계 헤비급 타이틀매치답게 두 선수 모두 건장한 체격이었고, 화면 자체도 커서 사방으로 튀는 땀이 나를 향해 날아오는 듯한 착각이 들 정도로 생동감 넘치는 시합이었다.

빨간 레프트 펀치가 아래에서 날카롭게 위를 찔렀고, 파란 글러브가 그 펀치를 팔로 막았다. 하지만 그도 잠시, 금세 파란 글러브가 챔피언의 안면을 노렸다. 챔피언은 머리를 낮추고 피했다. 반격했다. 피했다. 반격했다. 가드에 튕겨져 나갔다. 공격. 또다시 공격. 땀방울이 사방으로 튀었다.

그 체격에서는 상상할 수 없는 속도감 넘치는 움직임에 나도 모르게 빠져들었다.

화면을 올려다보는 사람들의 뒷모습도 긴장으로 굳어 있었다. 모두 넋 나간 사람처럼 눈도 깜빡이지 않고 시합을 지켜보고 있었다. 나라 곳곳에서 다양한 사람들이 저마다 다른 마음으로 이 시합을 지켜보고 있을까. 그런 생각을 하자 마치 장대한 드라마에 참가한 기분이 들었다. 이 시합의 결과가 일에 영향을 주는 사람도 있을 테고, 어쩌면 프러포즈를 할 용기를 얻기 위해 시합을 지켜보는 소심한 사람도 있을지 모른다.

선수의 움직임에 홀린 듯, 몸을 좌우로 흔드는 이도 여럿 있었다.

아까 그 여자가 보였다. 답답한 상황의 전환점이 되어 준, 명품 가방을 들고 샴푸를 살 예정의 그녀였다.

여자는 인파의 좌측 가장자리에서 고개를 젖힌 채 서 있었다. 아까 석문이 끝난 뒤로 꽤 시간이 지났으니, 시합을 보느라 집에 돌아가지 못한 건지도 모른다.

자세히 보니 두 손을 꼭 쥐고 있었다. 둘 사이의 거리는 상당히 떨어져 있었지만 나는 알 수 있었다. 그 주먹을 무의식적으로 흔들고 있다. 옆모습이 살짝 보였다.

라운드가 끝나기 직전, 챔피언이 링에 쓰러졌다. 도전자의 스트레이트 펀치를 턱에 맞은 것이다. 역 안에서 환호성이 터져 나왔다. 거의 파도가 너울거리는 듯한 웅성거림이었다. 대부분의 사람들이 만세를 불렀다.

시선 끝의 그녀도 순간 오른팔을 번쩍 들려고 했지만, 자신의 주먹을 보고 쑥스러운 표정을 짓더니 그대로 왼쪽 방향으로 사라졌다.

다음 주 일요일, 오랜만에 오다 가즈마의 집으로 놀러갔다. 오다 부부는 내 대학 동창이었다. 다른 친구의 결혼식 피로연을 앞두고, 뒤풀이를 어떻게 할 것인지 상의하기 위해 찾아간 것이었다. 사실 상의할 것이라고는 장소를 정하는 일밖에 없었기에 결국 우리가 나눈 이야기들은 태반이 잡담이었다.

"유미 너도 뒤풀이 갈 거야?"

나는 부엌에서 설거지를 하는 오다 유미에게 물었다.

"음, 가고는 싶은데……." 그녀는 웃으며 말했다. "애가 둘이나 있어서." 그녀는 거실 카펫에서 잠든 딸, 미오를 보았다.

오다 가즈마와 그녀가 결혼해서 함께 대학을 중퇴한 것은 스물두 살 때였다. 시간이 어찌나 빠른지 미오는 벌써 여섯 살이고, 내년에는 초등학교에 입학한다. 아이는 사랑스러운 표정으로 눈을 감고 있었다. 속눈썹이 길었다. 옆방 이불에는 작년에 태어난 갓난쟁이 아들이 잠들어 있었다.

"하나 마나 한 소리. 유미는 애들 봐야 한다니까." 앞에 앉은 가즈마는 당연하다는 듯 고개를 끄덕였다. "내가 우리 집 대표로 축하하고 오면 돼."

"나도 가끔은 술 한잔이 그리운데."

유미는 한숨을 내쉬더니 웃으며 말했다.

"애들이 있으니까 어렵겠지." 나는 카펫 위의 장식품으로 변

해 버린 미오를 보았다. 그리고 다시 유미를 바라보며 그 변함
없는 미모에 감탄했다. 시원한 눈매와 오똑한 코. 누가 그녀를
두 아이의 어머니라고 생각할까.

"아침에 아이들을 보육원에 데려다주고 회사에 갔다, 다시 보
육원으로 데리러 가. 매일이 그 반복이야. 아니면 병원. 병원에
왔다 갔다. 날마다 공기놀이를 하며 사는 기분이랄까, 숨 돌릴
틈이 없어. 가끔은 밤 나들이를 즐기고 싶은데 말이야."

유미는 농담조로 푸념을 했다.

"가끔은 괜찮지 않아?"

"나도 그러고 싶은데, 누구 씨가 전혀 도와주지 않는다니까."

"누구 씨?" 나는 가즈마를 가리켰지만 그는 아랑곳하지 않고
"당연하지" 하고 가슴을 폈다.

"뭐가 당연하다는 건지."

유미는 달관한 표정으로 말했다.

테이블 밑에 떨어져 있는 물건을 발견하고 나는 손을 뻗어 주
웠다. 디브이디 케이스였는데, 패키지에 당당하게 실린 여자의
나체를 보고 화들짝 놀라 떨어뜨릴 뻔했다. 어딜 봐도 성인 영
화였다.

"아, 저거 치우라고 했잖아." 부엌에서 나온 유미가 내 손에서
디브이디를 낚아채더니 선반 안쪽에 넣었다. "못살아, 생전 물
건을 치우는 법이 없어."

"당연하지."

"유미 너도 그런 영화 봐?"

"그럴 리가. 그보다 이 사람이 언제 그걸 보는지 미스터리라니까."

"당연하지."

"애들 교육상 좀 그렇지 않아?"

나는 빨간 잠옷을 입은 미오를 보며 말했다.

"교육에 좋지, 뭘. 여자 알몸이 얼마나 아름다운데." 가즈마는 천연덕스러운 표정으로 대답했다.

"그런 거야?"

"아니, 절대 아니야." 유미가 싸늘하게 말했다.

"괜찮아, 다들 청순 미녀니까." 오다 가즈마는 맥주 캔을 건넸다. 나는 맥주를 받으며 "그렇구나" 하고 수긍했다. "하드한 건 없구나."

"하드한 건 잘 숨겨 놨지."

"그럴 거면 전부 숨겨 놓든지."

"정말 못살아. 머릿속에 뭐가 들었는지 모르겠어."

유미는 한숨을 내쉬며 내 맞은편 소파, 가즈마 옆에 앉았다. 그리고 잠든 딸을 보며 마음이 놓인 듯 미소를 지었다. 그래, 역시 엄마구나. 새삼 그런 생각을 했다.

대학 시절, 오다 유미는…… 당시는 결혼 전이었으니 가토 유미였지만, 아무튼 동기 중에서는 꽤 인기가 있는 편이었다. 다른 여학생들보다 훨씬 매력적이었다.

대부분의 남자들은 유미와 사귀고 싶다는 욕망을 공공연히, 혹은 남몰래 키워 갔다. 나도 다른 남자들과 다를 바 없이 외모는 물론이거니와, 항상 조용하고 잘난 체하지 않고, 남을 얕잡아 보지 않는 그녀에게 호의를 가지고 있었지만, 실제로 남자 친구가 되고 싶었던 건 아니었다. 물론 이루어지면 행복할 테지만, 복권 1등에 당첨되기를 기대하는 것과 비슷한 비현실적인 꿈이었기에, 굳이 띠지자닌 그처 바라볼 뿐인 팬들 중 하나에 지나지 않았다.

그녀가 오다 가즈마와 어떻게 사귀게 됐는지, 그 내막을 아는 사람은 아무도 없었다. 축구에 비유하자면 선수들이 잔뜩 막아선 골문 앞에 무슨 영문인지 공간이 뻥 뚫렸고, 때마침 뛰어 들어온 변덕스러운 스트라이커가 골을 넣는, 그런 느낌으로 두 사람은 사귀기 시작했다. 온 힘을 다해 수비했는데 이게 무슨……. 나를 포함한 수비수들은 모두 망연자실한 표정이었다.

하지만 재미있게도 실연의 충격에 빠져 정신 못 차리는 남자들은 별로 없었다. 오히려 '뭐, 오다라면 인정' 하는 안도감이 컸다. '오다는 분명 잘생긴 축에 속하지만, 그 잘생긴 얼굴이 무색할 정도로 괴짜니까 유미도 오래는 못 버틸 거야'라고 누구나 생각했었다. 인플루엔자에 걸리지 않으려고 약한 바이러스를 체내에 주입하는 예방접종 이론 같은 거라고 하면 좀 이상하지만, 다른 괜찮은 남자와 사귀는 것보다는 차라리 오다 가즈마를 남자 친구로 붙여 놓는 게 좋지 않을까. 그렇게 생각했던 것 같기도 하다.

설마 그 이듬해에 그녀가 아이를 가질 줄은 아무도 예상하지 못했다.

"유미랑 결혼하기로 했어." 가즈마가 나에게 그 말을 한 건 대학 3학년 기말고사가 끝난 직후였다. "아직 다른 애들한테는 말 안 했고."

나는 가즈마와 비교적 가깝게 지냈고, 그 종잡을 수 없으면서도 천연덕스러운 성격이 싫지 않았던 까닭에 딱히 거부감은 들지 않았다. 하지만 "그래서 학교 그만두고 취직하려고. 원래 학교에 애착도 없었고"라고 했을 때는 반대했다. 앞으로 가정을 꾸리고 아이를 키울 작정이라면 대학을 졸업하고 안정된 직장에 취직해야 하지 않느냐고 말하자 그는 "안정된 직장이 뭔데?"라고 받아치더니, 실은 지금 일하는 술집이 체인점을 내는데 거기 점장으로 갈 것 같다고 신이 나서 이야기했다.

"유미는 뭐래?"

"애도 낳아야 하니까, 학교 관두고…… 아르바이트나 파트타임으로 일한다고."

상황이 알려지자, 남학생들은 공공연히, 혹은 남몰래 저주인지 원망인지 알 수 없는 마음을 드러냈지만, 두 사람은 겁먹지도, 부끄러워하지도, 허세를 부리지도 않고 대학을 그만둔 뒤 결혼 생활을 시작했다. 몇몇 남자들은 "어차피 가즈마가 제대로 된 결혼 생활을 지속할 수 있을 리 없으니 언젠가는 이혼하겠지, 그때 내가 유미를 위로하며 아이와 함께 평생 지켜 주겠다"
고 말했지만 나는 어째서인지 그 둘이 헤어질 일은 없을 거라고
확신했다.

"새로운 만남이 생기면 좋겠네." 유미의 말에 나는 "뭐?" 하고
되물었다. "새로운 만남?"

"결혼식장에서 신랑 친구라든지. 어? 지금 여자 친구 있던
가?" 유미는 나를 가리키며 물었다.

"없어, 없어. 이 녀석은 전 여자 친구와 헤어진 뒤로 아직도
솔로라니까." 오다 가즈마는 흡사 내 보호자나 매니저라도 되는
양 말했지만, 사실이었기 때문에 반박할 말이 없었다.

"만날 기회가 없어서……."

내 말에 가즈마는 무척 성을 냈다.

"난 그런 변명이 제일 싫어. 그게 뭐야, 기회가 없다니. 이해할
수가 없어."

"아니, 없는 걸 어쩌라고. 매일 회사에 갔다 집에 오는 게 일
상인데."

"그럼 묻겠는데, 만날 기회가 뭐야?"

"만날 기회가 만날 기회지 뭐야."

"한마디로 얼굴 예쁘고, 성격도 너랑 맞고, 나이도 적당히 어
리고, 그런데도 남자 친구가 없는 여자가 네 앞에 짠, 하고 나타
나지 않는다는 소리잖아."

아니라고 하려다 말문이 막혔다. 듣고 보니 그런 것 같기도 했다.

"그런 일이 일어나겠냐? 게다가 그 여자가 널 좋아하고, 가능하면 취미도 맞았으면 좋겠다, 꿈 깨려. 확률적으로 말이 되는 소리야? 책상에서 도라에몽이 튀어나오기를 바라는 거나 마찬가지라고."

"당신은 왜 그런 꿈도 희망도 없는 소리를 하는 건데? 그냥 내버려 둬. 있을지도 모르잖아. 그런 만남이."

유미는 다정했다.

"정신 차려." 오다 가즈마는 훈계하듯 말했다. "즉석 만남을 제공한다고 당당히 써 붙여 놓은 채팅 사이트에서도 그런 상대를 만나는 건 불가능에 가깝다고."

"여기서 채팅 사이트가 왜 나와."

나는 간신히 그렇게 비판했다.

"그럼 사토 네가 생각하는 이상적인 만남을 말해 봐."

"왜 그렇게 고자세야?" 나는 얼굴을 잔뜩 찌푸렸지만 "뭐, 기왕이면 극적인 게 좋겠지"라고 대답했다. 약간 쑥스럽기도 했다.

"나왔다." 가즈마는 기다렸다는 듯 말했다. "나왔어, 극적인 만남. 나와 버렸네, 극적인 순간."

"왜, 안 돼?"

"그거나 마찬가지지. 이를테면, 거리를 걷다가 스쳐 지나간 여자가 손수건을 떨어뜨렸고, 우연히 지나가던 네가 그걸 주워서 '이거, 떨어뜨리셨는데요.' '어머, 고마워요. 답례로 차라도 한 잔하실래요?' 같은 거. 그런 진부한 공식 같은 거 말이야."

"난 상관없어."

나는 불만스레 대답했다.

"그게 어때서."

유미도 거들었다.

"있겠어? 그런 일이? 설령 있다 하더라도, 처음에는 이건 운명이다, 하고 방방 뛰겠지만, 그 여자가 어떤 여자인지는 모르는 일이잖아. 그 반대의 경우도 마찬가지지. 그 여자 입장에서도 너하고 얼마나 궁합이 좋은지, 그때는 알 수가 없잖아. 지내봐야 아는 일이라고. 극적인 만남에만 정신을 팔다 보면 더 중요한 일을 놓칠 수가 있다고."

"아예 만남 박멸 홍보 대사로 나서지그래?" 유미는 듣기 싫다는 듯 말했다. "대체 당신이 하고 싶은 말이 뭔데?"

"시끄러." 가즈마는 순간 얼굴을 찌푸렸지만 이내 말을 이었다. "내 생각에. 어떻게 만나느냐, 그런 건 별 문제가 안 돼."

아니, 이상적인 만남이 뭐냐고 물은 건 너잖아. 나는 볼멘소리를 했지만 무시당했다.

"나중에서야 '그때 거기 있던 사람이 그 사람이라 정말 다행이었다'라고 행운에 감사할 수 있는 게 제일 행복한 거야."

가즈마는 그렇게 말했다.

"그게 무슨 소리야?"

나는 맥주를 다 마신 뒤 앞으로 당겨 앉으며 물었다.

"잘 표현하진 못하겠지만, 이를테면 아까 이야기에서 여자가 손수건을 떨어뜨렸기 때문에 만나게 된 거잖아. 그러면 다른 여자가 손수건을 떨어뜨렸더라도 사귈 거 아냐."

"그런가?"

"그렇지. 극적인 만남 그 자체에 온 정신이 팔렸으니까. 그렇다는 건 그때 만난 상대가 누구인지는 결국 전적으로 운에 달린 거라는 소리야. 손수건을 떨어뜨렸다는 것보다, 나중에 '그때 손수건을 떨어뜨린 게 그 사람이라 정말 다행이다'라고 생각할 수 있는 게 제일 대단하다는 거야. 그렇지?"

오다 가즈마의 말을 들은 나는 잠시 입을 다물었다. 유미 역시 마찬가지였다. 감명을 받았다거나 납득했기 때문이 아니라 단순히 대꾸하기도 성가셨던 까닭이었다.

"저기, 영문 모를 소리 좀 그만할래?" 유미는 남편을 보며 인상을 찌푸렸다. "무슨 말을 하고 싶은 건지 하나도 모르겠거든?"

"나도."

나도 동의했다.

"시끄러." 가즈마는 입을 삐죽였다. "더 단순히 말하면 자기가 어떤 여자를 좋아하게 될지는 모르는 거잖아. 그러니까 나중에 '좋아하게 된 사람이 이 여자라 다행이다. 내 판단이 옳았어'라는 생각이 드는 만남이 최고라는 소리야."

"그게 단순하게 말한 거야?" 유미는 쓴웃음을 지으며 말했다.

"결국 만나라는 거야, 말라는 거야?"

오다 가즈마는 아마 발언의 의도를 잊어버렸는지, 아내의 질문을 태연히 흘려듣더니 다시 턱을 까닥하며 물었다.

"넌 어떤 스타일을 좋아하는데?"

갑작스러운 질문에 나는 움찔했다.

"글쎄. 어떤 스타일을 좋아하더라……?"

"내가 알겠냐."

"음, 자기 할 일 하는 평범한 사람이 좋아."

"할 일을 한다고? 야한 상상 하는 거야?"

"그것도 그렇고." 나는 반쯤 자포자기한 심정으로 말했다. 어떻게 생각이 거기로 튈 수 있는 거지. "자기 직업이나, 집안일, 그런 거 말이야. 불평불만 하지 않고, 잘난 척도 하지 않는 사람. 그러면서 자기 할 일은 제대로 하는 사람, 멋지지 않아?"

"생긴 건?"

"그야, 예쁘면 좋지."

"제 주제는 생각도 안 하는군." 가즈마는 가차 없이 말했다. "야, 사람이 분수를 알아야지, 분수를."

"내 친구 중에 제 분수를 넘어 더 잘난 여자를 낚아챈 녀석도 있어서. 수비의 허점을 뚫고 골을 넣은 것처럼. 그뿐인 줄 알아? 결혼까지 했어. 그 녀석을 보면 나한테도 그런 행운이 돌아올 거란 생각이 들더라고."

"흐음."

가즈마는 관심 없다는 듯 고개를 젓더니 그런 녀석이 정말 있느냐, 부럽다, 라고 말했다.

"엄마." 별안간 미오가 벌떡 일어났다. 태엽 장치를 돌린 듯 급작스러웠다. "쉬 마려워." 아이는 반쯤 감긴 눈으로 일어났다.

"알았어요." 유미는 바로 미오를 데리고 화장실로 갔다. 나는 그 모습을 눈으로 좇았다. 내년이면 초등학교에 들어가는데도 아직 밤에 혼자 화장실에 못 가는 건가.

또다시 기묘한 감각에 휩싸였다.

대학교에서 처음 유미를 보았을 때, 나는 분명 그녀 앞에 펼쳐진 인생이 눈부실 것이라고 생각했다. 아름답고 성격까지 좋은 그녀라면 분명 그럴 거라고 동경하며 상상했다. 나 혼자만의 생각, 편견에 가까웠지만 좌우지간 시기하거나 비아냥거리는 게 아니라 진심으로 그렇게 생각했다.

그런 그녀가 스물한 살에 결혼해 지금은 여섯 살짜리 딸과 15개월짜리 아들을 안고 남편의 성인 디브이디를 치우고, 밤이 되면 아이를 데리고 화장실에 가며 '가끔은 밤 나들이를 즐기고 싶다'는 소박한 바람을 토로하다니, 믿을 수가 없었다. 그게 나쁘다는 건 아니었지만, 매우 뜻밖이었다.

"어? 왜?"

거실로 돌아온 유미는 감회에 찬 표정으로 바라보는 나를 보며 물었다.

"아니, 우리 과 여신이었던 네가 이제는 훌륭한 어머니가 되었구나, 해서."

"여신이었는지 아닌지, 훌륭한지 아닌지는 모르겠지만."

가즈마는 그렇게 대꾸했다.

"이거 봐, 진짜 너무하지 않아?" 유미는 부루퉁한 표정으로 말했다. "내 얘기 좀 들어 봐, 일전에 지갑을 잃어버렸어. 미오를 병원에 데려갔다 장을 보고 집으로 돌아오는 길에."

"아, 어떡해."

나는 바로 안타까움을 표현했다.

"그렇지? 그래서 일단 이 사람에게도 알려야겠다 싶어서 문자를 보냈더니, 뭐라고 답이 온 줄 알아?"

"뭐라고 했는데?"

가즈마는 이미 까맣게 잊은 눈치였다.

"'그런 걸 왜 흘리고 다녀, 완전 대박'이라는 거야."

"아, 진짜?"

가즈마는 낄낄대며 말했다. "대박 웃긴데? 역시 나야."

"이런 걸 남편이라고……."

오다 유미는 침울한 표정으로 어깨를 떨궜다.

"그러게, 이런 걸 남편이라고……."

미오를 옆방에 재운 뒤에 유미는 다시 이야기를 시작했다.

"저번에는 말이야, 애를 재우고 있는데 뭔가 바람 소리 같은 게 들리는 거야. 시끄러운 소리는 아니고, 조용했는데 계속 들리는 거야."

"무슨 얘기야?"

가즈마는 노골적으로 관심 없는 표정을 지었다.

"그런데 나중에 생각해 보니까, 그때 그 소리가 왠지 음악 소리 같은 거야. 옆집에서 시디를 틀고 있었던 게 아닐까."

"그럴 수도 있겠네."

그게 뭐?

"아까 했던 얘기 말인데, 결국 만남이란 그런 게 아닐까 하는 생각이 들어."

"그런 게 뭔데?"

"그때는 뭔지 몰라서, 그냥 바람 소리인가 생각했지만, 나중에 깨닫게 되는 거. 아, 그러고 보니 그게 계기였구나, 하고. 이거다, 이게 만남이다, 딱 그 순간에 느끼는 게 아니라, 나중에야 비로소 알게 되는 거."

"작은 밤의 음악처럼?"

"맞아, 그거."

유미는 딱히 멋진 말을 구사해야겠다는 생각은 없는 것 같았다. 그래서인지 귀에 쏙 들어왔다.

"그러고 보니 소야곡이라고 있지? 모차르트의 곡." 나는 그렇게 말했다. "엄청 유명한 곡 말이야."

"〈아이네 클라이네 나흐트무지크〉?"

유미가 대답했다.

독일어로 '어느 작은 밤의 음악'이라서 소야곡이다. 뜻을 그대로 옮겨 놓은 거잖아. 어릴 때는 그렇게 생각했지만, 뭐 다른 대안이 있느냐면 그건 아니었다.

"그런 태평한 음악을 밤에 들으면 완전 짜증 날 것 같은데."

가즈마는 그렇게 말했다.

"그건 그렇지."

결국 나는 미오가 잠자리에 든 뒤로도 한 시간이나 오다 부부의 집에 머물렀다. 너무 오래 있었다는 생각에 그만 일어나겠다고 하자 가즈마는 얼른 가라며 손을 휘휘 내저었다.

자리에서 일어나 짐을 들고 복도로 나가려는데 거실 구석의 상자가 눈에 들어왔다. 아이들의 장난감 상자 같았는데, 그 안에 낯익은 장난감을 보고 "아" 하고 나지막이 외쳤다. "이 인형, 유명한 거야?" 허리를 굽히고 인형을 집자 가즈마와 유미는 거의 동시에 "버즈 몰라?" 하고 눈을 휘둥그레 떴다.

"버즈?"

"버즈 라이트이어."

부부는 다시 이구동성으로 외쳤다.

"그게 누군데? 유명한 사람이야?"

"너, 〈토이 스토리〉도 안 봤냐?"

가즈마는 입을 떡 벌리더니 경멸, 아니, 안쓰러워하는 눈빛을 보냈다.

"만화?"

못생긴 우주 비행사처럼 생긴 그 장난감을 바라보며 나는 그렇게 물었다. 촌스럽기 짝이 없는 생김새였다.

"애니메이션 말이야. 너 〈토이 스토리〉도 안 보고 죽을 작정이었어?"

"그런 명확한 신념을 품은 적 없거든."

"버즈가 왜?"

유미가 물었다.

"아니, 일전에 회사에서 설문 조사를 하는데."

지난번 길거리 설문 조사에 응해 준 여자가 이것과 같은 인형 스트랩을 달고 있었다고 설명했다.

가즈마는 여전히 자기 할 말만 떠들어 대며 "너희 회사는 요새도 길거리에서 설문 조사를 하냐? 완전 대박. 80년대야?" 하고 낄낄댔지만, 유미는 생글거리며 "그런 게 새로운 만남 아닐까?"라고 했다.

"새로운 만남?"

나는 생각지도 못한 말에 나지막이 외쳤다.

"어, 새로운 만남."

가즈마는 삿대질을 하며 말했다.

"만남이라니." 나는 있는 힘껏 얼굴을 찌푸렸다. "다시 만날 일도 없는데?"

"만날지도 모르지."

유미가 눈을 동그랗게 뜨며 말했다.

오다 가즈마는 거실 안으로 들어가더니 다시 돌아와 디브이디를 내밀었다. "이거나 봐. 〈토이 스토리〉를 보라고. 재미있어."

"빌려주려고?"

"2편도 있는데 그건 네가 사서 봐."

"안 사. 애들 보는 영화잖아."

"한번 봐 봐, 재미있어."

"유미의 추천이라면 봐야지."

"아까 그것도 빌려줄까?"

"됐거든."

나는 손사래를 쳤다.

엘리베이터를 타고 내려가는 길에 혼자 디브이디 패키지를 보며 야한 것도 빌릴 걸 그랬다고 생각했다.

♪

"사토 씨, 뭐 해요?"

이튿날, 점심시간에 회사 컴퓨터로 검색을 하는데 마침 지나가던 아이자와 메구미가 말을 걸었다. 다섯 살이나 어린데도 훤칠하고 여윈 체격에 일도 야무지게 잘해서인지 옛날부터 이 회사에 있었던 듯 고참의 관록이 느껴졌다.

"요새 계속 야근해서 퇴근이 늦잖아. 인터넷으로 사려고."

"뭘요?"

"디브이디, 〈토이 스토리2〉." 나는 스스로도 놀랄 만큼 부끄러워하지 않고 그 제목을 입에 담았다. 오히려 자랑스러워했다고 해도 좋다. 영화를 끝까지 보고 난 뒤, '아동용 애니메이션'이라는 첫인상도 꽤 바뀌었다. 물론 아동용이라는 점은 분명했지만, 등장하는 장난감들의 귀여운 몸짓과 단순하지만 가슴 뭉클한 이야기 전개, 세련된 화면 구성에 푹 빠졌다.

"그거 재밌죠."

아이자와 메구미가 바로 대답했다.

"봤어?"

"사토 씨는 여태까지 안 봤어요?"

"응." 나는 콧등을 긁적였다.

"그것도 안 보고 죽으려고 했던 거예요?"

"요새 그런 말투가 유행이야?"

"버즈 좋죠."

"나도 좋더라."

나는 고개를 끄덕였다. 우주 비행사 장난감 버즈는 수상한 중년 남자 같은 겉모습에 처음에는 호감을 느끼지 못했지만, 보다 보니까 정이 갔다.

"아, 후지마 선배다."

아이자와의 말에 나는 통로 입구 쪽을 보았다. 한동안 휴가를 내고 출근하지 않았던 후지마 선배가 마른 몸에 남색 양복을 입고 들어오고 있었다. 그는 쑥스러운 듯, 송구한 듯 고개를 숙였다. 직원 대부분은 점심을 먹으러 나갔기 때문에 주변에는 아무도 없는 것이나 마찬가지였지만, 그는 천천히 다가와 내 옆, 본인의 자리에 앉았다.

"오랜만이에요."

아이자와가 인사를 하는 걸 보고 나도 "몸은 좀 괜찮으세요?" 하고 물었다.

후지마 선배는 한눈에도 지쳐 보였다. 눈 밑은 거무튀튀했고, 뺨도 핼쑥했다. 낯빛도 나빠 보였고 면도도 제대로 하지 않았다. 하지만 그런 얼굴로 힘없이 웃으며 "여러 가지로 미안해" 하고 사과했다. "메일도 고마워."

서버가 고장 나 데이터가 사라진 뒤로 선배는 회사에 나오지 않았기 때문에, 그 후의 복구 상황이 어떤지 메일로 보내 두었다.

"좌우지간 피해가 크지 않아서 다행이에요." 내가 말했다.

"아, 하지만 과장님이 심술을 부려서 사토 씨는 밤중에 길거리에서 설문 조사를 하게 됐어요."

뒤에 서 있던 아이자와가 후지마 선배에게 그렇게 말했다.

"길거리에서?"

후지마 선배는 순간 당혹스러운 표정을 지었지만, '과장님의 심술'이라는 말에 대충 짐작이 갔는지 "정말 여러모로 미안해" 하고 다시 고개를 숙였다. "조만간 밥 살게."

"아, 정말요?"

"아, 정말요?"

잽싸게 끼어든 아이자와 메구미의 모습에 웃음이 났다.

그녀가 제자리로 돌아가자 후지마 선배는 가방을 내려놓고 자기 책상에 쌓인 자료를 확인하기 시작했다. 그리고 이따금 "이건 무슨 자료야?" 하고 설명을 요구했다. 겉모습은 피폐해 보였지만, 침착한 말투는 예전 모습 그대로였다. 이제 마음 정리가 끝난 걸까.

아까 '밥 산다'는 말을 들었기 때문에, 은근히 후지마 선배가 나에게 빚을 졌다고 생각하는 마음이 있었던 걸까. 갑자기 "그일은 어떻게 됐습니까?" 하고 개인적인 일에 대한 질문이 튀어나왔다.

선배는 "어?" 하고 나를 보더니, 잠시 뜸을 들였다 "아, 아직 안 왔어" 하고 대답했다.

"그래요?"

"하지만 어젯밤에 전화가 왔어. 집사람한테."

"그래서요?"

"한 시간쯤 얘기했어."

"좋으셨겠네요."

"그 뒤로 연락이 딱 끊겼으니까, 이제 정말 끝인가 했지. 전화든 뭐든 연락이 닿은 것만으로도 기뻐."

부인을 사랑하시는군요. 그렇게 말하려 했지만, 단순한 비아

낭거림과 마찬가지이며, 쓸데없는 말이라는 생각이 들어서 대신 "저기, 아내분과는 어떻게 만나셨어요?" 하고 물었다.

후지마 선배는 컴퓨터에서 눈을 떼더니 내 얼굴을 빤히 바라보았다. 의아하다는 듯이 미간을 찌푸리더니, 금세 첫사랑이 들통난 소년처럼 얼굴을 붉혔다. "무슨 소리야?"

"요새 관심이 생겨서요. 다들 어떻게 여자 친구나 부인을 만난 건지."

"그게 뭐야."

선배는 다시 컴퓨터를 보더니 키보드를 두드리기 시작했다. 그리고 한참 후에야 "들으면 분명히 웃을걸" 하고 말했다. 나와 열 살쯤 나이 차이가 나는 선배가 갑자기 같은 반 친구처럼 느껴졌다. "웃을 거야."

"안 웃을게요."

"길을 걸어가고 있는데, 집사람이 횡단보도를 건너고 있었어."

"네?"

"집사람이 지갑을 흘려서 내가 주워 준 게 첫 만남이었지."

나는 입을 떡 벌리고 후지마 선배를 바라보았다.

"놀랐어?"

"낭연히 놀라죠. 그런 일이 실제로 있는 겁니까?"

"진부하지?"

선배는 귀까지 빨개져서 얼굴을 가리듯 몸을 움츠렸다.

"아뇨, 실제로 그런 일이 있다니 정말 대단하네요."

"대단하다고?"

후지마 선배가 야무지게, 우아의 경지에 다다른 손놀림으로 키보드를 두드리는 모습을 나는 한동안 지켜보았다. 몇 년 전인지는 모르지만, 후지마 선배와 그의 부인이 어느 횡단보도에서 스쳐 지나가는 장면을 상상해 보고 싶었다.

"궁금한 게 있는데요."

나는 집요하게 말을 이었다.

"어?"

"그때 거기서 지갑을 흘린 사람이 아내분이라 다행이다. 그런 생각 하세요?"

선배의 손이 멈췄다. 키보드 소리가 사라지자 온 사무실의 소리가 한순간에 멎은 것처럼 느껴졌다. 그는 오른쪽 팔꿈치로 테이블을 짚더니 뺨을 만졌다. 먼 옛날의 추억부터 얼마 전까지의 기억을 다시 한번 확인하는 듯한 표정이었다.

"그래." 이내 선배는 그렇게 말했다. "다른 사람이 아니라 집사람이라 다행이었어. 난 운이 좋은 놈이야."

나는 살짝 감동했다. 하지만 그 감동이 영 쑥스러워서 장난스레 물었다.

"아내분은 어떻게 생각하실까요?"

후지마 선배는 웃음을 터뜨렸다.

"글쎄, 모르는 게 나을 것 같은데."

"다음에 전화가 오면 한번 물어보세요."

"싫어."

"시장조사의 일환이에요."

선배는 다시 웃었다. "아, 저번에 그게 아주 힘이 됐어."

"그게 뭔데요?"

"헤비급 시합. 엄청났잖아. 흥분했어."

"선배도 그런 데 흥분하시는구나."

"아니, 일본인이 세계 헤비급 챔피언이 됐잖아. 감동 안 하고 배겨? 아무 상관도 없는 나까지 자랑스럽더라니까."

"사인 받고 싶을 정도로요?"

"받을 수 있다면."

점심시간이 끝나갈 즈음, 후지마 선배는 내 컴퓨터 화면을 들여다보며 "아, 그거, 우리 딸이 좋아했어" 하고 〈토이 스토리〉 사진을 가리켰다.

"이 영화, 재밌죠?"

"우리 집에 이거 인형도 있어. 갖다 줄까?"

"아뇨, 저도 나이가 있는데, 갖고 싶으면 제가 살게요."

사무실 안이 갑자기 떠들썩해졌다. 점심시간이 끝나기 전에 대다수의 직원들이 돌아왔기 때문이었다. 과장님이 호탕한 목소리로 "후지마 왔어? 몸은 좀 괜찮고?"라고 말하며 다가왔다.

"폐를 끼쳐 죄송합니다." 후지마 선배는 자리에서 일어나 고개를 숙였다.

"마음 쓰지 마." 과장님이 대범하게 말했다. "일은 썩어 넘칠 정도로 많으니까, 열심히 해."

𝄞

그 주 토요일, 붙잡고 있던 일이 도무지 끝나지 않아서 주말인데도 아침부터 출근했다. 저녁까지는 꼼짝없이 일해야겠군. 재수 없으면 내일도 출근해야 할지 모른다. 반쯤 포기한 기분이었지만, 점심때가 지나자 어찌 된 영문인지 갑자기 자료 작성 속도가 빨라져서 저녁 무렵에는 퇴근할 수 있었다.

주말 출근에 한해 자가용으로 출근할 수 있었다. 시동을 건 뒤에 어차피 가는 길이니 오다에게 빌린 디브이디를 반납해야겠다는 생각이 들었다.

"나중에 줘도 되는데."

지금 가도 되느냐고 미리 연락하자 오다 유미는 그렇게 말했지만, 생각났을 때 돌려주지 않으면 영원히 기회를 잃어버릴 것 같은 공포도 느꼈다.

집 안에 들어갈 생각은 없었기에 현관에서 디브이디를 건넸다.

"재미있었어?"

유미는 까만 눈동자를 동그랗게 뜨며 미소 지었다.

"2편도 샀어." 내 대답에 그녀는 "내 말이 맞지?" 하고 이를 보이며 말했다.

"오다는?"

"파친코."

"가족을 두고?"

"가끔 그래."

괜히 화가 치밀어서, "언 빈내" 하고 말했다. "이렇게 좋은 아내와 귀여운 애들을 내팽개치고 뭐 하는 거야."

"그렇지? 들으면 놀라겠지만, 사실 바람난 적도 있어."

"정말?"

"정말."

나는 연신 눈을 껌뻑이며 유미를 뚫어져라 쳐다보았다. 그녀는 쓴웃음을 지었지만, 어딘지 모르게 침착해 보이기도 했다. "오래전 일이야. 그때는 나도 엄청 화냈어."

"당연히 화내야지."

"자기도 반성하는 것 같더라고." 그렇게 말하더니 유미는 학창 시절부터 남자들을 매혹시킨 미소를 보이더니 "아, 잠깐만" 하고 안으로 들어갔다.

복도 끝 거실로 사라진 유미 대신, 거실에서 미오가 잰걸음으로 다가와 나를 가리키며 말했다. "아, 사토다."

"오, 미오다."

나도 아이를 따라 말했다.

"왜 왔어? 미오가 놀아 줄까?"

미오는 의기양양하게 말했다. 시원한 눈매나 곧은 콧대가 엄마를 쏙 빼닮았다.

아저씨한테 인사했어? 다시 돌아온 유미가 딸의 머리를 쓰다듬으며 물었다. "이거 줄게."

그리고 나에게 작은 인형을 내밀었다.

"이게 뭔데?"

인형을 받은 내 입가에 웃음이 번졌다. 〈토이 스토리〉의 버즈 라이트이어 인형이었다. 집게손가락만 한 크기로, 빨판이 달려 있었다.

"그거 자동차 유리창에 붙이는 거야."

"받아도 돼?"

"그럼." 유미의 말에 미오가 "안 돼" 하고 말했다. 예전에 산 것인데, 미오가 싫증이 난 뒤로는 거의 잡동사니 취급을 받아 왔다고 했다. 유미는 "미오는 안 가지고 놀잖아" 하고 딸을 타일렀다. 그렇게까지 말하는데 안 받을 수도 없어서 고맙게 받았다.

그럼 오다에게 안부 전해 줘. 내가 떠나려던 순간, 유미가 "사토에게 좋은 인연이 생기길" 하고 말했다. "사토에게 좋은 인연이 생기길." 미오도 손뼉을 치며 기도하듯 말했다.

"기대에 부응할 수 있도록 노력할게. 그러고 보니 유미는 오다하고 만난 걸 어떻게 생각해?"

"나?"

"응. 그때까지는 스물일곱 살에 두 아이의 엄마가 될 줄은 상상도 못 했을 거 아냐."

"그야 그렇지." 유미는 힘주어 연신 고개를 끄덕였다. "나도 내가 열심히 일하다 늦게 결혼할 줄 알았거든. 뜻밖의 전개였어."

"뜻밖의 전개였어."

미오가 또 따라 말했다.

"정말 뜻밖이었지."

나도 말했다.

"하지만 나쁘진 않아. 애들도 귀엽고. 남편은 괴짜고 무슨 생각을 하는지 모르겠지만, 바보 같은 면이 싫지는 않고. 맞아, 나쁘진 않아. 당첨이냐 꽝이냐 묻는다면 당첨에 가깝지."

그 이야기를 들은 순간, 나는 대학 시절 오다 가즈마가 '유미가 임신했어'라고 고백했을 때를 떠올렸다. 의도적으로 잊고 있던 건 아니었지만, 어찌 된 영문인지 기억 깊숙이 감춰져 있던 장면이었다.

"일부러 임신시킨 거 아니지?"

농담조로 비난하는 나를 보며 오다는 고개를 저으며 딱 잘라 말했다.

"안 해, 그런 짓."

오다가 그런 일에 거짓말을 하지 않는다는 건 사실이었다.

"해프닝이야, 해프닝. 하지만 다행이야. 이걸로 나와 유미의 관계는."

"관계는?"

"베리 베리 스트롱해졌으니까."

"왜 영어로 말하는데?"

"몰라."

$\int$

오다의 집을 나올 즈음에는 이미 날이 저물어 있었고, 차를 타고 집으로 돌아갈 무렵에는 사방이 캄캄했다. 운전대를 잡으며 그리 늦은 시간도 아닌데 벌써 어두워진 걸 보고 이제 겨울이구나 실감했다. 히터도 켰다.

집까지 10킬로미터쯤 남았을 즈음부터 정체가 시작됐다.

평소에는 한산한, 국도를 지나지 않는 지름길에 빨간 브레이크 램프가 길게 늘어서 있었다. 급한 일이 있는 것도 아니었기에 짜증이 나는 건 아니었지만 대체 무슨 일이 생긴 건지 궁금하기는 했다. 반대편 차선은 원활했다.

잠시 후 차들이 서서히 움직이기 시작했다. 이번에는 반대편 차선의 차들이 사라졌다.

공사를 하는 모양이다. 앞쪽의 어느 차선에서 공사를 해서 교대로 차를 지나게 하는 것이다. 차는 조금 앞으로 가다 다시 멈췄다. 브레이크에 발을 올리고 있으니 오른쪽 차선에서 차량이 나타났다.

도로 공사처럼 남들에게 불편을 주는 것도 없을 거야. 느닷없이 그런 생각이 들며 짜증이 났다. 한동안 이 길로 다니지 않는 게 좋을 것 같다. 무엇보다 앞으로는 주말 출근도 가급적 하고 싶지 않았다.

차들이 다시 움직이는 걸 보고 액셀을 밟았다. 어차피 금방 다시 서겠지만. 그때, 그런 배배 꼬인 생각을 하면 정말 그렇게 된다는 듯 바로 내 차 앞에서 공사 현장의 차량 유도원이 "멈추세요" 하고 빨갛게 빛나는 유도봉을 흔들기 시작했다. 하는 수 없이 브레이크를 밟았다.

두꺼운 야광 테이프를 붙인 다운코트 차림의 유도원이 고개를 꾸벅 숙였다. 밤이면 기온이 뚝 떨어지는 계절이라 힘들겠다는 생각이 들었다. 딱히 경의를 표하려던 건 아니지만 운전대를 잡은 채 꾸벅 인사를 했다.

이 길만 지나면 이제 쌩쌩 달릴 수 있겠지.

소리가 났다. 조수석에 놓아둔 가방 속에서 휴대전화가 울리는 것 같아서 손을 뻗었다. 후지마 선배의 전화였다. 그러고 보니 운전 중 통화는 불법이었지. 망설이는 마음도 있었지만 완전한 정지 상태니 상관없겠지, 제멋대로 판단하고 전화를 받았다.

"주말인데 미안해."

선배는 그렇게 말했다.

"무슨 일 있습니까?"

근무시간 외에 걸려 오는 전화는 대부분 시스템 고장이나 거래처의 컴플레인 등 돌발적인 사고가 일어났을 때인 경우가 많았다.

"아, 그게 아니라."

후지마 선배의 목소리는 왠지 모르게 부드러웠다. "지금 통화 좀 할 수 있어?"

"잠깐은요. 말씀하세요."

나는 전방에서 움직이는 공사 차량과 빨간 유도봉을 든 유도원을 보았다. 차가 움직이려면 아직 시간이 걸릴 것 같았다.

"실은 오늘 집사람에게서 전화가 왔거든. 물어봤어."

"뭘요?"

"일전에 얘기했던 거."

"아, 첫 만남요."

입가에 미소가 번졌다. 30대 후반의 회사 선배가 이런 이야기를 후배에게 하다니, 황당한 일이었다. 일부러 전화까지 할 일은 아니었다. "아내분이 그때 만난 게 후지마 선배라 다행이라고 하시던가요?"

"아니."

"아니래요?"

"집사람이 그러더군. 그때 일부러 지갑을 떨어뜨린 거라고."

"네?"

"'그 지갑, 일부러 떨어뜨린 거야'라더군. 내가 주워 주며 말을 걸 거라고 기대했던 걸까. 이 나이에 새로운 사실을 알게 됐어."

나는 씩 웃으며 "멋지네요" 하고 대답했다. 하지만 부인은 여전히 집에 돌아오지 않은 듯, 후지마 선배는 "그런가⋯⋯" 하고 애매하게 대답했다.

"이런 얘기를 누구한테 해야 할지 모르겠어서." 선배는 마지막에 쑥스러운 듯 그렇게 말했다. "과장님한테 말하기도 그렇고⋯⋯." 그런 농담까지 했다.

"만일 다음에 우연히 아내분과 길거리에서 스쳐 지나가게 되면 일부러 지갑을 흘릴 겁니까?"

"당연하지."

후지마 선배는 바로 대답했다.

"아내분은 주워 줄까요?"

"아마 주워서 가져갈걸."

선배는 그렇게 말하고 전화를 끊었다.

휴대전화를 가방에 다시 넣고 후, 한숨을 내쉬자 날숨이 차 안을 떠도는 느낌이 들었다.

그때, 창문 두드리는 소리에 화들짝 놀라 고개를 돌렸다.

공사 현장 유도원이 서 있는 걸 보고 더욱더 움찔했다.

창문을 열었다. 찬 바람이 쏟아져 들어왔다. 창가에 선 유도원은 허리를 굽히고 "죄송합니다. 반대편 차선에서 트럭이 오니까 왼쪽으로 좀 비켜 주실 수 있을까요?" 하고 물었다.

다운코트 차림의 유도원이 여자라는 사실을 그제야 알아챘다. 머리에 헬멧을 쓰고 있었다.

"아, 알겠습니다."

사이드브레이크를 내리려던 순간, 유도원이 묘하게 낯이 익다고 생각했다.

동작을 멈춘 나를 그녀가 쳐다보았다. 눈이 마주쳤다.

평소라면 그런 식으로 말을 걸지는 않았을 텐데, 무슨 영문인지 나는 "저기요" 하고 말문을 열었다.

방금 들었던 후지마 선배의 이야기, 오다 유미의 말, 또는 대학 시절의 오다 가즈마가 했던 이야기가 머릿속에 짙게 남아 있었기 때문일지도 모른다.

"저기."

"네?"

"계속 서서 일하는 거 힘들죠."

나는 그렇게 말했다.

그녀는 순간 눈을 동그랗게 뜨며 의아스러운 표정을 지었지만, 이내 기억을 더듬어 과거의 정보를 찾아냈는지 "아" 하고 웃었다. "그렇죠"라고 대답하며 내 좌석을 가리켰다. "계속 앉아 있는 것도 힘들죠."

나는 사이드브레이크를 내리고 운전대를 잡았다. 그녀는 차에서 떨어졌지만, 도중에 앞 유리창을 가리키며 환한 표정을 지었다.

나는 그녀가 가리킨, 앞 유리창에 붙은 버즈 라이트이어 인형을 보며 웃음으로 답했다. "버즈 좋죠"라고 말했지만, 그녀에게 들리지 않았을지도 모른다. 말이 나온 김에 "샴푸 샀어요?" 하고 한마디 덧붙였다.

차를 옆으로 대며 내일도 출근하면 이 길을 지나갈까, 하고 생각했다. 다행히도 일은 밖이 남질 정도로 많나니까.

라이트헤비

ライトヘビー
사이토 가즈요시 싱글
〈君は僕のなにを好きになったんだろう〉 초회판 특전

나는 드라이어를 일단 껐다. 앞에 앉은 이타바시 가스미의 목소리가 들리지 않았기 때문이었다. "네? 뭐라고요?" 귓가에 입을 가져다 대자 그녀는 "아, 미안해요, 머리 말리는 중에" 하고 말했다.

이타바시 가스미는 2년 전쯤부터 이 미용실에 다니기 시작한 손님이었다. 딱히 미용사를 지명하지 않았지만 어째서인지 내가 담당한 적이 많았다. 처음에는 커트 중에 잡담을 나누는 정도였지만 그러다 같이 옷을 사러 가거나, 영화를 보러 가는 등 정기적으로 만나는 친구 사이가 되었다.

나보다 두 살 많으니 곧 서른이 가까운데, 매끈한 피부에 가슴이 파인 옷도 잘 어울려서 20대 초반의 예쁜 모델처럼 보였다. 도내의 기업에 다니는 회사원이라고 들었는데, 더 화려한 직업이라 해도 이상하지 않을 것 같았다.

"어제 텔레비전에서 젊은 남자가 좋아하는 여자애한테 고백하는 프로그램 봤어?"

"텔레비전 잘 안 봐서요."

머리카락을 말리기 위해 드라이어를 켜고 싶었지만, 상대가 말을 하는데 듣지 않을 수도 없어서 버튼을 누르지 않았다.

"아, 그래? 격투기 같은 것도 안 봐?"

이타바시 가스미의 시선이 거울에 반사되어 벽에 있는 복싱 포스터를 향한 것이 보였다. 흑백의 시크한 색채로 통일된 가게 안에서 그 포스터 속 웃통을 벗은 남자의 야만스러운 모습은 지극히 이질적이었다. 위화감이 느껴졌지만 복싱 팬인 매니저가 붙인 것이라 아무도 떼지 않았다.

"저 사람, 유명한 사람이에요?" 나는 주먹을 쥔 포스터 속 남자, '윈스턴 오노'를 보며 물었다.

"글쎄." 이타바시 가스미는 고개를 갸웃했다. "일본에 헤비급 선수는 얼마 없으니까. 90킬로 이상이라 기본적으로 아시아인에게는 안 맞거든."

"그 오노라는 사람이 챔피언인가요?"

"아직은 아닐 거야. 가까운 시일 안에 도전하고 싶다는 것 같지만."

"전 격투기는 난폭해서 싫어요. 누가 저도 기분 찝찝하잖아요."

"그렇지?" 이타바시 가스미가 동의했다. "그럼 미나코는 격투기 선수보다는 훤칠한 인텔리 남자를 좋아해?"

굳이 따지자면 그렇다고 봐야죠. 나는 그렇게 대답한 뒤에 아무래도 좋다는 생각을 했다. "라이트헤비급 같은 것도 있어요?"

"아, 있어. 80킬로 미만 체급이던가."

"라이트인지 헤비인지 헷갈리네요."

"그러게." 이타바시 가스미는 웃으며 말했다. "게다가 헤비급과 라이트급 사이에는 또 크루저급이라는 게 있으니까 영 헷갈리지?"

"아, 무슨 얘기 하고 있었죠?"

"그게, 어제 텔레비전에서 어떤 남자가 짝사랑하는 여자한테 고백하는 프로그램을 봤는데."

"있을 법한 프로그램이네요."

"그 남자는 말을 꺼내기가 힘들어서 결국 복싱 시합에서 일본 선수가 이기면, 아, 그 윈스턴 오노라는 선수의 시합이 아니라 다른 복서의 시합이었는데, 그 결과에 따라 고백할지 말지 정한다고 하더라고."

"왜 자기 일을 남한테 맡겨요?" 나는 그런 미적지근한 태도의 사람을 그다지 좋아하지 않았기 때문에 다소 언성이 높아졌다. "지면 포기할 거래요?"

"그렇지? 별로지? 게다가 고백할 때는 사거리 한가운데에 선

빌딩 옥외 전광판에다 '나랑 사귀어 줘'라는 메시지를 띄우겠다는 거야."

"그건 좀……." 나도 얼굴을 찌푸렸다. "좀 많이 별로인데요."

"난데없이 그러는 건 정말 아니잖아. 내가 그 여자였으면 정말 끔찍할 거야." 이타바시 가스미는 마치 자기가 고백을 받은 당사자처럼 말하며 눈살을 찌푸렸다. 포스터를 거울로 바라보며 "너무 부담스러워"하고 밀쳤다.

"맞아요, 너무 부담스럽죠."

나는 동의하며 뒤늦게 드라이어를 켰다. 손을 재빨리 움직여 뜨거운 바람으로 가스미의 긴 까만 머리를 말렸지만, 도중에 다시 목소리가 들려서 스위치를 껐다.

"아, 미안해." 가스미는 내가 머리 말리는 것을 중단한 걸 깨닫고 사과했다. "사람마다 다를지도 모른다고 했어."

정면 거울로 시선을 돌렸다. 거울에 비친 가스미는 눈을 가늘게 뜨고 있었다. "아까 그 민폐 고백 말인데, 그래도 상대가 내가 좋아하는 사람이라면 기쁠지도 모른다는 생각이 들어서."

"아." 나는 고개를 끄덕였다. 당연히 거울에 비친 나도 고개를 끄덕였다. "그러게요, 사람에 따라 다르기는 하겠죠." 나는 잠시 진지하게 생각한 뒤에 대답했다. "그래도 역시 부담스러워요."

"상대에 따라 헤비급이 라이트헤비급 정도로는 바뀌지 않을까?"

"싫어요. 고백은 더 조용하고 진중한 분위기에서 해야 해요."

"그렇지?"

가스미는 그 후로도 몇 차례 말을 걸었다. 그때마다 드라이어를 끈 탓에 작업은 더디게 진행되었고, 그러던 중 가스미가 일부러 방해하고 있다는 사실을 깨달았다.

"미안, 무슨 말을 할 때마다 굳이 드라이어를 끄는 모습이 귀여워서."

하지만 미안한 기색도 없이 그렇게 말하는 가스미를 보면 전혀 화도 나지 않는 게 신기했다.

"그나저나 미나코는 남자 친구 생겼어?"

커트와 드라이가 끝난 뒤 계산을 하고 있는데 계산대 너머에서 가스미가 그렇게 물었다. 갑자기 무슨 소리야, 하고 순간 움찔했지만, 그 당돌함 또한 가스미다웠다. 무신경한 소리를 거침없이 하는데도 그다지 불쾌하지 않았다.

"아뇨, 없어요."

거짓말을 할 필요도 없었기에 사실대로 대답했다.

"그럼 내 동생 만나 볼래?" 가스미가 너무나도 자연스럽게, '목이 마르면 이 주스 마실래?' 같은 경쾌한 어조로 말한 까닭에 처음에는 농담인 줄 알고 어색하게 웃었지만, 그녀가 거기서 멈추지 않고 "미나코 전화번호, 동생한테 알려 줘도 돼?"라고 물어서 깜짝 놀랐다.

"알려 주면요?"

"통화라도 좋으니까 연락하고 지내. 아니면 메일이 편해? 내 동생도 지금 여자 친구가 없거든. 반년 전쯤에 여자 친구와 헤어진 뒤로 영 기운이 없어."

왜 그 기운 없는 동생을 나한테 떠넘기는 건데요. 그런 생각도 들었지만 불평을 할 마음도 들지 않았다.

"말씀은 고맙지만 사양할게요."

"정말? 사양 안 해두 되는데."

"사양하고 싶네요." 기묘한 대화에 나는 웃음을 흘렸다. "그런데 가스미 씨 동생 이야기, 지금까지 한 번도 들은 적이 없네요." 애초에 동생이 있다는 사실조차 처음 듣는 것 같았다.

"나하고 동생은 둘이서 서로 의지하며 살아왔어."

"아, 정말요?"

항상 초연한 가스미의 모습 뒤에 뭔가 심각한 배경이 보이는 듯하여 나는 허리를 곧게 폈다.

"그렇다니까. 길기도 길고 재미도 없어서 생략할게. 아무튼 지금은 같이 안 살지만. 동생은 도내의 아파트에 살아. 일부러 얘기를 꺼낼 만한 인물도 아니고 말이야."

"일부러 얘기를 꺼낼 만한 인물도 아닌데 저한테 소개시켜 주신다고요?"

"아, 예리한데?" 그녀는 미안한 기색도 없이 머리를 긁적였지만 그런 동작도 근사하게 어울렸다. "하지만 누나인 내가 말하기도 뭣하지만, 괜찮은 녀석이야. 폭력은 절대 휘두르지 않고."

그건 최소 조건이잖아요. 나는 속으로 지적했다.

"일전에도 둘이서 길을 걷다가 취객이 시비를 걸었는데, 잘못한 것도 없는데 자기가 사과하는 거야."

"그건 좀 못 미더운 거 아닌가요?"

"못 미덥지만 성실한 동생이야."

$\begin{array}{c}\phi\end{array}$

저녁에 목욕을 마치고 나와 텔레비전을 보고 있는데 휴대전화가 울렸다. 처음 보는 번호라 순간 주저했지만, 끊어질 때까지 기다리기도 귀찮아서 통화 버튼을 눌렀다. 받은 순간 괜히 받았나 싶었지만 이미 때는 늦었다.

"아."

수화기 너머에서 목소리가 들렸다.

아니, 자기가 걸어 놓고는 '아'가 뭐야. 그렇게 생각하며 "여보세요?" 하고 대답하자 잠시 침묵이 흐른 뒤 "저기, 이타바시 가스미의 동생입니다만" 하고 남자 목소리가 들렸다. 남자치고는 조금 하이톤이라 앳된 느낌이 들었다.

"아."

이번에는 내가 그렇게 말했다. 반사적으로 옆에 있는 리모컨을 집어 텔레비전 소리를 줄였다. 화면 속에서 호통을 치던 형사가 갑자기 조용해졌다. "아, 네." 그런 대답밖에 나오지 않았다. 가스미 씨한테는 분명 전화하지 말라고 했는데요. 이제 와서 그렇게 말할 수도 없어서 어찌 된 일인지 인상을 찌푸렸다.

"무슨 일이시죠?"

상대는 약간 의아스러운 목소리로 물었다.

"네?"

"아니 누나가 그쪽이 저한테 용건이 있으니 전화를 하라고 해서. 중요한 지시를 내린다고……."

"아니에요. 그런 거 없어요."

"아, 그래요?"

남자는 갑자기 어깨 힘을 뺀 목소리로 말했다. 나는 그렇다고 설명했다. "아마 뭔가 착각하신 모양이에요."

"그렇구나. 죄송합니다." 남자는 갑자기 고분고분한 목소리로 말했다. "우리 누나지만 이따금 무슨 생각을 하는지 모르겠더라고요."

번화가에서 주정뱅이와 시비가 붙어 "죄송합니다" 하고 연신 고개를 숙이며 자리를 피하는 모습이 눈에 선했다. 소심한 성격 같지는 않았지만, 온화하고 솔직한 느낌을 받았다. 이타바시 가스미의 모델 같은 외모를 떠올려 보면 비슷한 이미지일 것 같았다.

"번거롭게 해서 죄송합니다."

그는 그렇게 말하며 전화를 끊으려 했다. 나 역시 "아뇨, 괜찮습니다" 하고 전화를 끊으려 했지만, 그때 예상하지 못했던 일이 일어났다.

정확히 말하자면 예상하지 못했던 불청객이 찾아온 것이다.

나는 새된 비명을 지르며 휴대전화를 던졌다. 그리고 벽을 타고 이동하는 번들거리는 검은 벌레를 바라보았다. 재빨리 대각선으로 움직이는가 싶더니, 딱 멈춰서 주변 상황을 모두 관찰하듯 섬뜩한 태도를 취했다.

휴대전화를 황급히 주워 귀에 대자 수화기 너머에서 남자가 "무슨 일이에요? 괜찮아요?" 하고 당황한 듯 외쳤다.

나는 호흡을 가다듬으며 검은 벌레에게서 시선을 떼지 않고 말했다.

"아니에요, 그놈이 나왔을 뿐이에요."

"그놈요?"

"스르륵 움직이는 까만 벌레요." 이름을 부르면 나까지 저주받을 것 같은 기분이었지만, 수화기 너머의 그는 당연하다는 듯 "아, 바퀴벌레요" 하고 말했다. "바퀴벌레가 나왔습니까?"

"처음 봤어요, 정말요. 새로 지은 집인데."

바퀴벌레가 나오는 집에 사는 줄 오해할까 봐 나는 어느샌가 변명을 둘러대고 있었다. 그러는 동안에 다시 움직이기 시작한 벌레를 보고 나는 비명을 질렀다.

"그냥 잡아 버려요."

남자는 반쯤 웃고 있었다.

"잡으라고요? 어떻게요?"

"신문지를 둘둘 말아서요."

"물리적인 공격은 못 해요." 나는 단호하게 말했다. 내리쳐서 죽이다니, 그런 끔찍한 일을 어떻게 하란 말인가. "죽은 시체는 어떻게 하라고요?"

"그럼 화학 공격으로 나가야겠네요. 스프레이를 뿌려요."

"없는데요."

"그럼 편의점에서 사 와요."

"사 오는 동안 다른 데로 가 버리면 무섭잖아요."

나는 몸을 움츠린 채 벽에 붙었다. 위험하다. 이 방은 완전히 점령됐다. 저놈에게 빼앗겼다. 반쯤 진심으로 그런 생각을 했다.

"창문을 열고 나가라고 비는 건 어때요?"

"그게 좋겠네요."

"친구를 더 데려올 가능성도 있지만."

남자의 말에 나는 진심으로 화를 냈다.

"재수 없는 소리 마요!"

𝄞

그래서 결국 어떻게 됐는데? 앞에 앉은 야마다 히로코가 물었다. 술집 테이블이었다. 잡다하게 늘어선 테이블 위의 닭튀김을 젓가락으로 찌르더니 나에게 들이대며 빙글빙글 돌렸다. 옆자리 회사원들이 피우는 담배 연기가 우리 쪽으로 퍼져서, 담배를 싫어하는 히로코는 노골적으로 싫은 티를 내며 피했다.

"달리 방법이 없어서 신문을 말아서 잡은 뒤에 일회용 젓가락으로 집어서 버렸어."

나는 되도록 감정을 담지 않고 국어책 읽듯 말했다.

"그거 말고."

그렇게 말하며 몸을 앞으로 내민 건 야마다 히로코의 옆에 앉은 히다카 료이치였다. 이 둘은 어린 시절, 좋아하던 헤비메탈 밴드의 공연에서 만나 알게 되었고, 그 밴드가 해체한 지금도 관계는 이어져서 이제는 마음을 터놓을 수 있는 친구가 되었다. 지금은 둘 다 이름만 대면 알 만한 기업에 들어가 야근이다 출장이다 하고 바쁘게 지내고 있지만, 이렇게 술자리에서 마주 앉아 있으면 라이브 하우스에 다니던 그 시절과 하나도 달라지지 않은 느낌이 들었다.

"그거 말고 전화한 남자 말이야. 어떻게 됐어? 바퀴벌레 덕에 가까워져서 다음 주에 시부야에서 만나기로 한 거 아냐?"

료이치는 놀리듯 말했다.

히로코와 료이치가 요새 만난 남자가 없느냐고 물어서, 없다고 대답하니 둘 다 실망한 표정을 짓기에 하는 수 없이 이틀 전에 통화한 이타바시 가스미의 동생 이야기를 했다.

"결혼하기로 했어?" 히로코가 실없는 소리를 했다. "통화만으로 스피드 결혼. 번개처럼 혼인신고."

"무슨 소리야." 나는 맥주잔에 손을 뻗어 한 모금 들이켰다. "그런 게 아니라 그냥 평범하게 대화를 나눴을 뿐이야."

"좋겠다." 히로코가 입을 삐죽였다. 불과 한 달 전에 장거리 연애를 하던 남자 친구와 헤어졌기 때문일까. "신선하고 좋네. 모르는 남자에게서 걸려 온 전화, 두근거리지 않아?" 그녀는 감탄하듯 말했다

"아니." 나는 얼굴을 찌푸렸다. 사실 신선하기는 했다. 만난 적도 없거니와 서로에 대해 거의 모르는 상대와 전화로 이야기를 나누는 것은 어떤 의미로는 유쾌한 일이었다. 가스미의 남동생은 목소리가 귀여웠고, 화술이 뛰어난 편은 아니었지만, 그런 만큼 친한 척 집적거리지 않았기 때문에 솔직히 마음은 편했다.

"그럼 다음에 만나자는 얘기는 안 했어?" 료이치가 술기운으로 벌게진 얼굴로 히죽거렸다. "새로운 만남, 좋다."

"아니라니까, 안 만나." 나는 딱 잘라 말했다. "애초에 전화를 끊고 나서야 알았는데, 난 그 사람 이름도 몰라." 나는 통화 내내 동생분이라고 불렀다.

"뭐 하는 거야."

료이치가 야유를 보냈다.

"에이, 천천히 키워 가면 돼."

히로코가 닭튀김을 뒤적이며 의미심장한 표정으로 나를 보

왔다.

"키워? 뭘?"

"사랑을."

히로코의 눈이 반짝였다.

"바퀴벌레를."

료이치가 이구동성으로 말했다.

$\diamondsuit$

사이토 씨한테 들렀다 가자는 말을 꺼낸 건 료이치였다.

세 시간쯤 술을 마시다 각자 계산을 마치고 가게에서 나왔을 때였다. 사이토 씨는 우리가 사는 동네에서 가장 가까운 지하철역 바로 옆 골목에 탁자 하나를 놓고 장사를 하는 사람이었다. 예전에는 액세서리 노점이 있던 자리지만, 사이토 씨는 액세서리가 아니라 노래를 팔았다.

긴 탁자 위에 있는 노트북 컴퓨터에는 작은 스피커가 연결되어 있었다. 돈을 넣는 저금통 말고는 '사이토 씨 1회 100엔'이라고 적힌 간판이 세워져 있었다.

처음 이 길을 지났을 때는 무슨 장사를 하는 건지 알지 못했지만, 아니, 사실 지금도 자세히는 모르겠지만 손님이 100엔을 지불하고 '지금 이런 기분이다', '처한 상황이 이렇다'고 말을 하면 사이토 씨는 말없이 고개를 끄덕이며 컴퓨터를 두드린다. 그러면 거기서 노래의 일부가 재생된다. 처음부터 끝까지 나오는게 아니라 일부만 흘러나온다. 신기하게도 그 가사나 멜로디가손님의 기분에 묘하게 어울려서 유쾌한 기분이 든다. 점이나 조언과는 전혀 다른 그의 방침은 후련한 한편 우스웠다. 손님이줄줄이 늘어선 적은 없어도 장사는 나름대로 잘되는 것 같았다.

애초에 휘칠한 키에 과묵한 주인이 이름그게 하는 사람이 없었다. 그냥 그가 트는 곡들이 모두 사이토 아무개라는 뮤지션의작품이라, 어느샌가 사이토 씨라고 불리게 되었다.

실은 그 사람이 진짜 사이토 씨라고 하는 사람도 있었지만,본인이라면 뭣하러 이런 데서 자기 곡을 조각내서 팔아야 하는지 이해할 수가 없었고, 나 자신은 사이토 아무개란 사람에 대해 아는 게 없었기 때문에 진위 여부는 알 수 없었다.

그리고 놀랍게도 료이치가 예전에 근무하던 회사를 그만두고 이직에 나선 것도 사이토 씨가 계기였다. 1년 6개월 전쯤의일이었다. 그날도 셋이서 한잔하고 돌아오는 길이었는데, 료이치가 '실은 회사를 그만둘까 고민 중이다'라고 털어놓았다. 우리 앞에서는 전혀 그런 이야기를 하지 않았기에 내심 놀랐지만,본인 말로는 '게으른 선배들이 자기 일을 나한테 떠넘겨서 이제진절머리가 난다'고 했다.

사이토 씨는 일언반구 없이 맞장구치듯 몇 번 고개를 끄덕이더니, 조심스레 컴퓨터 키보드를 톡 쳤다. 스피커에서 노래가 흘러나왔다.

'사슬을 끊어! 목줄을 치워! 당장 이곳에서 뛰어내려!'

조용하지만 박력 있는 노랫소리가 울려 퍼지다 뚝 끊겼다. 그 부분만 뚝 잘라 놓으니 다소 당황스럽기는 했지만, 노랫소리가 멎자 밤의 정적이 밀려와 나름대로 여운이 느껴졌다.

흐음, 료이치는 그렇게 대답하더니 자기 혼자 납득한 듯 그날 밤에 회사를 그만두기로 결정했다.

안녕하세요. 우리는 사이토 씨 앞에 주저앉았다. 앉을 데도 없었기 때문에 자세가 다소 민망했다.

사이토 씨는 평소처럼 초연한 표정으로 말없이 인사를 건넸다. 차분한 분위기 때문에 연상이라고 생각했던 적도 있지만, 요새는 우리와 비슷한 또래일 거라는 생각이 들기 시작했다.

"그럼 나부터 할게." 히로코가 100엔을 상자에 넣었다. "음, 남자 친구하고 헤어진 지 한 달째예요. 그렇게 우울한 건 아닌데 마음이 영 개운치 않네요."

그녀는 상담인지 근황 보고인지 구분이 가지 않는 이야기를 했다.

사이토 씨는 알겠다는 듯 고개를 끄덕이더니 곧바로 키보드를 두드렸다.

'아, 그토록 웃음 가득한 나날들이 또 있었을까. 지금 어떻게 지내? 이 커다란 도시에 바람이 부는데 괜찮은 거야? 나는 괜찮

은 걸까.'

다정하게 흐르는 경쾌한 노랫소리는 이별을 겪은 히로코를 위로하기보다는 더욱 가슴 시리게 하는 것 같았지만, 야마다 히로코는 흡족한 듯 살짝 눈물을 보이며 미소 지었다.

"응, 괜찮아. 이제는 일에 매진해야겠어."

"요즘 세상에 찾아보기 힘들 정도로?"

"그거야, 그런 것도 재미있을지도 몰라."

다음으로 료이치가 100엔을 꺼내며 말했다.

"뭔가 야마다 다음으로 말하려니까 좀 그런데, 실은 사귀던 여자 친구하고 헤어지려고 해."

"진짜?"

료이치의 말에 우리는 깜짝 놀랐다. 그의 여자 친구와는 딱한 번 만나 본 게 전부였지만, 오래 사귀었다고 들어서 내심 가까운 시일 안에 결혼할 것 같다고 생각했기 때문이었다.

"아니, 왜 이런 얘기를 술자리가 아니라 사이토 씨 앞에서 발표하는 건데."

히로코가 눈물 어린 눈으로 말했다.

"그냥, 그런 기분이랄까?"

료이치는 머리를 긁적였다.

사이토 씨는 다시 고개를 끄덕이며 키를 두드렸다. 구절별로 분리된 사이토 아무개라는 사람의 노래들이 대량으로 저장되어 있는 모양인데, 그걸 일일이 외우고 있다가 순간적으로 선택해

재생하는 기술은 솔직히 경이로웠다.

'이별을 말하기 전에 다시 한번 떠올렸어. 첫 입맞춤을 나눴던 그날을, 처음 너를 안았던 그날을.'

노래를 들은 료이치는 다시 흐음, 하고 말하더니 고개를 들고 더는 말을 잇지 않았다.

이 상황에서는 나도 뭔가 리퀘스트를 해야 할 것 같았지만, 딱히 털어놓을 만한 일도 없어서 하는 수 없이 '친구들과 저에게 뭔가 메시지를 주세요'라고 말하며 100엔짜리 동전을 내밀었다.

사이토 씨는 다시 고개를 끄덕이더니 처음부터 그 키를 누를 작정이었던 것처럼 손가락을 까닥했다.

'휘파람을 불면서 걷자, 어깨가 축 처진 친구여. 이런 일, 저런 일 많지만 저 아름다운 별들을 봐.'

스피커에서 흘러나온 건 사랑스러운 멜로디였다. 어떤 의도로 그 구절을 택한 건지 확실히는 모르겠지만, 나는 기분이 좋아졌고, 나머지 두 사람도 마찬가지인 듯 "그럼 가자" 하고 걸음을 옮겼다. 상의라도 한 것처럼 우리는 별이 보이나, 하고 동시에 하늘을 올려다보았다.

$\flat$

전화가 걸려 온 이튿날 밤이었다. 미용실 일을 마치고 집으로 돌아와 저녁을 먹고 씻은 뒤 여느 때처럼 텔레비전을 보고 있는데 전화벨이 울렸다. 등록되지 않은 번호였지만, 얼마 전에 통화했던 번호였기에 받았다.

"이타바시 가스미의 동생입니다."

예의가 바르다고 해야 할까, 아니면 서먹하게 구는 걸까, 그는 지난번과 똑같이 말했다.

"안녕하세요."

"벌레 괜찮아요?"

"덕분에 그 뒤로 안 나타나네요."

나는 벽을 둘러보았다. 이제 무엇을 봐도 그 벌레로밖에 보이지 않을 것 같다는 생각조차 들었다.

낭랑한 목소리의 그는 왜 또 전화를 했는지는 말하지 않고 "누나한테 물어봤더니 거짓말을 했다는 걸 인정하더라고요. 폐를 끼쳐서 죄송합니다"라고 사과했다.

딱히 불쾌했던 건 아니라 나야말로 미안하다고 했다.

"그나저나 가스미 씨도 참 특이하세요."

"누나의 그 성격을 표현하려면 특이하다는 말로는 부족하죠." 그는 힘주어 단언했다. "새로운 표현을 만들어야 해요."

그는 여전히 유창하다고는 할 수 없는 말투로 조용히 말을 이었다. 나는 거기서 "이타바시 씨는 나이가 어떻게 되세요?" 하고 물었다.

"스물아홉 살인 것 같은데요."

"아, 가스미 씨 말고요."

"아, 저요?"

"네."

"스물일곱이에요."

"아, 동갑이네요."

동갑이라는 걸 알았기 때문인지, 그 뒤로 우리는 어색하지만 말을 놓기로 하고 한동안 이야기를 나눴다. 물론 이 시점에서 공통적인 화제랄 것은 가스미의 이야기밖에 없어서 나는 같이 옷을 사러 갔을 때, 그녀가 딱 붙는 청바지를 시착했다 다리가 빠지지 않아서 시착실에서 넘어져 굴렀던 일화를 이야기했다. 그는 "마작장 간판에 '풍속 0.5'라고 적혀 있는 거 알아?"라고 물었다.

"마작은 잘 모르는데, 본 적은 있는 것 같아."

"환금율을 말하는 거야. 기본 1,000점에 50엔이다, 뭐 이런 거. 실제로는 다들 마작으로 돈을 벌지만, 공공연히 말할 수는 없으니까 풍속이라는 말로 대체하는 거야."

"아, 그렇구나."

"전에 누나한테 '저기 적힌 풍속이 무슨 뜻인지 알아?'라고 물어봤거든. 그랬더니 자신만만하게 '아, 저거? 바람처럼 빠르게 리치를 선언해도 안 혼난다는 뜻이지?'라고 대답하는 거 있지."

"뭐?"

"누나는 진짜로 '풍속'이라는 말에 그런 뜻이 담겨 있다고 믿는 모양이야."

나는 눈을 동그랗게 떴다. 마작에 대해서는 문외한이었지만, '바람처럼 빠르게 리치를 선언해도' 운운하는 말이 완전히 헛다리라는 건 알 수 있었다.

"진심이야. 예전에도 그랬고 지금도 줄곧 그렇게 알고 있었다고 하더라고. 바람처럼 빠르게 리치를 선언해도 혼나지 않는다니, 그게 대체 무슨 규칙이야."

나는 가스미라면 분명 그 정도 착각은 할지도 모른다고 생각했다.

결국 그날은 거의 한 시간이나 이야기하다 '그럼 다음에 봐'나 '그럼 이만 끊자'가 아니라 그냥 '그럼'이라고만 말하고 전화를 끊었다. 그리고 바로 자리에 누워 이름을 묻는 걸 깜빡했다는 사실을 깨달았지만 딱히 후회 없이 푹 잠들었다.

"마나부가 전화했다면서?"

이타바시 가스미가 신이 난 목소리로 그렇게 말한 건 그로부터 두 달이 지났을 때였다. 슬슬 가스미 씨가 올 때가 되었으니 동생과의 통화 이야기를 꺼낼 가능성이 있다고 생각했더니 예상대로였다. "걔는 통 얘기를 안 해. 미나코가 거절해서 거기서 끝났을 줄 알았는데, 꽤 오래 통화했다면서? 잘된 거면 좀 가르쳐 주지 그랬어."

관심이 있는 건지 없는 건지, 가스미는 펼친 잡지를 훑어보며 말했다. 넌지시 들여다보자 건강한 미녀인 가스미와는 어울리지 않는 도쿄 내 외과 수술 전문가 순위 기사라 뜻밖이었다.

"그런 게 아니라." 나는 태연하게 대답했다. 정면 거울을 힐끗 보며 내 얼굴과 귀가 빨개지지 않아서 다행이라 생각했다. "뭔가, 만나 본 적도 없는데 이런저런 이야기를 나누다 친구 비슷하게 돼서……."

"결혼해야겠다고 생각했어?"

가스미는 웃으며 말했다. 우리가 절대 그렇게 될 리 없다는 듯 가벼운 말투였다.

왼손으로 그녀의 머리카락을 집어 끝을 다듬었다.

통화를 날마다 하는 것도 아니라, 일주일에 하루 또는 이틀, 상대가 걸어 왔다. 물론 나도 마음만 먹으면 걸 수 있었지만, 굳이 말하자면 볼만한 드라마가 없는 요일에 시간을 때우듯 시시콜콜한 이야기를 나누었기 때문에, 일주일에 한두 번이 딱 좋았고 그 이상은 딱히 원치 않았다. 그의 이름이 마나부라는 사실도 한참 지나서야 알았다. 처음에는 '마나부 씨'라고 어색하게 불렀지만, 동갑내기에게 '씨'를 붙이는 것도 이상해서 지금은 '마나부 군'이라 부르고 있었다.

"만나자는 얘기는 안 해?"

"이상하게 그런 얘기는 안 나왔네요."

"뭐, 걔가 낯을 가리기는 해." 가스미는 그렇게 말하더니 험악한 표정으로 "한심하긴"이라고 말했다.

터져 나오려는 웃음을 참자 그녀는 눈치챈 듯 "뭐가 웃겨?" 하고 물었다.

"어젯밤에 텔레비전에서 해 준 영화를 봤어요. 쿵후 영화였는데, 스승님이 복수를 맹세하는 주인공에게 기술을 가르쳐 주는데."

"성룡? 원표? 〈취권〉 말이야? 아니면 〈소림 36방〉?"

나는 가스미가 쉬지 않고 던지는 질문을 요리조리 피하는 기분으로 대답했다.

"중간에, 좀처럼 복수하려고 하지 않는 주인공을 스승님이 '한심한 놈' 하고 꾸짖는데, 그때의 엄한 얼굴이 가스미 씨 지금 표정하고 비슷해서요."

"그 스승님이라는 사람, 당연히 멋있겠지?"

가스미는 이상한 데 집착하며 물었다. 다시 웃음이 터져 나와서 황급히 주변을 둘러보았다. 시끄럽게 떠들면 다른 직원들이 고운 눈으로 보지 않기 때문이었다.

커트가 끝난 뒤 마지막에 다시 한번 머리를 감기고 드라이어로 말리려던 순간, 가스미가 불현듯 말했다.

"마나부랑 갑자기 연락이 끊기지는 않아?"

"네?" 나는 드라이어의 플러그를 콘센트에 꽂으며 고개를 갸웃거렸다. "음, 전화가 갑자기 오기는 하지만 꽤 정기적이에요."

"그런 건 꼼꼼하단 말이야. 전형적인 A형이거든."

"그러고 보니 그런 말을 하더라고요, 섬세하고 꼼꼼한 A형이라고요."

"그래서 더욱더 건강을 해치기가 쉽지."

가스미가 무의식적으로 흘린 그 말을 놓치지 않고 나는 "몸이 안 좋나요?" 하고 물었다.

하지만 가스미는 그 물음에는 대답하지 않고, 대신 "평소에 어떤 얘기를 해?"라고 말했다.

"별거 아니에요. 그냥 잡담이죠."

이를테면 어제는 내 고향 친구이자 고등학교 동창인 유미의 이야기를 했다. 어른스러운 분위기지만 털털한 미인으로, 고등학교 시절부터 무척 인기가 많았다. 여고였지만, 통학 중 전철이나 패스트푸드점 등 별의별 장소에서 남자들에게 고백을 받았고, 그때마다 미안한 듯 거절하는 모습은 수많은 적들을 베어버리는 무사처럼 멋졌다. 고백하는 남자들 가운데에는 무척 멋진 남자도 있었기 때문에, 주변 사람들은 '아깝다'고 아쉬워하기도 했지만, 그녀는 여전히 애매하게 웃을 뿐이었고, 그런 유미가 나는 자랑스러웠다.

"그 친구가 대학에서 남자 친구를 사귀었는데, 여간 특이한 남자가 아니었어요. 아, 특이하다기보다는 자유인이라는 느낌?"

"자유인?"

"자기중심적이고, 자기애가 강한 스타일요. 게다가 친구는 애가 생기는 바람에 그대로 대학을 그만두고 결혼해서 지금은 애가 둘이에요. 스물일곱에 두 아이의 엄마라니, 뭔가 기분이 이상해요. 나쁘다는 게 아니라, 묘한 기분이에요."

"지금도 그 친구가 자랑스러워?"

"물론이죠." 나는 그렇게 대답했다. 지금의 유미가 훨씬 자랑스러웠다. "그 특이한 남편도 지금은 수박에 뿌리는 소금 같은 존재라고 생각하고요."

"그렇구나."

"얼마 전에 친구한테 물어봤어요. 대체 남편의 어디가 좋았냐고."

그런 질문을 한 건, 오랜만에 고향에서 만났을 때였다. 패밀리 레스토랑 구석 테이블에서 그녀는 유모차를 옆에 두고 다정하게 미소 짓더니, "잘은 말 못 하겠는데 남편하고 나, 아이들의 조합이 꽤 맘에 들어"라고 대답했다.

그 이야기를 하자 마나부는 "수박님 말씀 멋지다"라고 감탄했다.

"마나부가 자기 일 얘기 같은 거 해?"

가스미가 물었다.

"별로 안 해요. 저는 하는데."

실제로 나는 대부분의 시간을 미용실에서 보내기 때문에 부득이하게 일 이야기가 나올 수밖에 없었다. 요청대로 머리를 잘 랐는데도 '내 머리 어쩔 거야!' 하고 화를 내는 고객 이야기, 내 가 담당한 여성 고객의 남자 친구로 보이는 자가 소파에 앉아 아주 천천히 4컷 만화를 숙독하고 있었던 이야기 등, 그런 이야 기가 많았다.

"마나부가 무슨 일 하는지 들었어?"

"평범한 회사원이라고 하던데요?" 나는 그렇게 대답하며 평 범하다는 건 참 편리한 말이라고 생각했다. "항상 지루한 단순 작업만 해서 일 얘기는 재미없다면서 별로 말을 안 하더라고 요."

"그야 그렇지. 지루하고, 단순하니까 재미있는 이야깃거리는 아니지. 마나부의 경우에는."

"하지만 사무직도 꼭 필요한 업무잖아요."

"사무직? 마나부가 그래?"

"네. 어? 아니에요?"

가스미는 잠시 침묵하더니 입을 오물거리며 뭔가 좋은 일이 라도 생각난 듯 눈을 반짝이며 말했다.

"음, 조금 특수한 직업이라 이제 한동안은 전화가 안 올 거 야."

"그게 무슨 소리예요?"

"마나부가 하는 일은 정기적으로 바쁜 시기가 있어."

"마감 같은 것 때문에요?"

예전에 사귀었던 사람은 시스템 엔지니어였는데, 시스템 마감이 다가오면 야근의 연속이라 연락이 끊겼던 일을 떠올렸다.

"바로 그거야." 가스미는 힘주어 고개를 끄덕였다. "그래서 한두 달쯤은 연락이 뚝 끊길지도 몰라."

"아, 그렇구나."

나는 그렇게 대답하며 살짝 쓸쓸해하는 나 자신의 마음을 알아챘다.

"하지만 마무리되면 다시 연락할 테니까 버리지는 마."

무슨 소리인지 잘 모르겠다고 생각하며 애매하게 대답했지만, 한편으로는 실제로 마감이 다가와도 연락을 뚝 끊지는 않겠지, 하고 생각했다.

하지만 정말 가스미의 말대로 그로부터 한동안 마나부는 전화를 하지 않았다.

♩

"아, 그리고 한참 지나서 다시 전화가 왔다는 거야?"

야마다 히로코가 놀란 표정을 지었다.

"한 달 반쯤 지나서."

나는 남은 우롱차를 빨대로 마셨다.

"솔직히 전화만 하는 관계가 계속된다는 것도 신기해." 료이치가 팔짱을 낀 채 고개를 갸웃거렸다. "기네스북에 오르고 싶은 거야?"

지난번 셋이서 만났던 게 처음 마나부에게 전화가 왔을 때였고, 그로부터 8개월이 지났으니 그동안 계속 통화를 했을 거라고 생각하는 모양이었다.

"한 달 반 동안 아무 연락도 없었어? 네가 전화하지는 않았고?"

"음, 방해될까 봐 안 했어."

실제로 몇 번인가 전화를 해 봐야겠다고 마음먹고 휴대전화를 집어 들기는 했지만, 눈코 뜰 새 없이 바쁜 시기라면 불쾌해할 것 같아서 그만두었다.

"문자메시지로 연락하면 되잖아."

히로코가 짜증스레 말했다.

"그 생각도 했는데, 연락이 잘 안 되는 상황에서 문자를 보내기도 그렇잖아."

"전화를 걸면 여자가 받는 거 아냐?"

료이치가 낄낄대며 말했다.

"그럴지도 몰라. 하지만 사전에 아무 언질도 없이 뚝 연락이 끊기는 건 이상해."

"음, 연락이 끊기기 전에 마지막으로 통화했을 때는 일이 바빠져서 저녁에도 짬이 없다는 얘기는 했어."

어느샌가 무의식적으로 그를 두둔하는 발언을 하고 있었다.

"다시 전화가 왔을 때도 아무 설명도 하지 않았고?"

료이치는 지나가던 종업원에게 음식을 빨리 달라고 재촉한 뒤에 말했다.

"아무 일도 없었다는 듯 다시 전화가 왔어."

"앞으로도 계속 통화만 하면 곤란한데."

"뭐가?"

"우리 회사 제품이 실력 발휘를 못 하잖아. 미나코 네가 꼭 써 봐야 하는데."

화장품 회사에 다니는 히로코가 웃으며 말했다.

"걱정 마, 화장하고 전화 받으니까."

"앞으로 화상 전화가 일반화되면 그런 일이 많아지겠지? 우와, 생각만 해도 귀찮아. 그렇게 생각하면 화상 전화가 보급될 일은 절대 없을 거야."

연락이 끊긴 지 한 달 반이 지났을 무렵, 다시 연락이 없으면 이대로 흐지부지 끝나는 거겠지, 하는 생각이 들기 시작했을 때 느닷없이 전화가 왔다. 밤에 텔레비전을 보던 나는 휴대전화 화면에 뜬 그의 전화번호에 화들짝 놀라 필요 이상으로 당황하면서도 설렘을 느꼈지만, 이건 비밀이다. 텔레비전 리모컨을 발로 끌어다 소리를 줄이자 화면 속에서 잔뜩 성을 내던 형사가 조용해졌다.

"여보세요" 하고 전화를 받자 그는 "오랜만이네, 나야" 하고 말했다. 딱히 그동안 바빴던 이야기를 하지도 않고, 전처럼 주변에서 일어났던 일들을 조용히 이야기할 뿐이었다.

이를테면 이런 이야기였다.

"오늘 횡단보도를 건너는데, 건너편에서 걸음걸이가 불안한 할아버지가 다가오는 거야. 보는 내가 가슴을 졸이고 있는데, 열심히 오른손을 들고 지나는 거 있지. 초등학생처럼."

나는 머릿속으로 그 광경을 떠올렸다. 휘청거리며 걷는 새우등의 노인이 오른손을 들고 횡단보도를 건너는 모습은 흐뭇하기도 했지만, 한편으로는 불안하기도 했다.

"그런데 뭔가, 그 할아버지만 손을 들고 건너는 게 불쌍한 거야."

"왜?" 나는 웃으며 물었다. "혼자만 그래서?"

"어. 손을 들고 건너는 게 잘못된 것처럼 느끼실까 봐." 한 번도 만나 본 적은 없지만 나는 그런 사고방식이 마냐부담하다고 생각했다. "그래서 나도 할아버지를 따라 손을 들었어."

"그럼 횡단보도 양쪽 끝에서 손을 든 두 사람이 스쳐 지나갔겠네?"

그는 살짝 웃으며 말했다. "스쳐 지나갈 때, 그 할아버지가 날 노려보는 거야. 놀리는 거라고 생각한 건가?"

"그럴 수도 있겠네."

그런 이야기를 나누다 보니 한 달 반의 공백 따위는 없었던 것처럼 자연스럽고 편안했다. 헤어졌던 남자 친구와 다시 시작한 편안함이 아니라, 전학을 갈지도 몰랐던 친한 친구가 떠나지 않은 것에 대한 안도에 가까웠다.

"그런 관계는 좀 복잡해. 건강하지 않은 관계잖아. 언제까지 그럴 거야? 빨리 만나는 게 좋지 않겠어?" 료이치가 술기운이 도는 벌건 얼굴로 말했다. "몇 년 동안 기대하다 드디어 만났는데 상대가 못생긴 아저씨면 어쩔 건데."

나는 대답할 말을 찾지 못하고 얼굴을 찌푸렸다. 슬쩍이 나나부가 어떻게 생겼을지, 어떤 남자일지 상상해 본 적은 있었지만, 그때마다 '우리 사이는 그저 말동무에 지나지 않는 게 아닐까'라는 생각도 들었다.

"아니, 미나코 네 이상형이 뭐였지? 전에 사귀던 남자는 엄청 잘생겼었잖아. 자아도취 스타일." 히로코의 말에 료이치도 "맞아, 맞아" 하고 맞장구를 쳤다.

아, 그러고 보니 그런 사람이 있었지. 먼 옛날의 일처럼 느껴졌다.

"내가 지하철에서 주정뱅이에게 희롱을 당하는데도 겁먹고 도망친 잘생긴 놈. 음, 이상형이라, 어려운 문제네. 나도 잘 모르겠어."

"그럼 그 남자가 도수 높은 안경을 쓴 샌님이면 어쩔래?"

료이치가 그런 질문을 했다.

"어쩌면 전 남자 친구일지도 몰라."

히로코는 그렇게 말했지만, 그건 너무 나갔다 싶어서 "그럼 진작 알았지"라고 대답했다. 8개월이나 통화를 했는데 모를 리가 없었다.

"직접 만날 수 없는 이유라도 있는 걸까?" 료이치가 갑자기 살짝 진지한 표정으로 말했다. "나쁜 뜻이 아니라, 자유롭게 나다닐 수 없다거나……. 전화는 할 수 있지만 그 밖의 일은 불가능하다든지."

"교도소에 있어서?"

히로코의 눈이 번뜩였다.

"그게 아니더라도, 병원에 입원했다든지."

"아……." 나는 납득하는 표정을 지었다. 료이치의 대답이 머릿속에 빠르게 스며들었기 때문이었다.

"그럼 그거 아닐까? 키 크고, 머리는 좀 새 둥지 같고, 다정한 얼굴에 과묵한 남자?"

"히로코, 그거 누굴 생각하며 하는 소리야?"

그러자 히로코는 씩 웃으며 말했다.

"사이토 씨 있잖아."

100엔을 내면 노래 한 소절을 제공해 주는 그 사이토 씨였다.

아, 그건 생각지도 못했네. 나는 멍하니 대답하며, 아예 말도 안 되는 이야기는 아니라고 생각했다. 사이토 씨는 나이를 알 수 없었고, 이름도 우리가 그렇게 부를 뿐 사이토는 아닐 테니 이타바시 가스미의 동생이라고 해도 이상할 건 없었다.

"그런 소리를 들으니까 갑자기 사이토 씨한테 가 보고 싶네."

나는 농담처럼 그렇게 말했다.

일부러 그런 건 아니었지만, 그다음에 사이토 씨를 찾아간 건 그로부터 세 달이나 지나서였다.

둘 다 서로의 거리를 더 좁히자는 말을 꺼내지 않은 채, 그 안락함에 젖어 이제는 거의 습관이 되어 버린 전화 통화를 계속하고 있었다 마나부 이는 잎으로도 계속 이런 사이일 거라는 생각이 들기 시작했다. 서로 연인이 생겨서, 통화를 하다 그 일을 화제로 삼을 날이 올지도 모르지만, 그건 그거대로 좋을 것 같다고.

때마침 한 달 전부터 다시 마나부의 일이 바빠져서 연락이 끊겼다. 마지막 통화에서 그는 "이번 일은 죽을힘을 다해 해야 할 것 같아. 그래서 한동안 통화 못 할 거야"라고 선언했다.

"힘들어서 어떡해." 내가 그렇게 말하자, "사실 지금 하는 일, 나하고 잘 안 맞는 것 같아서 그만두려고 해"라고 이야기했다. 아무리 일 이야기를 잘 하지 않는 편이라고 해도 그런 기색은 전혀 느끼지 못했기에, 나는 무척 놀랐다. "그만두고 싶어?"

"사무직이 잘 안 맞아." 그는 힘없이 대답했다. "전에 가르쳐 준 사람 있잖아, 지난주에 그 사람을 찾아갔어. 노래 틀어 주는 사람."

"사이토 씨?"

"어."

실은 네가 사이토 씨일지도 모른다는 생각에 그 이야기를 했다는 말은 할 수 없었다. 하지만 한편으로는 그가 일부러 우리 집 근처까지 와서 사이토 씨를 찾아갔다는 사실에 묘한 기분을 느꼈다. 그래, 그는 나와 같은 하늘 아래 살고 있는 거구나. 새삼스레 그런 사실을 발견한 기분이었다.

"그 사람, 재미있더라."

"어땠어?"

"내가 지금 처한 상황을 얘기했더니 딱 맞는 노래를 틀어 줬어."

"어떤 노래였는데?"

"음." 그는 거기서 부스럭부스럭 뭔가를 만지는 소리를 냈다. 쑥스러운 듯 지금 시디플레이어가 있는데, 하고 말하더니 사이토 씨가 들려준 노래가 좋아서 시디를 샀다고 했다.

"무슨 곡인지 알려 줬어?"

사이토 씨가 실제로 말하는 걸 본 적이 없었기에 그 말은 의외였다.

"아니, 전혀 안 통하더라고." 그는 괴로운 듯 말했다. "하는 수 없이 시디를 몽땅 사서 하나씩 다 들어 봤어."

"혹시 레코드 회사 직원 아냐?" 내가 웃으며 말했을 때 노랫소리가 들렸다. 한 곡을 끝까지 틀어 준 까닭에 사이토 씨가 어느 소절을 택했는지는 알 수 없었지만, 왠지 어렴풋이 짐작이 갔다.

'오예! 가자! 준비는 이미 끝났어. 홉, 스텝, 웜-업, 오-노-! 그 다음은 점프잖아! 변하지 말라니, 새로운 도전을 바라지 않는 이들이여, 안녕.'

그 구절을 들었을 때 등허리가 쫙 펴지는 느낌이었다.

"다음에 연락할게."

마나부가 전화를 끊은 긴 자정이 지나서였다. 다음에 언제 연락이 올지는 알 수 없었지만, 나는 벌떡 일어나 촌스러운 실내복 차림으로 집을 나서서 지하철역 근처로 갔다. 사이토 씨는 아직 있었다. 나는 잰걸음으로 다가갔다. 약간 흥분한 상태였기 때문에 두 손으로 탁자를 짚고 몸을 앞으로 내밀며, 대국을 신청하는 장기 기사처럼 "부탁드립니다" 하고 100엔을 내밀었다. 제 친구가 왔었나요? 어떤 사람이었죠? 그렇게 묻고 싶기도 했지만, 설명할 방법이 없었다.

"솔직히 지금은 연애 감정인지 아닌지 잘 모르겠고, 상대도 바쁜 것 같지만 딱히 할 수 있는 일이 없어서 갑갑해요. 그런 저한테 맞는 곡을 들려주세요."

기분 탓인지는 모르겠지만 내 말투는 명인에게 어려운 질문을 던지는 투였다.

사이토 씨는 여전히 초연한 표정이었다. 알겠다는 듯 손가락으로 오케이 사인을 만들더니 키보드를 두드렸다. 경쾌한 곡이 흘러나왔다.

'우리는 사랑이네 연애네, 이겼네 졌네 실랑이하느라 바쁘지. 누군가가 눈물 흘리면 나도 우는 척하지. 그러다 잊어버리겠지, 잊어선 안 되는 일까지. 누가 어떻게든 하겠지, 그리고 넌 어디로 가려는 거니?'

무슨 뜻인지 전혀 알아들을 수 없었지만, 나는 "그러게요" 하고 대답한 뒤 실내복 차림으로 편의점에 들러 고기만두를 사서 집으로 돌아왔다.

♪

"마나부한테서 연락 왔었어?"

그로부터 보름 가까이 지난 어느 날, 가게로 찾아온 이타바시 가스미는 나에게 그렇게 묻더니 마치 아들 가진 어머니처럼 "미안해, 애가 주변머리가 없어서"라고 사과했다.

"괜찮아요, 신경 하나도 안 써요. 화 안 났다니까요, 그깟 전화 때문에."

나는 그렇게 말하며 일부러 가스미의 머리카락을 세게 잡아당겼다. "이거 봐, 화났잖아." 가스미의 목소리에 다른 손님들의 시선이 우리에게 쏠렸다.

"직업상 어쩔 수가 없어. 마나부는 자기 나름대로 생각이 있는 것 같지만."

"생각요? 이직한대요?"

그러자 이타바시 가스미는 정면의 거울로 나를 바라보더니 소녀처럼 빛나는 눈동자로 물었다.

"오늘 우리 집에 올래?"

"가스미 씨네 집에요?"

지금까지 밖에서 따로 만난 적은 종종 있었지만, 집으로 초대한 것은 처음이었다.

"응. 같이 텔레비전이나 보자."

"텔레비전요?"

나는 영문을 모른 채 그녀의 말에서 진의의 윤곽을 도려내는 기분으로 가위질을 했다.

"옛날에 그런 얘기 했던 거 기억나? 복싱 시합 결과에 따라 고백할지 안 할지 정하기로 했다는 사람이 있었다고 했잖아."

"아, 방송에서요?"

"내 동생이 바로 그 일을 꾸미고 있는 것 같아."

"네?"

"오늘 세계 헤비급 챔피언전이 열리는데, 저기……."

가스미는 가게 벽을 보았다. 매니저가 좋아하는 헤비급 복서, 윈스턴 오노의 포스터가 붙어 있었다. 그는 내가 모르는 사이에 성상해서 드디어 세계 챔피언에 도전할 기회를 얻은 모양이었다.

"헤비급이라고 해서, 더욱 덩치가…… 좀 살집이 있을 줄 알

92

았어요."

"뭐, 몸을 만들어야 하니까. 마이크 타이슨도 거인 이미지는 아니었잖아. 일본인이 세계 챔피언에 도전할 줄이야. 옛날에는 생각지도 못한 일이었는데, 세상 참 많이 좋아졌어."

이타바시 가스미는 감개무량한 표정으로 고개를 젓더니 말을 이었다.

"그래, 맞아. 그 시합에서 도전자가 이기면 마나부가 자기한 테 고백한대."

"네?"

나는 먼저 눈을 깜빡거린 뒤에, 주변을 둘러보았다. 그리고 거울에 비친 내 얼굴이 빨개진 것을 확인하고 입을 벙긋거렸다.

"참 바보 같은 애야."

"그런 결정을 왜 남한테 맡기는 건데요?" 나는 그렇게 말했다. 쑥스럽기도 했지만, 솔직히 반쯤은 화도 났다. "만일 그 사람이 지면 어떻게 할 건데요?"

"어때? 기뻐? 안 기뻐?"

가스미는 눈을 가늘게 뜨며 물었다.

"뭐가요?" 나는 혼란스러워하며 말했다. "왠지 싫어요."

그렇지, 그녀도 고개를 끄덕였다.

이타바시 가스미의 집은 깔끔하고 고급스러운 맨션이었다. 하지만 그보다 더 나를 놀라게 한 것은 그녀가 기혼이라는 사실이었다.

"그런 얘기는 왜 안 하셨어요?"

"굳이 말할 필요가 없어서? 그리고 기왕이면 독신으로 보이고 싶었으니까?" 그녀는 집으로 날 들이며 말했다. "편하게 있어. 남편은 지금 출장 중이니까."

나는 실내의 가구를 구경하며 소파 어디에 앉을지 고민했다. 창가의 선반에 사진이 늘어서 있었고, 그중 어딘가에 마나부의 모습이 있을까 눈을 번뜩였다. 하지만 찾아서 어쩔 건데, 하는 생각에 스스로를 타일렀다.

가스미는 배달한 피자를 테이블에 놓고 냉장고에서 캔 맥주를 가져와 낭랑하게 말했다. "자, 응원이나 하자. 미나코를 위해서."

나는 애당초 격투기에는 문외한이었기에 과연 시합을 즐길 수 있을지 불안했다. 시합 시작까지의 세리머니와 두 선수에 관한 장황한 소개도 지루했기에 딱히 마음이 끌리지 않았다.

마나부가 우리 관계를 복싱 시합 결과로 정하려 한다는 것도 마음에 들지 않았다.

하지만 시합이 시작되자 눈이 화면에 고정되었다.

공이 울리자마자 덩치 큰 두 남자가 맞붙었다. 단련된 육체가 재빨리 움직이더니 주먹을 날렸다. 서로의 어깨와 팔이 맞부딪치는 순간의 쿵, 하는 소리가 화면 너머로도 전해졌다. 불꽃 튀는 승부의 긴장감이 나를 감쌌다. 헤비급이라는 말에서는 어쩐지 둔중한 느낌을 받았는데 실상은 전혀 달랐다. 날카로운 주먹이 몇 번이고 허공을 갈랐다.

시야 한구석에 뭔가가 비쳤다. 앞으로 몸을 굽히며 팔과 머리를 흔드는 가스미의 모습이었다. 어느샌가 나도 그녀와 같은 반응을 보이고 있었다. 나도 모르게 몸이 움직였다.

"둘 다 타고난 파이터라 보는 재미가 있어. 판정 같은 건 신경 쓰지 마. 복싱은 이래야지."

가스미는 눈을 반짝이며 그렇게 말했지만, 나는 무슨 소리인지 알아들을 수가 없었다. 그저 전국의 여러 사람들이 이 시합을 보면서, 지금 우리처럼 온몸을 흔들며 흥분하고 있는 걸까, 하는 생각을 했다.

2라운드에서도 1라운드와 비슷한 양상의 시합이 펼쳐졌다. 일본인 도전자는 짧은 머리에 사내다운 생김새였지만, 왠지 앳된 느낌도 났다. 그에 맞서는 챔피언은 여유 넘치는 어른처럼 보였다.

"날려 버려!"

가스미가 외쳤다.

순간 일본인 선수가 오른팔을 쭉 뻗었다. 맞아라! 나도 어느샌가 일본인 선수의 편을 들고 있었다. 마나부의 고백과는 상관없이 그저 시합에 몰입하고 있었다. 챔피언이 몸을 젖혀 주먹을 피했다. 그리고 씩 웃었다. 그가 앞으로 다운될 일은 절대 없을 것이라는 생각이 들게 하는 얄미운 미소였다.

라운드가 끝날 때마다 나는 삼켰던 숨을 뱉었다. 묵묵히 맥주로 목을 축였고, 가스미도 말이 없었다.

한 라운드가 지날 때마다 화면 속 선수들의 움직임도 조금씩 둔해졌다. 계속 시합하려면 얼마나 힘들까. 그런 단순한 생각을 한 순간이었다. 외국인 챔피언이 로프를 등진 일본인 선수에게 라이트 펀치를 날렸다. 일본인 선수는 가드를 올려 펀치를 막았다. 챔피언이 한 발짝 물러선 찰나 가드 사이로 도전자의 눈이 번뜩이는 걸 나는 똑똑히 보았다. 복싱 문외한에 이번이 첫 시합 관람인 내가 이런 말을 하는 것도 그렇지만, 나도 모르게 "지금이야!" 하고 외치고 있었다.

도전자가 라이트 펀치를 날렸다. "끝내 버려!" 가스미가 다시 소리쳤다.

챔피언은 슬로모션처럼 아주 서서히 뒤로 쓰러졌다.

𝄞

후련한 기분으로 가스미와 얼싸안고 나서 식어 버린 피자를 먹었다. 정말 잘됐다, 좋은 시합이었어. 그녀는 그렇게 말했다.

"엄청 흥분했어요."

나는 솔직하게 소감을 말했다.

그리고 무의식적으로 휴대전화를 탁자 위에 꺼내 놓고 있었다. 가스미는 그걸 놓치지 않고 짓궂은 미소를 지었다.

"어머, 중요한 결정을 남에게 맡기는 남자 연락 기다리는 거야?"

정말 고백을 할 작정인 걸까. 그 말 자체가 반신반의였고, 이런 중대사를 복싱 시합의 결과에 따라 결정하겠다는 마나부를 용서하고 싶지도 않았지만, 방금 본 시합의 감동으로 그 모든 감정들이 모호해졌다.

시합 중계가 끝난 텔레비전에서는 어느샌가 드라마가 흘러나왔다. 딱히 관심은 없었지만 멍하니 그 화면을 지켜보았다. 휴대 전화는 침묵을 지키고 있었다. 정말 전화가 온다면 집에서 받는 게 낫지 않을까?

"새 챔피언은 지금쯤 여기저기 인터뷰하느라 정신없겠지?"

가스미는 채널을 돌렸다. 다른 방송에서는 아까 챔피언이 된 윈스턴 오노가 헐렁한 셔츠 차림으로 인터뷰를 하고 있었다. 아직 시합의 피로가 남아 있는지 묻는 말에만 조용히 대답할 뿐이었다.

"왜 윈스턴 오노라는 이상한 이름을 지었는지 알아?"

가스미가 불현듯 물었다.

"왜 그랬는데요?"

"존 레넌 알지? 그 사람 풀 네임이 존 윈스턴 레넌이야. 미들 네임이 영국 수상의 이름과 같지. 하지만 오노 요코와 결혼한 뒤에는 미들 네임을 윈스턴에서 오노로 바꿨대. 그런데 허가가 나지 않아서 결국 여권에는 존 윈스턴 오노 레넌이라는 긴 이름을 썼다나. 우리 남편이 해 준 얘기야."

"거기서 따온 거예요? 저 사람도 성이 오노라서?"

나는 화면 속의 새로운 챔피언을 보았다.

"응. 우리 남편이 장난으로 한 소리였어. 링 네임을 지을 거면, 존 레넌에서 따오라고."

"남편분요? 저 선수랑 아는 사이예요?"

"마나부라는 이름은 약해 보이잖아."

이타바시 가스미는 그렇게 말하며 파안대소했다. "네?" 한편 나는 뭐가 뭔지 모른 채 화면을 뚫어져라 바라보았다.

"나도 결혼 전에는 오노라는 성을 썼어."

"저기, 무슨 얘긴지……."

"복싱회관에 다닌다는 말을 할 수 없어서 사무직이라고 한 거야."

"저기……."

"미나코가 격투기 같은 거 싫어한다고 했잖아. 그래서 처음에는 무슨 일 하는지 말하지 말라고 했어."

가스미는 자신만만하게 말했지만, 솔직히 하나도 귀에 들어오지 않았다.

그 순간, 새로운 챔피언이 취재진의 마이크에 대고 말했다. 날카롭고 사내다운 표정은 온데간데없고 쑥스러워하는 눈치였다.

"다음 도전은 어떤 여성분과 만나는 겁니다."

사회자는 농담이라고 생각했는지 껄껄 웃으며 "이걸 그 여자분이 보고 있다면 어떡하실 겁니까?" 하고 물었다.

"아마 안 볼 겁니다. 격투기에 별로 관심이 없는 것 같았거든요."

새로운 챔피언은 그렇게 대답했다.

"어머, 보고 있는데."

가스미는 소파에 편하게 앉아 히죽거렸다.

나는 그저 어안이 벙벙할 뿐이었다.

"방송에서 저런 소리를 하면 어쩌자는 거야."

가스미가 말했다.

나는 쓴웃음을 지으며 "부담스럽네요"라고만 대답했다. 뭐, 사람에 따라 다르겠지만. 그 말은 꿀꺽 삼켰다.

𝄞

가스미의 맨션에서 나와 집으로 돌아갔다. 그녀는 마나부가 당분간 각종 방송에 출연해야 하니 통화는 어려울지도 모른다고 했다.

"이제 막 시합이 끝난 선수한테요? 방송국도 정말 너무하네요."

"복싱 시합을 위해서는 여러 가지가 필요하니까." 이타바시 가스미는 처음으로 선수인 동생을 안쓰러워하듯 말했다. "마나부도 여러 가지로 고생이 많아."

지하철 계단을 지나치는데 예의 그곳에 있는 사이토 씨가 보였다. 나는 한번 지나쳤다 다시 발길을 돌렸다. 100엔을 꺼내 건네자, 그는 내 이야기를 듣기도 전에 전부 꿰뚫어 보고 있다는 표정으로 고개를 끄덕이더니 컴퓨터를 조작했다.

이윽고 흘러나온 건 경쾌하고 발랄한 노래였다.

'굿 데이 밖으로 나가자. 굿 데이 시작하자. 새로운 태양, 다음 백 년, 지금이 굿 타이밍. 시작하자, 기다렸어, 그래, 지금이 그때야, 딱 좋은 타이밍.'

그 후로 사이토 씨는 그곳에서 자취를 감췄다. 아마 다른 곳으로 옮긴 것이리라, 그러니까 슬퍼할 일은 아니라고 나와 마나부는 생각했지만, 료이치는 분명 일본음악저작권협회JASRAC와 저작권 문제로 분쟁이 생긴 거라는 혼자만의 상상을 하며 즐거워했다.

도쿠멘타

ドクメンタ
《GINGER L.》 2011년 봄호

월드컵은 4년에 한 번, 신슈의 스와 시에서 개최되는 온바시라 축제는 6년에 한 번 열린다. 그러면 5년에 한 번 돌아오는 이벤트는 무엇일까. 후지마는 단독주택의 식탁에서 캔 맥주를 마시며 혼자서 가상의 퀴즈를 떠올렸다. '5년에 한 번 돌아오는 건 뭘까요.'

예전에 직장 후배에게 같은 질문을 했을 때, 자신만만하게 "그거 도쿠멘타죠?"라고 대답하는 그에게 "그게 뭐야, 독이야?"라고 되물은 적이 있었다. 도쿠멘타란 독일에서 5년에 한 번씩 열리는 현대미술제라고 대답하는 후배도 그 행사의 자세한 내용은 알지 못해서 "아마 도큐먼트라는 말에서 파생된 이름이 아닐까요" 하고 대충 추측한 듯 가벼운 어조로 말했다. "어차피 기록이나 문서 같은 뜻이겠죠."

"어차피? 너무하잖아."

후지마는 웃으며 대답했다.

하지만 그의 물음은 도쿠멘타라는 해외의 이벤트와는 전혀 상관이 없었다. 그보다 훨씬 가까운 곳에, 5년에 한 번씩 돌아오는 행사가 있었다.

자동차 운전면허 갱신이었다.

후지마는 식탁 위에 놓인 운전면허증을 보았다.

5년 전 자신의 모습이 보였다. 사근사근한 표정은 아니었지만, 분노나 불만은 느껴지지 않았다. 이때는 그랬지. 저도 모르게 그런 생각이 들었다. 아내가 있었고, 딸아이가 한 살이 되었을 무렵이었던가. 이 집에서 가족과 함께 살고 있었을 무렵의 내 모습이다. 그런 생각을 하니 5년 전의 자신에게 질투가 났다. "너는 모르겠지만" 하고 사진 속 자신에게 충고를 하고 싶어졌다. "다음 갱신 때에는 홀로 쓸쓸하게 맥주를 마시며 아내에게 연락이 오지 않을까 휴대전화를 끊임없이 들여다보는 놈이 되어 있을 거야."

식탁에는 1년 전에 동물원에서 찍은 가족사진도 놓여 있었다. 아이가 어린이집에서 만들었다는 액자에 넣어 장식했다. 코끼리 앞에서 팔을 꼬아 코끼리 흉내를 내는 딸아이를 가운데 둔 아내와 후지마의 모습이 보였다. 사진을 찍어 준 건 그 자리에 있던 젊은 여자였다. 갑작스레 그때 일이 떠올랐다. 한 손에는 세 살짜리 아이를 데리고 있었는데 아기 띠에 싼 젖먹이까지 안고 있었다. "당신 그런 점이 정말 싫어." 아내는 그날 밤 딸아이가 잠들자 그렇게 말했다. "어린애하고 갓난쟁이를 데리고 있는 엄마한테 사진을 찍어 달라고 아무렇지도 않게 부탁하다니, 정말 이해가 안 돼." 아내는 경멸의 눈빛을 보냈다. "사진 찍어 준 뒤에 고맙다는 말도 제대로 안 하고."

"내가 그랬나?" 후지마는 그 지적에 망연자실하며 대답했다. 기억에는 없었지만, 아마 사실일 터였다.

"당신은 매사에 적당주의야. 그게 부족해."

"그게 뭔데?"

후지마는 되물었지만 스스로도 답을 알고 있었다.

"섬세함." 아내의 대답과 동시에 후지마는 대답했다. "섬세함이라."

매사에 꼼꼼하고, 신경질적일 정도로 자기 행동을 확인하며 가급적 실수를 하지 않으려 애쓰고, 사소한 것에 대해서도 끝없이 반성하며 노심초사하는 성격의 아내에게는 무슨 일이든 대충대충, 배려심 없는 후지마의 성격이 크나큰 스트레스였으리라. 하지만 후지마는 그 사실조차 알아채지 못하고 저러다 내 성격에 익숙해지겠지, 하고 대수롭지 않게 생각했다.

아이가 태어났을 때 후지마는 앞으로 부부 사이가 어떻게 돌아갈지 걱정됐다. 갓난아이를 키운다는 건 보통 일이 아닐 테니, 아내가 세심한 배려심과 정중한 성격을 유지한 채 생활하기란 불가능할 것이다. 그러니 그녀도 그런 건 어느 정도 내려놓고 후지마의 성격을 이해해 주는 게 아닐까. 아니면 특유의 고지식함과 결벽증을 버리지 못하고 아이를 키우면서도 꼼꼼하게 집안일을 하다, 그렇지 않은 남편에게 더욱 부아가 치밀게 되는 건 아닐까. 대체 어떤 전개가 기다리고 있을까. 머나먼 이국에서 일어나 전쟁이 항빙을 상상하듯 그런 생각을 했다.

상황은 바라지 않는 방향으로 흘러갔다.

"난 이렇게 열심히, 되도록 완벽하게 하려고 노력하는데."

"당신은 완벽해."

"아니, 난 그렇게 생각 안 해."

"완벽하다니까."

"완벽하지는 않지만, 그래도 열심히 해야겠다는 마음은 있어. 나는 그런데 당신은 처음부터 열심히 해야겠다, 노력해야겠다는 마음이 없잖아."

"아니라니까." 사실이었다. 후지마는 비록 본인이 의식할 수 있는 범위 안에서이기는 하나, 최선을 다해야겠다는 마음을 가지고 있었다. 단지 그 정도가 지나치게 낮았던 것뿐이었다.

"쓰레기 버리러 간다고 하고는 잊어버리잖아. 야근 때문에 늦어질 것 같으면 미리 연락 준다고 해 놓고 깜빡하고."

"갑자기 야근을 하는 날은 회사 일이 정신없을 때가 많아서 연락하기 힘들어."

"하지만 약속했잖아. 그런데도 깜빡한다는 건 약속을 어겨도 된다고 생각하기 때문이야. 창고 정리한다고 한 지가 벌써 1년 인데 아직 손도 안 대고."

아내는 복도 쪽을 가리키며 말했다. 창고는 복도 북쪽의 벽에 있었다. 안에는 낚시 도구며 스노보드, 전자 기타 등 후지마의 물건들이 쌓여 있었다.

"뭐 하나 끝까지 하는 게 없잖아. 당신은 정말 한 가지 일을 성실하게 계속하지를 못해."

아내는 성을 내지도, 진저리를 치지도 않았다. 뭔가 달관한 사람의 표정이었다. 올해 겨울은 정말 춥네요. 인간의 힘으로 어찌할 수 없는 날씨의 관찰 기록을 말하는 투였다.

"무슨 일이든 대충대충. 애초에 청소나 정리 정돈 같은 데 관심이 없지."

"일이 바빠지면 기분 전환 삼아 이것저것 해 보고 싶은 게 많아져."

후지마는 솔직하게 대답했다.

그가 근무하는 회사의 주된 업무는 시장조사 의뢰를 받아, 등록된 회원들에게 설문 조사 응답을 의뢰한 뒤, 그것을 바탕으로 분석 결과를 보고하는 것이었다. 대부분의 직원들은 조사나 분석을 담당하지만, 후지마가 맡은 업무는 사내에서 사용하는 시스템의 관리였다. 각 직원들이 사용하는 컴퓨터의 관리나, 데이터를 보관하는 서버의 유지 보수도 그의 일이었다.

컴퓨터는 사소한 오류만 발생해도 엄청난 사태가 벌어지잖아. 당신 성격으로 어떻게 그런 일을 하는지 모르겠어. 아내는 결혼 전부터 그런 이야기를 했지만, 솔직히 후지마 역시 신기할 따름이었다. 게으름쟁이에다 성격 급하고, 꼼꼼한 작업도 잘 못하는 자신이 어떻게 시스템 관리 같은 일을 하는지 의문이었다. 게다가 실수도 적은 편이었다. 회사에서의 그는 사생활에서의 그와 전혀 달랐다. 한마디로 두 얼굴의 사나이라 할 정도로 성격이 판이했다. "아마 나 스스로 성격을 알기 때문에 남들에게 폐를 끼치면 안 된다고 생각해서 회사에서는 죽을힘을 다해 집중력을 발휘하는 건지도 모른다." 그런 말로 예전에 설명한 적이 있었다. 실제로 그렇게 생각했지만, 아내는 "그런가" 하고 무뚝뚝하게 대답했다. 아내 입장에서는 달가울 리가 없었다. '집에서는 폐를 끼쳐도 된다고 생각하는 거야?'라고 쏘아붙이고 싶었겠지.

"내가 AB형 아냐. 흔히들 AB형은 이중인격이라고 하잖아."

후지마가 고육지책으로 쥐어짠 말에, 아내는 더욱더 싸늘한 눈빛을 보냈다. "혈액형에 따라 성격이 다르다는 게 과학적으로 말이 돼? 설령 당신 말이 맞는다 해도, 집에서 꼼꼼한 A형의 성격을 발휘하면 되잖아."

좌우간, 후지마는 회사에서는 꼼꼼하고 실수가 적은 직원으로 인정받아 신임을 얻고 있었다.

하지만 그 신임도 반년 전쯤에 사라졌다. 달랑 '잘 있어'라는 메시지 한 통만을 남기고 아내는 딸을 데리고 집을 나갔다. 후지마는 상황을 파악하지 못한 채 '대체 왜?'라는 생각에 사로잡혀 아무것도 할 수 없었다. 서버 단말기 작업을 수행하기에는 몹시 부적절한 정신 상태였음에도 불구하고, 밤중에 보수 작업까지 하게 되었고, 정신을 차려 보니 소리를 버럭 지르며 눈앞의 책상을 걷어차고 있었다. 기억은 없지만, 같이 작업을 하던 후배에게 듣기로는 그랬다고 한다.

책상을 걷어차자 그 반동으로 선반이 쓰러졌고, 그것을 계기로 후배가 들고 있던 커피가 엎어져서 백업 데이터는 깨끗하게 사라졌다.

후지마는 실의에 빠져 한동안 회사에 나가지 않았다. 이 사태를 책임지고 회사를 그만둬야 하는 게 아닌가 고민했지만, 결국에는 복귀했다.

주변 동료들은 모두 다정했다. 하지만 후지마는 자신의 덜렁거리는 성격이 탄로 나 아내가 그랬던 것처럼, 동료들에게도 버림받을지 모른다는 공포에 시달렸다. 그때부터는 초보 운전자가 온 신경을 곤두세우고 신중하게 주차하듯, 조심스레 동료들을 대하고 회사 일을 했다. 그러다 보니 어느덧 반년이 흘렀다.

달력을 넘기며 면허증을 보았다.

후지마는 턱을 괴고 생각에 잠겼다. 그녀는 올해에도 일요일에 올까.

아내가 아닌 다른 여성과의 만남을 생각하는 건 온당치 못하다는 죄책감이 가슴을 찔렀지만, 금세 머릿속에서 지워 버렸다. 이건 그런 게 아니다.

실제로 후지마와 그녀는 전혀 그런 사이가 아니었다.

$\oint$

처음 후지마가 그녀를 만난 건 10년 전이었다. 그녀는 당시 스물아홉 신혼이었던 후지마에게 "죄송한데요" 하고 말을 걸었다.

줄을 서 있던 후지마는 눈앞의 부스에서 나온 자그마한 여자가 자신의 얼굴로 손을 뻗는 걸 보고 뒷걸음쳐 피했다.

"뭐, 뭡니까."

"죄송한데 안경 좀 빌려주실래요?"

여자가 그렇게 말했을 때, 후지마의 안경은 이미 그녀의 손에 들어가 있었다. 포대기로 아이를 업고 있었는데, 아이 역시 눈을 동그랗게 뜨고 있었다.

"저기, 제가 어느샌가 눈이 나빠졌나 봐요. 그래서 검사에서 걸렸어요. 면허 갱신 기간이 오늘까지인데 오후에 볼일이 있어서 지금 안경을 맞추러 갈 수가 없거든요."

후지마는 몸을 굽혀 앞쪽의 부스를 보았다.

자동차 면허 센터 안의 시력검사실이었다. 접수 시간은 이미 지났고, 면허 갱신을 하려는 대부분의 사람들이 시력검사를 마치고 대기실 의자에 앉아 있거나, 사진 촬영 안내를 기다리고 있었다.

때문에 시력검사실 앞에 줄을 선 사람은 거의 없었다. 후지마의 뒤로 몇몇이 있을 뿐이었다.

검사실 안에 있던 직원이 "뭐 하세요?" 하고 말을 걸었다. 후지마의 안경을 빼앗은 여자는 "안경 있으니까 다시 검사해 주세요"라고 대답하더니 안으로 들어갔다.

"남의 안경이 맞을 리가 없잖아요." 후지마는 그렇게 말했지만, 갓난아이를 안은 여자는 "괜찮아요"라는 말을 남기고 출전하는 전사처럼 용맹스레 검사실 안으로 사라졌다.

"정말 감사합니다." 검사를 마치고 나온 여자는 안경을 건네며 말했다. "덕분에 통과했어요."

"그러세요." 후지마는 건성으로 대답했다. 곧이어 자신의 이름을 부르는 소리를 듣고 안으로 들어가 검사를 받았다. "왜 다들 갱신 기간이 다 돼서 오는지 모르겠네." 시력검사 담당자의 목소리가 들렸다. 혼잣말인 줄 알고 후지마는 아무 말도 하지 않았다. "예전에는 생일까지였지만 지금은 한 달이나 늘어났는데, 결국 한번 게으름뱅이는 영원히 게으름뱅이인 건가."

대기실 의자에 앉아 있는데 그 여자가 다가왔다. "아까는 감사했습니다." 하나로 묶은 머리에 화장기 없는 얼굴은 소박하다고도, 수수하다고도 할 수 있었지만, 그래도 오뚝한 코와 쌍꺼풀진 커다란 눈동자 때문에 아기 새처럼 사랑스러웠다. 갈색으로 염색한 머리카락 윗부분에는 본래의 검은색이 섞여 있었다. 아마 미용실에 갈 여유도 없는 것이겠지.

"평일에는 어지간한 일이 아니고서는 휴가를 낼 수가 없거든요."

"저도 그렇습니다."

"올 수 있는 날이 오늘밖에 없었어요. 마지막 일요일요. 딱 오늘이 마지막 날이에요."

"그러셨군요." 후지마는 뭐라고 대답해야 할지 망설이다 적당히 맞장구를 치며 물었다. "학교 다닐 때, 숙제 같은 것도 닥쳐야 하는 스타일이었어요?"

그녀는 신이 난 듯 환히 웃으며 대답했다.

"맞아요, 제가 그래요. 연하장도 그믐날에 쓰고요. 요새는 더 심해져서 아예 새해가 되어서야 보내요."

"남편분이 별로 잔소리 안 하나 봐요."

말을 내뱉고는 바로 남의 가정사를 함부로 물어보는 게 아니었다, 이상한 사람이라 생각하면 어쩌나 하고 움찔했다. "아니, 저도." 후지마는 변명조로 말했다. "집사람한테 자주 혼나거든요."

"네?"

"저도 오늘이 운전면허 갱신 마지막 날이에요."

여자의 얼굴이 환해졌다. 갓난아이는 눈을 감고 있었다. 눈꺼풀 아래로 드리운 속눈썹이 마치 이 세상에서 가장 섬세한 무언가처럼 느껴졌다. "평일에는 못 쉬니까요."

"그렇죠, 웬만한 일이 아니고서는요." 후지마는 대답한 뒤에 죄책감을 느끼고 순순히 털어놓았다. "사실 마음먹으면 못 쉬는 건 아니에요. 확고한 의지를 가지고 사전에 휴가를 내면요. 그냥 제가 그런 걸 잘 못해서……."

"연하장을 그믐날에 쓰는 스타일요?"

"요새는 새해 되어서야 썼어요. 게으름뱅이죠. 뭐든 나중으로 미루고."

"동지네요." 여자는 웃으며 말했지만 얼굴에 어두운 그늘이 힐끗 나타났다 사라졌다. "하지만 남자는 그나마 낫죠. 저처럼 여자인데 덜렁대는 성격이면 정말 힘들어요. 청소도 잘 못하고, 설거지도 바로 안 해서 남편이 퇴근하고 와서 하고요."

"서로 이혼당하지 않도록 조심해야겠네요." 후지마는 그렇게 말했지만, 물론 그때는 농담으로 한 말이었다. 하지만 조금 심각한 낯빛으로 "그러게요"라고 말하는 그녀를 보니 미안한 마음이 들어서 한마디 덧붙였다. "하지만 지금은 어린아이를 돌봐야 하니 집안일까지 신경 쓰지 못할 수도 있죠. 저희는 애가 없어서 잘은 모르겠지만요."

"저는 아이가 태어나기 전부터 게을러서 연하장은 해가 지나서야 쓸까 말까였고, 면허 갱신도 항상 막판에 했어요. 이건 그냥 제 성격 탓이죠."

후지마 역시 그랬기 때문에 그 대답을 납득했지만, 그렇다고 '맞아요, 당신 성격 탓이죠'라고 말할 수도 없었다.

여자는 가슴에 안은 아이의 잠든 얼굴을 내려다보고 있었다. 그 자애에 찬 눈빛에 후지마는 흠칫했다. 생각과 감정을 뛰어넘은, 지극히 자연스레 나타난 따스함에 당혹스러운 감정마저 들었다. 모성 가득한 그녀의 눈빛으로 아이의 잠든 얼굴이 더욱더 평온해지는 것 같았다.

"사랑스럽네요." 후지마는 그렇게 말했다. 반쯤은 여자에게 기운을 북돋아 주기 위해 한 말이었다.

"네."

그녀는 웃으며 말했다. "하지만 아이 키우는 건 정말 힘들어요."

가슴 깊은 곳에서 우러나온 진심 어린 토로였다.

생일이 하루 차이 난다는 걸 확인했을 무렵, 사진을 찍으러 들어오라는 부름을 받고 후지마는 자리에서 일어났다. "그만 가보겠습니다." 인사를 건넨 뒤에, 아이가 남자인지 여자인지, 그쯤은 물어보아야 했나 하고 살짝 후회했다.

"후지마, 이혼했어? 어떻게?"

과장이 자작을 하며 말했다. 호탕한 성격에 억지 부리는 게 특기인 과장은 직장을 학창 시절 운동부처럼 여기는 것인지, 상사라기보다는 무리한 일을 떠맡기는 선배 같았지만, 그만큼 부하 직원들을 친근하게 대하기도 했다. 하지만 눈을 빛내며 '이혼했어?'라고 묻는 건 단순히 호기심 때문이리라.

"과장님, 어떻게라뇨. 보통은 어쩌다 그랬느냐고 묻지 않나요?"

"잘 들어, 외교 문제 해결에 필요한 건 '어쩌다?'가 아니라 '어떻게?'야."

"부부 문제는 외교와 다르죠."

지난번 큰 실수를 저지른 뒤, 정신적으로 피폐해진 후지마는 장기 휴가를 냈다. 과장이 '정신적으로 힘들 때는 좌우지간 자는 게 최고야'라고 했기 때문이기도 했다. 그로부터 회사에 복귀해 수일이 지났을 즈음, 과장이 '술, 오늘 마실까?' 하고 물었다. 술 약속은 전혀 한 바가 없음에도 불구하고 '술을 마시러 가는 게 전제'인 그의 말에 후지마는 쓴웃음을 지었다. 퇴근 시간 직전에 과장은 부하 직원들에게 융단폭격을 부탁한다며 술자리에 부르곤 했다. 젊은 직원들이 매정하게 뿌리쳐도 불쾌한 기색은 전혀 보이지 않고 대범하게 넘겼다. 그래서인지 직원들도 그렇게까지 싫어하지 않아서, 기분이 내키면 과장과 단둘이서 술자리를 갖는 경우도 은근히 많았다.

후지마는 회사 근처의 선술집 룸에서 과장과 마주 보고 앉아 있었다. 처음에는 일 이야기를 하다 가족 이야기가 나와서, 어쩔 수 없이 아내가 딸을 데리고 집을 나간 사실을 털어놓았다.

"후지마, 잘 들어. 부부 문제는 외교야, 외교. 여자는 종교도, 역사도 다른 외국이라고 생각해야 해. 그런 사람들끼리 한지붕 아래에서 살 부비며 살려면 당연히 외교적 교섭 기술이 필요하지. 첫째, 의연한 태도. 둘째, 상대의 면을 세워 주면서. 셋째, 확답은 하지 않는다. 넷째, 국토는 수호한다. 알겠어? 이혼도 하나의 선택지야. 함께할 수 없는 타국과는 거리를 두는 게 국민을 위해서도 좋지."

후지마는 어떻게 대답해야 할지 고민했지만, 과장의 경박하고 어처구니없는 이야기가 내심 고맙기도 했다.

"혹시 둘 중에 누가 바람이 났어?"

"이유는 무엇이든 상관없다면서요." 후지마는 그렇게 말했지만 분명히 아니라고 대답했다. 아내는 몰라도 자신은 아니라고.

"그럼 뭔데?"

"어느 날 갑자기 딸을 데리고 나갔어요. 너무 급작스러운 일이라 당황한 나머지 회사에 폐를 끼쳤고요."

"그거 봐." 과장은 어찌 된 영문인지 기뻐하며 코를 벌름거렸다. "외교 문제를 잘 처리 못 하면 제3국에까지 불똥이 튄다고."

"하지만 이제야 아내가 무엇 때문에 화가 났는지 알 것 같습니다."

"오, 뭔데, 말해 봐. 계기가 뭔데?"

과장은 상체를 뒤로 젖히며 물었다.

"간단히 말하면." 말문을 열자마자 후지마는 부끄러워졌다. "일전에 세일하는 스웨터를 샀습니다. 그걸 거실에 펼쳐 놓고…… 새 옷에는 가격표가 붙어 있지 않습니까. 사이즈나 가격 같은 걸 적어 놓은, 끈이 달린 작은 종이 말입니다. 가위를 가져다 그걸 잘랐습니다."

"대체 무슨 이야기를 하려는 거야?"

"그리고 그 스웨터는 옷장에 넣어 두었죠."

"그게 뭐 어쨌다고?"

"잠시 후에 아내가 그 자리에 놓아둔 가격표를 보고 버려도 되는 거냐고 묻더군요. 당연히 버리라고 했죠. 아내는 그러면 가위는 당신이 치우라고 하더니 가격표를 쓰레기통에 버렸습니다."

"그게 뭐?"

"제가 그만 깜빡한 겁니다."

"뭘?"

"가위 치우는 걸요."

"농담이지?"

과장은 눈을 부릅뜨며 입가에 웃음을 머금었다. 놀라기는 했지만 웃음을 터뜨릴 것 같은 표정이었다.

"농담 아닙니다. 가위를 안 치웠어요. 당연히 일부러 그런 건 아닙니다. 제가 자주 그러거든요."

"그게 아니라, 설마 그런 일로 이혼하게 된 건 아니지?"

후지마는 어깨를 으쓱했다. 그때, 시간이 흐른 뒤 아내가 가위를 치우는 걸 보고 '낭패다'라고 생각하며 가위 치우는 걸 깜빡했다고 변명했지만, 아내는 무표정하게 '한두 번 있는 일도 아닌데, 뭘'이라고 대꾸할 뿐이었다. 지금 생각해 보면 그 얼굴에는 각오와도 비슷한 뭔가가 어려 있었다.

"그까짓 가위 좀 안 치웠다고 집을 나갔다고? 자네 와이프, 정말 예민한가 보군."

"아뇨, 그게 아닙니다." 후지마는 강조하기 위해 살짝 언성을 높였다. "그런 사소한 일들이 쌓이고 쌓인 거죠. 나쁜 쪽으로요. 아까도 말씀드렸다시피, 정말 그런 일들이 일상다반사거든요. 매사에 건성이고 대충대충, 물건도 잘 잃어버리고 방심했다가 실수를 저지른 적이 하도 많아서, 집사람도 그런 저에 대한 불만이 쌓였을 겁니다. 그걸 꾹 참아 왔는데, 불만이 차곡차곡 쌓여 풍선처럼 빵빵해졌을 때 가위 사건이 일어난 거죠."

"가위는 날카로우니까. 풍선을 터뜨리는 데는 제격이지." 과장이 말했다. 적절한 말인지 아닌지 분간이 가지 않았다. "아무리 그래도 그까짓 일로 이혼까지 가다니. 인간은 누구나 실수를 하는 법이잖나."

118

"제 경우는 그 빈도가 너무 잦아서 문제였죠. 게다가 마음 한 구석에서 이 정도야, 하는 생각이 있었는지도 모릅니다. 반성할 줄 모르는 상대는 역시 외교적으로도 미움받기 마련이니까요."

"그걸 알고 있었으면서 왜 안 고친 건데?" 과장은 어처구니없다는 듯 말하더니 맥주잔을 비웠다. "뭐, 하지만 안 고치는 게 아니라 못 고치는 거지, 타고난 성격은." 스스로에게 하는 말 같았다. "그런데 후지마, 자네가 그런 성격이었어? 꼼꼼하고 세밀한 작업을 잘하는 친구인 줄 알았는데. 그래서 시스템 관리 담당자가 된 거 아냐."

후지마는 눈썹을 긁적이며 젓가락으로 닭튀김을 집고는 한숨을 내쉬었다.

"양면성인 거죠. 혈액형도 AB형이거든요."

"난 뭐든 혈액형 탓으로 돌리는 녀석들이 싫지 않더라고." 과장은 뭐가 기쁜지 고개를 끄덕였다. "하지만 그걸로 이혼까지 가다니, 자네도 고생이군."

"아직 정식으로 이혼한 건 아닙니다. 집을 나갔을 뿐이라고요."

"지금은 어디 있나?"

"저는 집에 있죠, 홀로 외롭게. 집사람하고 딸아이는 글쎄요, 아마 친정에 있을 겁니다."

"친정은 어딘데?"

"도쿄입니다."

후지마는 처갓집에 연락을 하지 않았다. 정확하게는 한 번 통화를 하기는 했지만, 어디 있는지 모른다면서 매정하게 끊어 버렸다. 장인 장모와는 평소에도 잘 맞는 편이 아니었던 까닭에 사정을 알면서도 모르는 척하는 것인지 아닌지조차 알 수 없었다. 딸아이가 아직 어려서 어린이집이 바뀌어도 큰 영향은 받지 않을 것이라는 점도 아내의 가출 결심에 일조했을 것이다.

"복잡한 외교 문제로 반전했구면."

"어떻게 해야 할까요."

과장은 입을 앙다물더니 나지막이 신음을 흘렸다.

"솔직히 나도 잘 모르겠지만, 조언할 수 있는 건……."

과장은 맥주를 한 모금 마시더니 닭꼬치를 물고 꼬챙이를 뺐다.

"일전에 마누라랑 애들을 데리고 디즈니랜드에 갔어. 요새는 디즈니 리조트라고 하지? 마누라하고 딸이 좋아해서 따라갔지."

"자상하시네요."

"이것도 다 외교야." 과장은 그렇게 말했다. "퍼레이드를 하더군. 마지막에는 미키마우스가 사람들 앞을 지나가면서 손을 흔들었어."

"맞아요, 그랬었죠."

"나도 별생각 없이 같이 손을 흔들었어. 미키가 손을 흔드는 동안 계속."

"그게 왜요?"

"미키가 사방을 보며 계속 손을 흔들더라고. 그게 쉬운 일이 아니야. 이렇게 손을 흔드는 게 생각보다 힘들어. 한번 해 봐."

후지마는 당황했지만, 과장의 말대로 오른손을 10초쯤 흔들 기만 했는데도 손목이 얼얼했다.

"그렇게 힘든데 미키는 계속 손을 흔들고 있는 거야. 참 대단 한 녀석이지. 아무리 직업이라도 웬만한 정신력으로 할 수 있는 일이 아니야."

"직업이라뇨……."

"게다가 그 녀석, 낯빛 하나 변하지 않더라니까."

"미키한테 낯빛이라뇨." 후지마는 과장의 얼굴을 뚫어져라 보 았다. 이야기는 여기서 끝이라는 표정이었다.

후지마는 황급히 물었다.

"아니, 이 얘기를 왜 하신 겁니까?"

"그걸 왜 나한테 물어?"

$\oint$

자동차 면허 센터에서 만난 여자가 안고 있던 갓난아이, 그 아이의 성별을 후지마는 그로부터 5년 뒤, 지금으로부터 5년 전 에 알았다. 요컨대 다음 갱신일에 또 마주친 것이다. 그녀의 존 재는 까맣게 잊고 있었다. 상대도 마찬가지였으리라.

처음 알아본 것은 후지마였다. 일요일의 혼잡한 센터 안에서 시력검사를 받으려고 줄을 서 있는데, '그러고 보니 전에 왔을 때, 어떤 아이 엄마가 안경을 가져갔지.' 5년 만에 그 일을 기억해 낸 순간, 시야 한구석에 아이의 모습이 보였다. 아이들이 좋아하는 영웅 캐릭터가 프린트된 상의를 입은 아이는 주변을 흥미 깊게, 경계하며 둘러보고 있었다. 오른손은 어머니의 왼손을 꼭 잡고 있었는데, 그 손을 따라 시선을 드니 여사의 얼굴이 보였다. 그제야 그때 그 여자라는 걸 깨달았다. 시력검사는 끝냈는지 대기실에 우두커니 서 있었다.

후지마는 쓴웃음을 지었다. 생일이 지난 지도 벌써 한 달이었다. 이번에도 최종일인 마지막 일요일에 찾아온 것이다.

말을 붙일 생각은 없었다. 5년이라는 세월이 흐른 뒤의 재회는 나름대로 '우연의 기쁨'을 느끼게 했지만 상대가 기억하고 있을지도 알 수 없는데 친한 척 아는 체하는 것도 실례였다.

그래서 "어머, 또 뵙네요"라고 먼저 말을 붙여 오는 여자가 고마웠다. 후지마가 시력검사를 마치고 힘없이 걸어가고 있는데 뒤쪽에서 여자가 다가왔다. 옆에 있는 남자아이가 "엄마, 이 아저씨 누구야?"라고 연신 물어 댔다.

"5년이 눈 깜짝할 사이네요." 여자는 의자에 앉더니 말했다. "벌써 서른이에요."

"아직 서른이죠." 후지마는 진심으로 그녀가 부러웠다. 당시 후지마는 허리둘레에 붙기 시작한 군살이 몹시 신경 쓰였던 서른네 살이었다.

"다섯 살."

남자아이가 손바닥을 펼쳤다.

"그렇구나."

후지마는 눈을 가늘게 떴다.

"혹시 아이가 태어났나요?"

"네?"

"아닌가요? 제가 겪어 보니까, 자기 아이가 태어나면 남의 아이도 그렇게 사랑스러워 보이더라고요. 지금 후지마 씨 표정이 무척 자상해 보였어요."

그렇군요, 후지마는 고개를 끄덕였다.

"실은 1년 전에 낳았습니다."

한숨이 나왔다. 이 나이에 뜬금없이 서예 교실에 다니게 된 듯한 쑥스러움이었지만, 동시에 날마다 한 살짜리의 제멋대로인 자기주장에 휘둘리던 생활의 피로함이 자연스레 흘러나온 까닭이기도 했다.

"아들인가요?"

"딸입니다."

말을 마친 후지마는 역시 쑥스러워하며 얼굴을 찌푸렸다가 다시 한숨을 내쉬었다. "육아가 참 보통 일이 아니더군요."

그녀는 웃음을 터뜨렸다. "그렇죠, 하지만 저희 애도 이쯤 키워 놨더니 훨씬 손이 덜 가더라고요." 여자는 아들의 머리를 쓰다듬으며 "그렇지?" 하고 물었다.

새삼 그녀의 얼굴을 보았다. 5년 전에 비해 여린 느낌은 줄었는지도 모르지만, 어머니로서의 강인함은 더해진 것 같았다. 나이 든 느낌은 들지 않았기에 "왠지 5년 전보다 젊어지셨네요"라고 말했다.

"정말요?"

눈을 동그랗게 뜨며 기뻐하는 여자에게 아들이 "엄마, 빈말이니까 너무 좋아하지 마"라고 거침없이 말했다. "아빠가 없다고 틈을 너무 주는 거 아냐?"

여자는 겸연쩍게 웃었다. "잘 알지도 못하면서 어디서 이상한 말만 듣고 와서 저런다니까요."

후지마는 당황해 말을 골랐다.

"혹시……."

"남편이 집을 나갔어요."

외도입니까? 그 말이 목구멍까지 올라왔지만 아이 앞이라 꾹 참았다. 하지만 아이가 먼저 "바람난 거 아니에요"라고 하는 걸 듣고 화들짝 놀랐다.

"바람난 게 뭔지 아니?"

"모르는데요. 대학살과 비슷한 뜻 아니에요?"

아이의 과격한 발언에 후지마는 당혹스러움을 감출 수 없었다.

"아, 제가 그렇게 설명했어요. 바람을 피우는 건 모두를 불행하게 만드는 행동이잖아요. 그러니까 대학살이나 마찬가지다, 라고요." 여자는 씩 웃었다. "솔직히 남편이 바람난 건 아닌 것 같아요. 내가 알아채지 못한 것뿐인지도 모르지만요. 그보다는 제 덜렁거리고 매사 적당히 넘기는 성격에 정이 떨어졌기 때문일 거예요."

"남의 일 같지가 않군요."

후지마는 그렇게 말했지만 아직은 남의 일이었다. 딸이 태어나면서 아내는 육아에 지쳐 항상 녹초 상태였지만, 아이의 사랑스러움을 이기지 못했는지 후지마의 앞에서 짜증이나 불만을 표현하는 일은 거의 없었던 까닭에, 이혼 같은 건 먼 나라 이야기처럼만 느껴졌다. 지금 생각해 보면 그때 아내는 이미 섬세함이라고는 찾아볼 수 없는 후지마에게 상의한들 부아가 치밀 뿐이라고 이미 포기한 상태였는지도 모른다. 회사에서 서버 단말기를 대대적으로 교체하던 시기라 후지마 자신도 스트레스에 찌들어 집안 분위기를 잘 살피지 못하기도 했다.

"후지마 씨도 통장 정리를 잘 안 하는 타입인가요?"

난데없는 이야기에 대체 무슨 소리인가 싶어 내심 놀랐지만, 후지마는 그렇다고 대답했다. "귀찮아서 계속 미루다 보니 나중에는 기입 면이 부족할 정도로 내역이 쌓이더군요."

결혼한 뒤에도 급여 계좌는 바꾸지 않았고, 본인의 계좌에서 아내의 계좌로 송금했다. 아내는 본인이 통장 관리를 하는 게 낫겠다고 말했지만, 자유를 빼앗길지도 모른다는 공포심이 있어서, 아주 사소한 집착에 지나지 않았지만 그것만큼은 넘겨줄 수 없다고 고집을 피웠다.

"최근까지도 꼼꼼한 남편은 저에게 불만이 많았는데, 어느 날 그게 폭발한 거예요."

그녀가 말문을 열자, 그다지 유쾌한 내용이 아닌 줄 알아챘는지 아들은 흥미를 잃고 주변을 둘러보기 시작했다.

"부부 싸움의 원인은 별 게 아니었어요."

"쌓이고 쌓인 거죠."

"좋은 일들이 쌓이고 쌓이기도 하고, 나쁜 일들이 쌓이고 쌓이기도 하는데, 저희는 나쁜 쪽이었어요."

여자는 고개를 끄덕이며 자조하듯 말했다.

"그날 싸움은 청소를 한다고 했는데 하지 않았다, 도시락을 싸 준다고 해 놓고서 늦잠을 자느라 일어나지 못했다, 그런 이유였어요. 한 번뿐이었다면 그럴 수도 있지, 하고 끝났을 테지만 제 경우는 그게 몇 번이고 반복됐거든요."

후지마는 이야기를 들으며 기능 개선 요청을 했는데도, 신제품을 출시할 때 그 요구를 반영하지 않았던 서버 단말기를 떠올렸다. 이봐, 우리 제안은 들은 척도 안 하는 거냐, 그러면 다른 회사와 거래할 수밖에. 그런 상황이라면 누구나 정이 떨어질 것이다.

"그렇게 크게 싸우고 난 뒤에 남편이 집에 들어오지 않는 날이 많아졌어요. 직장 근처의 비즈니스호텔에서 먹고 자는 모양이더라고요."

"대학살이 아니고요?"

"그건 틀림없이 아니에요."

그녀는 남편이 외도를 하지 않는다는 확증을 가지고 있는 듯했고, 후지마도 구태여 그 근거를 따져 물을 필요를 느끼지 못했다.

"이따금 전화를 하거나 속옷을 가지러 오기는 했는데…… 아무튼 월급날이 가까워지자 통장 정리를 했느냐고 물어보는 거예요."

"거기서 통장 정리 얘기가 왜……."

"그때 남편은 좌우지간 제 게으른 성격이 마음에 들지 않았던 건지도 몰라요."

"그래도 고작 통장 정리 가지고……."

"쌓이고 쌓인 거죠. 나쁜 쪽으로요. 저도 괜히 고집을 피운 게 있어서, 남편이 입금 내역을 알고 싶으니 통장 정리를 해 오라고 해도 하기가 싫더라고요. 제가 쓸데없는 데 돈을 쓰지 않았는지 살펴보려고 그런 건지도 모르잖아요."

그렇게까지 삐걱거린 건가. 흡사 자기 일 같아서 후지마는 위가 욱신거렸다. 그저 그랬군요, 라고 대답하는 수밖에 없었다.

여자의 아들이 '이야기 다 끝났어?'라고 묻듯 "배고파" 하고 말했다.

"5년 만에 만나서 이런 우울한 얘기나 해서 죄송해요."

여자는 그렇게 말하며 웃었지만 우울함은 전혀 찾아볼 수 없었다. 어딘지 모르게 달관한 느낌이었는데, 타고난 성격이 낙천적이기 때문이라기보다는 이미 우울한 시기를 극복했기 때문인 것 같았다.

사진 촬영을 하러 오라고 부르는 소리에 후지마는 자리를 떴다. 그 뒤에 이어진 안전운전자 대상 강습에서도 여자와 가까이 앉지는 않았다.

하지만 그 후에 센터 안 식당에서 우동을 먹고 있는데 여자와 아들이 맞은편 자리에 앉았다.

"이렇게 만난 것도 인연인데 같이 드실래요?"

"엄마 볼일이 길어지는데 얌전히 잘 기다리네."

후지마의 말에 아이는 부루퉁한 표정으로 "그쯤은 기본이죠"라고 어른스럽게 대답했다. 조숙한 태도가 도리어 아이다운 면을 도드라지게 했다.

"다음 면허 갱신은 5년 뒤인가요?"

후지마는 별 뜻 없이 물었다.

여자는 고개를 끄덕였다.

"운전할 때는 꽤 꼼꼼해요. 그래서 사고도 한 번 안 냈고 딱지도 안 뗐죠. 면허는 항상 골드예요."

"다음 갱신 때는 초등학생이겠네?"

후지마는 아이를 보며 말했다.

5년 뒤 자신의 모습이 상상이 가지 않는 것인지, 아니면 초등학교라는 미지의 세계에 아직 관련되고 싶지 않은 것인지는 알 수 없었지만 아이는 대꾸하지 않았다. 어떻게 보면 눈 깜짝할 사이인 것 같기도 하고, 아직 먼 훗날의 이야기인 것 같기도 하네요. 여자는 그렇게 말했다. 아이의 성장이나 면허 갱신일보다도 앞으로 5년 동안의 생활을 상상하는 것 같았다.

주차장에서 헤어질 때 그녀는 눈을 가리키며 말했다.

"그러고 보니 지난번 갱신 직후에 콘택트렌즈로 바꿨어요."

"아, 그러고 보니 그렇군요."

"매번 후지마 씨가 계시리란 보장은 없으니까요."

♪

한 번의 우연은 있어도 두 번은 없다. 후지마는 예전에 어떤 작품에서 한 추리소설가가 그렇게 말했던 걸 떠올렸다. 현실에서는 얼마든지 우연이 겹치는 일도 있을 수 있겠지만, 추리소설의 작법으로는 적절치 못한 것이리라.

이번에는…… 후지마는 출근하기 전에 현관에 걸린 달력을 바라보며 생각했다. 이번에는 우연을 기대하지 말고 의도적으로 그녀를 만나 볼까.

생일이 지나고서도 후지마는 면허 갱신 수속을 하지 않았다. 여느 때처럼 귀찮았기 때문이었다. 정신을 차려 보니 어느덧 한

살을 더 먹었다.

어차피 늦게 갈 거면 지난, 지지난번과 마찬가지로 갱신 기한 직전의 일요일에 자동차 면허 센터에 가자. 그렇게 마음을 먹자 캄캄한 어둠 속에 손톱만큼의 불빛이 비친 것 같았다. 그녀가 아직 이 지역에 산다는 법은 없었다. 아니면 이미 갱신을 끝냈을 가능성도 있었다. 하지만 설령 만나지 못한다 해도 후지마가 손해를 볼 일은 없었다.

"선배, 괜찮아요?"

컴퓨터 앞에서 작업을 하는데 옆에 후배인 사토가 서 있었다. 후지마가 책상을 걷어차 데이터를 날려 버린 사건 현장에 있던 유일한 인물이었다. 그가 회사에 나오지 않았던 동안에도 사토는 홀로 과장의 싫은 소리를 들어 가며 뒷수습을 했다. 뿐만 아니라 우울증에 걸린 후지마를 격려하기 위해 세계 헤비급 챔피언에 오른 윈스턴 오노의 사인까지 받아다 주었다. 벨트를 손에 쥔 그 시합을 보고 기운이 났다고 했던 이야기를 기억하고 있었던 모양이었다. 고맙기 그지없는 후배였다.

"아내분에게 싹싹 빌어서 다시 집으로 모셔 오세요."

"싹싹 빌라고……." 후지마는 화면을 바라보며 말꼬리를 흐렸다. "실은 이제 싹싹 빌 에너지가 없어."

"그게 무슨 소리예요."

"집사람하고 사귄 뒤로 항상 빌기만 했거든. 뭐, 다 내 잘못이고 실수라 비는 게 당연했지만, 그것도 이제 지쳤나 봐."

후지마는 자신의 본심을 털어놓기보다 가까운 친구를 대변하는 심정으로 말했다.

"그 마음 알죠." 사토는 진지한 표정으로 말했다. "저도 회사에 얼마나 빌렸는지…… 이제 지쳤어요."

"그렇지?"

"아내분이나 따님한테 연락은 옵니까? 전에 한번 전화가 왔다고 했었잖아요. 그, 지갑 얘기를 했을 때."

"아. 연락은 해."

후지마는 자신의 얼굴에 살짝 웃음이 번지는 걸 알 수 있었다. 그저께 밤, 딸과의 통화를 떠올렸다. '아빠, 혼자서 외롭지 않아?' 딸은 조숙한 말투로 물었다. '당연히 외롭지'라고 대답하자 '집 청소도 제대로 안 하지? 그럼 안 돼'라고 했다. 후지마는 청소하고 있다고 주장했다. 아내가 집을 나간 당초에는 무기력증에 빠져 청소며 빨래는 뒷전이었지만, 차츰 이러면 안 된다는 생각이 들면서 회사에서 일할 때처럼 집안일에도 신경을 곤두세우기로 했다. 그러자 딸은 다시 되물었다.

"그럼 통장 정리 같은 것도 꼼꼼히 하고 있어? 아마 몇 년 치는 쌓이지 않았을까? 엄마가 그러던데."

통장 정리라는 말을 용케도 아는군. 후지마는 내심 감탄했다. 동시에 자동차 면허 센터에서 만난 여자와 나눴던 이야기가 떠올랐다.

그 이야기를 들은 사토의 표정이 밝아졌다.

"그래도 따님이 연락을 하는 걸 보니 아직 가망이 있는 것 같은데요? 아내분도 그렇게까지 화가 난 건 아니지 않을까요?"

"그랬으면 좋겠는데, 딸이 몰래 거는 것 같아."

엄마한테 들키면 혼나니까 오래 통화하지 못해서 미안하다며, 딸은 엄마가 진심으로 아빠와 이혼할 작정이니 마음의 준비를 하고 있으라고 담담하게 충고했다.

"그것도 작전 아닐까요? 그렇게 겁을 줘서 유리한 고지에 서려는……."

"차라리 그랬으면 좋겠어."

후지마는 비관적이었다. 이미 아내는 분노의 차원을 넘어섰을 것이다. 더욱 냉정하게, 어떻게 하면 서로 마음 편히 살 수 있을지를 모색한 끝에, 무자비하게 정책을 집행하듯 집을 나갔다. 그런 분위기였다.

"괜히 고집을 피우는 건 백해무익하대요."

"그렇군."

"일전에 술자리에서 과장님이 그러시더군요. 그때 미키마우스가 손을 흔드는 게 얼마나 큰일인지에 대해 이야기하고 있었는데요."

사토의 목소리가 작아지며 미간에 곤혹스러운 빛이 떠올랐다.

"거기서 어떤 교훈을 얻어야 하는지 잘 모르겠네."

후지마는 쓴웃음을 지었다.

새 운전면허증에 찍힌 모습은 희미한 미소를 띠고 있었다. 여느 때 같았으면 감정을 억누른 진지한 표정으로 찍었을 텐데, 억지로라도 환한 모습을 남기고 싶어서 의도적으로 입꼬리를 올렸다. 누가 봐도 어색하고 부자연스러웠다.

자동차 면허 센터의 출입구, 후지마는 갱신을 마치고 문을 나서던 참이었다. 멈춰서 면허증을 내려다보며 앞으로 5년 동안은 이 모습의 자신과 함께 살아야 한다고 생각하니 침울해졌다.

가족과 함께 사는 게 당연했던, 일에만 신경 쓰면 됐던 5년 전의 면허증은 이미 사라졌다. 다음 갱신 때는 주변을 둘러싼 상황이 어떻게 변해 있을까.

무의식적으로 흘린 한숨이 발치에 쌓여 가는 것 같은 느낌에, 이대로 발을 빼지 못하는 게 아닌가 하는 불안을 느꼈다.

몇몇 사람들이 눈앞을 지나쳐 갔다.

후지마는 그녀를 찾고 있었다. 10년 전, 5년 전에 이곳에서 만났던 그 젊은 어머니와 세 번째 재회를 할 수 있을지도 모른다고 생각하며 주변을 바라보고 있었다.

갱신을 마친 사람들이 하나둘 자리를 떴다. 그녀도 이번에는 마음을 다잡고 일찍 갱신을 끝마쳤을지도 모른다. 아니면 지난 5년 동안 교통법규를 위반하여 위반자가 받아야 할 강습을 받고 있는지도 모른다. 교통법규 위반자들은 무사고 운전자와 다른 방에서 오랫동안 붙잡혀 있어야 한다고 들었다. 그 층을 둘러봐야 한다는 생각에 몸을 돌려 문을 나서려 했지만, 그렇게까지 하는 것도 좀 뭣하다는 생각에 걸음을 멈췄다. 후지마는 다시 밖으로 나왔다.

과거에 두 번밖에 만난 적 없는, 그저 생일이 가까울 뿐인 남의 인생까지 걱정하는 자신이 무척 어리석게 느껴졌다. 지금 가장 마음을 쏟아야 하는 건 바로 제 인생일 텐데. 그 현실을 외면하려는 게 아닌가.

먼저 말을 걸어온 건 그녀였다.

"아, 또 만났네요."

고개를 들자 눈앞에 여자가 서 있었다. 쑥스러운 표정이었지만, 처음에는 그 차분한 모습에 지금까지 기다린 사람인데도 그녀가 누구인지 알아보지 못했다. 머리도 짧아졌고 옷차림도 차분한 빛깔에 성숙한 분위기였다.

"저 기억하세요?"

여자는 자신을 가리키며 물었다.

후지마는 물론이라고 대답했다.

"나이를 먹어서 못 알아보시면 어쩌나 했는데."

"우리 둘 다, 이번에도 어김없이 마지막 일요일에 왔군요."

후지마는 머리를 긁적였다. 속으로는 '엄밀히 말하면 그쪽과 만날 수 있을까 싶어서 이날을 택한 거지, 귀찮아서 갱신이 늦어진 게 아니다'라고 변명 같은 말을 떠올렸지만, 그녀는 후지마의 마음을 읽은 양 "전 빼 주세요"라고 의기양양하게 말했다.

"올해 생일 전에 갱신했거든요."

"네?" 후지마는 여자를 가리키며 물었다. "그럼 왜 지금 여기 있죠? 다른 수속이 남았습니까?"

그녀는 고개를 저으며 뒤쪽의 주차장을 가리켰다. "저기 아웃렛에서 장을 봐서 돌아가는 길이었는데, 이 앞을 지나다가 혹시 후지마 씨가 있을지도 모른다는 생각이 들어서 한번 들러 본 거예요."

"일부러요?"

"네. 일부러." 여자는 고마워하라는 듯 말하더니 씩 웃었다. "시계를 보니까 오전 갱신 시간이 끝날 즈음이더라고요. 오늘이 갱신 기한 전 마지막 일요일이라는 사실은 머릿속에 있었거든요."

후지마는 전학 간 친구에게 연락을 받은 듯 기뻤다. "기억해 주셔서 영광입니다." 그렇게 말하며 그녀의 등 뒤를 확인했다.

"아들은 친구 집에 놀러갔어요. 이제 초등학교 5학년이에요."

"벌써요?"

지난번에 만났을 때는 유치원생이었다. 조숙한 편이었지만 어머니 곁을 맴돌며 그 애정을 동력원으로 삼아 움직이는 작은 동물 같은 인상이었던 까닭에, 벌써 초등학교 고학년이 되었다는 말을 들어도 쉽게 상상이 가지 않았다.

"그만큼 저도 나이를 먹었고요."

후지마의 눈에 그녀는 예전보다 활기찼다. 물론 5년, 10년 전의 어렴풋한 기억에 견준 것이니 아마 선입견에 의해 일그러져 있을 테지만, 일단 겉으로 보이는 인상만으로 표현하자면 무척 좋아 보였다. 5년 전에 만났을 때에도 더욱 젊어진 듯한 느낌이 었는데, 이번에는 그 이상이었다.

"아, 맞다. 후지마 씨를 만나면 꼭 보고해야겠다고 생각한 일이 있어요."

"보고?"

순간적으로 머리를 스쳐 지나간 것은 그녀의 가정 문제였다. 5년 전에 들었던 남편이 집을 나갔다는 이야기가 떠올랐다.

"기쁜 소식이었으면 좋겠는데."

후지마는 혼잣말처럼 중얼거렸다. 생각해 보면 그녀는 항상 그와 같은 길을 앞서 걷고 있었다. 아이가 태어난 것도, 배우자가 떠난 것도, 모두 그녀가 먼저 겪은 일이었다. 미래의 자신을 제시해 주는 사자使者 같았다. 때문에 현재 그녀의 상황이 남의 일처럼 느껴지지 않았다.

"그건 잘 모르겠지만, 그래도 이혼은 안 했어요. 그 뒤에 남편이 다시 가정으로 돌아와서 평화롭게 살고 있거든요."

눈앞이 환해졌다. 제 일처럼 기뻤다.

"진짜요? 정말 잘됐네요."

"그렇게 기뻐하실 줄은 몰랐어요."

그녀는 놀란 듯했지만 기쁜 눈치였다.

"심기일전하고 덜렁이당에서 탈당한 거군요."

"후지마 씨는 어떠세요?"

"나는 이제야 심기일전해야겠다고 생각한 참이에요. 더 늦기 전에."

그녀가 이미 늦은 게 아니냐고 물을까 봐 두려웠지만 그런 일은 없었다.

"그럼 둘이서 신당을 창당할까요? '마지못해당' 같은 걸로요."

후지마는 어설픈 작명에 웃음을 터뜨렸다.

"하지만 제가 보고하고 싶었던 건 그게 아니라……."

"남편이 돌아온 게 아니라고요?"

"그 일과 상관은 있죠. 5년 전에 통장 이야기 했던 거 기억하세요?"

처음에는 통장이라는 말을 듣고도 짚이는 게 없었다. 하지만 얼마 전에 딸과 통화했던 내용이 떠올랐다. 오랫동안 통장 정리를 하지 않는다는 이야기냐고 물었다.

그녀는 아이처럼 눈을 반짝이며 고개를 끄덕였다.

"5년 전에 집을 나간 남편이 통장 정리 좀 하라고 들들 볶았거든요."

후지마는 아침에 눈을 뜨자마자 시계만 쳐다보고 있었다. 얼른 바늘이 아홉 시를 가리키기를 애타게 기다렸다. 테이블 위에는 어제 책상 서랍에서 꺼낸 통장과 인감이 놓여 있었다.

마음 같아서는 면허 센터에서 돌아오자마자 곧장 은행으로 달려가고 싶었지만, 일요일은 쉬는 날이나. ATM은 이용 가능할지도 모르지만, 창구를 이용해야 할 가능성까지 생각하면 월요일까지 기다려야 한다고 자신을 달랬다.

집을 나서기 직전, 회사에 조금 늦을 것 같다고 미리 연락을 해 두었다. 은행에 잠깐 들르는 것이라 그다지 시간이 걸릴 것 같지는 않았지만, 서두르다가 실수를 할 수도 있다는 생각에 오전에 반차를 냈다.

차를 주차하는 데 시간이 걸릴지도 몰라서 자전거를 꺼냈다. 아내가 타던 자전거라 안장이 낮았지만, 조절하는 시간도 아까워서 선 채로 페달을 밟으면 된다고 생각했다.

은행에 도착하자 자전거에 자물쇠를 채우지도 않고 ATM으로 향했다. 때마침 영업이 시작된 시간이었다. 다섯 대의 기계 중 오른쪽 끝 기계 앞에 섰다.

통상 정리 버튼을 누르고 통장을 펼쳤다. 거의 사용한 적 없는 통장은 새 것 같았다.

전날, 운전면허 센터에서 만난 그녀의 말이 머릿속에 떠올랐다.

"지난번 후지마 씨와 만난 뒤에 통장 정리를 했어요. 기록이 많이 쌓여서 시간이 엄청 걸리더라고요. 기계로 했더니 뒤에 사람들이 길게 늘어서서 민망했어요. 겨우 정리가 끝나고 내역을 쭉 훑어봤죠."

그녀의 이야기를 들으며 후지마는 '기록'이라는 단어에서 '도큐먼트'라는 영어 단어를 연상하고 스펠링을 머릿속에 떠올렸다.

"그랬더니 달랑 100엔이 입금된 기록이 많은 거예요."

"100엔?"

"한두 번이 아니라 여러 번요. 통장에 100엔 입금 기록이 몇 개나 찍혀 있었어요."

"어디서 보낸 건데요?"

"'나도 잘못했어.'"

"네?"

"입금자 이름에 '나도 잘못했어'라고 찍혀 있는 거예요."

"남편분이?"

"당황해서 남편한테 전화를 걸어 미안하다고 했어요."

"남편분은 뭐래요?"

"그걸 이제 봤느냐고요."

그녀는 웃으며 어깨를 으쓱했다. "더 늦기 전에 봐서 다행이라고."

"직접 사과하면 될걸."

후지마는 그렇게 말했다. 인터넷뱅킹을 이용했을지도 모르지만, 그런 식으로 입금하려면 수수료도 꽤 물었을 것이다.

"그리고 그쪽이 통장 정리를 하지 않았으면 어쩌려고요."

"남편도 도박하는 기분이었대요."

"도박?"

"제가 통장 정리를 해서 이 메시지를 알아보면 집으로 돌아가자고 결심했대요."

그녀의 남편은 아내의 성격으로 미루어 보았을 때 통장 정리를 할 확률이 얼마나 될 것이라고 생각했을까.

그 순간, 후지마는 퍼뜩 정신이 들었다. 자신의 통장과 전화로 딸이 했던 말이 머리를 스치고 지나갔다. 그 표정을 알아챘는지, 눈앞의 그녀는 웃으며 말했다.

"후지마 씨도 평소에 부인이 통장 정리를 하라고 끈질기게 말했으면 서두르셔야 할 거예요. 정리 안 된 기록이 어느 선까지 쌓이면 압축기장 되어서 내역을 못 보는 은행도 많대요. 설사 그렇게 돼도 요청하면 내역을 보내 주긴 하지만 시간이 걸리니까요."

기계에서 통장이 나올 때까지의 시간이 후지마에게는 견딜 수 없이 길게 느껴졌다. 기계가 작동하는 소리가 멈추고 통장이 튀어나왔다. 그것을 낚아채듯 들고 페이지를 넘겼다. 예상했던 대로 '압축기장'이라는 말이 보여서 눈앞이 캄캄해졌다.

아내가 이 계좌에 메시지를 달아 입금했을까? 그랬을 가능성은 얼마나 될까? 냉정히 생각해 볼 여유는 없었다. 후지마는 몽유병 환자처럼 통장을 들고 창구로 다가가 애원하듯 "이것 좀 처리해 주세요" 하고 말했다. 대기표를 뽑고 기다리라는 여직원의 대답이 돌아왔다.

의자에 앉아 옆에 놓인 잡지를 들고 넘겼다. 하지만 눈은 글자 위를 미끄러질 뿐이었다. '만일 아니라고 해도.' 속으로 그런 말을 되뇌었다. 만일 통장 정리 내역에 아내의 메시지가 남아 있지 않더라도 내가 보내면 되지 않나. 잘못했다고 사과하고 아내와 딸이 내게 얼마나 필요한 존재인지 전하려면 얼마만큼의 글자 수가 필요할까. 그래도 해 보자. 주문을 외듯 생각했다. 문장을 생각해서, 실수하지 않도록 신경을 곤두세우고 메시지를 보내자. 어떻게 될지 그 뒤는 모른다. 하지만 불확실한 일들로 가득한 이 세상에서 틀림없는 진실이라 부를 수 있는 확실한 일이 하나 있었다.

아내는 나와 달리 정기적으로 통장 정리를 한다.

번호 부르는 소리가 들렸다.

룩스라이크

ルックスライク
《パピルス》2013년 2월호

고등학생

영어 수업 중에 칠판 앞에 선 후카호리 선생님은 정갈한 필체로 영어 문장 두 개를 썼다. 'He looks like his father', 'He is just like his father'라고.

"두 문장의 차이가 뭘까요?"

후카호리 선생님은 체구는 작았지만 눈도 크고 코도 오뚝해서, 그야말로 '이목구비가 뚜렷하다'는 표현이 딱 들어맞는 사람이었다. 30대 후반이었지만 '아줌마'보다 '누나'라는 이미지가 강해서, 구루메 가즈토와 친한 반 친구들은 "아니, 후카호리 선생님 정도면 아직 괜찮아. 한번 만나보고 싶네" 하고 흥분조로 자주 그런 말을 했고, 그때마다 여학생들은 싸늘한 시선으로 저질이라고 비난했다.

후카호리 선생님은 결혼한 지 꽤 됐다고 들었는데, 남편이 영어 학원 원어민 강사다, 어느 나라 외교관이다 등 갖가지 설이 난무했다. 영어 교사니까 외국인과 친하지 않을까. 그런 안이한 발상에서 나온 소문임이 틀림없었다.

"구루메가 말해 봐."

후카호리 선생님이 가즈토를 지명했다. 반 아이들은 살짝 긴장한 듯했기만 딱히 이쪽을 보시는 않았다. 미사일이 자신들을 피해 가서 다행이라고 생각하는 것이리라.

칠판을 보았다. 의자를 뒤로 빼며 천천히 일어난 가즈토는 작은 소리로 "그는 아버지를 닮았다"라고 대답했다. 어려운 단어는 아니었다.

"그럼 두 번째 문장은?"

아버지를 닮았다는 예문이 머릿속에 어두운 그림자를 드리웠다. 불쾌감이 번졌다. 가즈토는 아버지를 닮았다. 어릴 적부터 아빠를 쏙 빼닮았네, 판박이야, 그런 말을 들었다. 기분이 좋았던 적은 한 번도 없었다.

아버지 같은 어른이 되고 싶지 않다고 생각한 게 언제부터인지, 가즈토 자신도 알지 못했다. '아버지를 빼닮았다'는 소리를 오랫동안 들어서 반발심이 생긴 것도 있지만, 아침마다 양복을 입고 나갔다 다시 돌아오는 아버지가 과연 매일을 즐겁게 살고 있는지, 늘 의아스러웠기 때문에 싫었는지도 모른다.

"일본 경제 자체가 어떻게 될지도 모르는데 회사에 달라붙어 평생을 마치긴 싫어." 어머니에게 그렇게 말한 적이 있었지만, 돌아온 건 "어머, 고등학교 갔다고 머리가 커졌네?"라는 장난스러운 반응뿐이었다. "네가 아직 회사 다니는 게 얼마나 힘든지 모르니까 그런 소리를 하는 거야. 그리고."

"그리고 뭐?"

과자를 먹으며 텔레비전을 보는 어머니의 모습에 겸연쩍게 웃으며 가즈토는 물었다.

"엄마도 고등학생 때는 그렇게 생각했어. 한 번뿐인 인생, 남들하고 다르게 특별하게 살자고. 결혼해서 애 낳고 키우는 것밖에 낙이 없는 어른은 되지 말자고, 내가 그렇게 살 리가 없다고."

"그런데 지금은 전업주부에 자식한테도 소홀한 엄마가 됐네?"

어머니는 20대 중반에 아버지와 만나 결혼했다. 아버지가 직장 때문에 지방으로 내려가게 되었을 때 장거리 연애를 계속하기보다는 결혼을 먼저 하는 게 어떻겠느냐는 이야기가 나왔다고 들었다. 그 후 가즈토가 태어났다.

"소홀한 것처럼 보여도 할 일은 다 하거든. 국어 시간에 나카지마 아쓰시의 「명인전」 안 읽었니?"

"그게 뭔데?"

"고수들은 모든 걸 초월한다는 내용이야. 육아에 빗대자면, 보통 엄마들은 아이의 일거수일투족에 신경 쓰지만, 고수들은 누가 육아 비법을 알려 달라고 하면, '어머, 아이가 뭐죠?'라고 대답하는 거지."

"엄마, 우리가 무슨 이야기 중이었는지 까먹은 거 아냐?"

"인생의 의미네, 사회의 일개 부품으로 끝나고 싶지 않네, 엄마도 옛날에는 그런 생각을 했다고. 너만 그런 생각 한 거 아니라고."

"하지만 아빠를 보면 역시 부품으로 사는 건 너무 지루한 것 같아."

"엄마 말은 부품을 무시하지 말란 거야. 어떤 일이든 기본적으로는 부품일 수밖에 없어. 그런 일을 해도 행복하게 살 수 있어."

"불행할 수도 있잖아."

"그야 당연하지."

"아빠는?"

"직접 물어봐. 그리고 똑똑한 척하지만 너도 그냥 고등학생이잖아. 서클 활동도 관둬서 지금 뭐 특별한 일을 하는 것도 아니고."

어머니와의 대화가 머릿속을 스쳐 지나갔지만, "모르니?"라는 후카호리 선생님의 목소리에 가즈토는 현실로 돌아왔다. 황급히 칠판의 영어 문장을 노려봤다.

"just가 붙었으니까 '그는 아버지와 닮아 가기 시작했다'죠? 아니면 '무척 닮았다?' 아, 아닌가. '그는 아버지를 좋아한다'인가요."

옆자리의 오다 미오가 웃음을 터뜨렸다. 다른 학생들도 마찬가지였다.

"아버지를 좋아한다? 뭔가 금단의 요소들이 여러 가지로 얽혀 있는데?"

"처음 답은 괜찮았는데 점점 정답에서 멀어졌네."

후카호리 선생님이 말했다.

He looks like his father. 그는 아버지와 닮았다.

He is just like his father. 그는 아버지와 판박이다.

선생님은 그렇게 말했다.

"두 번째 문장은 성격이 비슷하다는 뜻이죠."

"그렇구나."

교실 여기저기에서 이해를 했는지 아닌지 모를 소리들이 터져 나왔다.

선생님은 불현듯 생각난 듯 물었다.

"요즘 고등학생들은 아버지를 존경하니? 가즈토 넌 어때?"

"존경은." 가즈토는 대답했다. "안 하죠."

"아버지가 불편해?"

"불편하다고 할까, 그렇게 살기 싫어요."

본심을 털어놓자 교실이 술렁였다.

"너무 솔직한 것도 좀……."

후카호리 선생님이 얼굴을 찌푸렸다.

젊은 남녀

사사즈카 아케미는 묵묵히 참고 있었다. 폭풍이 지나가기를 기다린다는 말은 바로 이럴 때 쓰는 표현이리라. 좌우지간 눈앞의 남자가 지겨워지거나 숨이 차서 클레임 거는 걸 멈추고 이 자리에서 떠나기를 기다리는 수밖에 없었다.

패밀리 레스토랑 입구 근처의 테이블이었다.

고령의 나이에도 정정한 노인은 주름은 자글자글했지만 눈빛이 매서웠다.

주문한 음식과 다른 것이 나와서 잔뜩 성이 난 상태였다.

처음에 주문을 받은 건 사사즈카 아케미가 아니었다. 주문서 내역을 보자 다른 메뉴가 적혀 있었다. 입력한 종업원의 실수인지, 고객의 착오인지는 알 수 없었다.

사사즈카 아케미는 곧바로 사과하고 음식을 다시 가져오겠다고 했지만, 노인은 '그걸로 끝내려고?'라며 불만을 제기했다.

"배는 고파 죽겠는데 어쩌라는 거야. 저희들이 주문을 잘못 받아 놓고 다시 만들겠다고? 사람 놀려? 제대로 설명을 해 보라고."

잔뜩 불평을 쏟아 낸 노인은 "요즘 젊은 것들은 그저 그 상황만 모면하려고 하지"라며 비판을 시작했다.

아케미가 머리를 조아리며 정중하게 사과하면 할수록 남자의 목소리는 커졌다.

다른 손님들도 노인의 목소리를 듣고 멀리서 바라보고 있었다. 시끄럽다고 생각하면서도, 공연히 나섰다가 무슨 꼴을 당할지 몰라 가만히 있는 눈치였다.

나의 사명은 매장 안의 이 불편한 분위기를 한시라도 빨리 해소하는 거야. 아케미는 속으로 되뇌며 연신 사죄했다.

이런 일들은 종종 있었다. 돈을 냈으니 대부분의 행동은 용서받는다고 생각하고, 종업원에게 불평해도 문제없다고 생각한다. 종업원이 말대답이라도 했다가는 '손님은 왕인 거 몰라?'라고 철저하게 항의할 작정인지 아닌지는 모르겠지만, 좌우지간 그런 사고방식의 사람이 적지 않았다.

아케미는 뭐라고 대꾸할 수 없는 입장이라 그저 굽실거리며 손님의 화가 가라앉기를 기다리려고 했다. 매니저가 나서면 그래도 조금이나마 사태가 진정될 테지만, 얼마 전에 바뀐 매니저는 무사안일주의인 데다 무책임한 성격이라, 아마 이 상황을 보고도 못 본 척 하고 있을 것이다. 아케미 역시 기대는 하지 않았다.

"저기……."

옆에서 남자 목소리가 들렸다. 아케미와 비슷한 또래로, 혼자 와서 책을 읽고 있던 손님이었다.

말투나 걱정스러운 표정으로 봐서는 보다 못해 나선 것 같지만, 그건 그거대로 문제였다. 잔뜩 흥분해 이렇게 불만을 쏟아 내는 손님에게 공연히 한마디 했다가, '상관없는 놈은 빠져!'

라고 더욱 화만 돋우는 결과를 낳을 수도 있는 까닭이었다.

"자넨 뭐야."

완고해 보이는 노인은 젊은 병사를 꾸짖는 상관 같은 표정이었다. 금방이라도 '어디 버릇없이!' 하고 호통을 칠 것 같았다.

"아, 죄송합니다."

아케미는 고개를 숙였지만, 청년은 주눅 든 표정으로 "아니에요, 저두 바로 빠질 겁니다"라고 말했다. 그리고 노인을 보며 말을 이었다.

"저기, 이분이 어느 댁 따님인 줄 알고 이러시는 겁니까?"

"뭐? 그게 무슨 소리야?"

남자는 콧김을 내뿜으며 더욱 성을 냈지만, 금세 의아스러운 표정을 지었다.

"아뇨, 그분 따님을 이런 식으로 대하시다니, 목숨 귀한 줄 모르시는구나 싶어서요." 남자는 여전히 겁에 질린 표정을 짓더니 몸을 움츠렸다. "괜히 여기 있다가 저까지 오해를 사면 안 되니까 그만 가 보려고요. 혹시 누구 따님인지 모르고 이러시는 거면, 좀 걱정이 돼서요. 누가 보고 있을지도 모르는 일이고요."

남자는 주변을 둘러보더니 서둘러 자리를 떴다.

아케미는 대체 무슨 소리인지 알아들을 수가 없어서 어리둥절할 뿐이었다.

"저건 또 뭐야, 새파랗게 어린 놈이."

노인은 투덜거리더니 다시 아케미를 혼내기 시작했지만, 방금 전에 비해 확연히 목소리가 줄어들었다. 이상한 청년의 개입으로 기세가 꺾이기도 했지만, 그 이상으로 '누구 딸인지 알고 이러는 거냐'라는 말이 머릿속에 달라붙어 떨어지지 않는 것이리라. 떨떠름한 기분을 떨치지 못하겠는지 아케미를 보는 눈빛에 경계의 빛이 섞였다.

이 여자의 아버지가 누구인지까지는 미처 신경을 못 썼군. 노인은 그렇게 생각하기 시작했는지도 모른다. 대체 누구지? 아까 말하는 모양새로 보아하니 상당히 위험한 사람인 것 같던데. 장난으로 한 소리겠지? 그렇게 생각은 하지만 혹시나 하는 마음에 마냥 무시할 수만도 없는 것이다. 어느 댁 따님? 대체 누구 딸인데. 머릿속에서 뭉게뭉게 의문이 피어오르고 있지 않을까.

아케미의 아버지는 이비인후과 의사였다. 누구 딸이냐면, 사사즈카 이비인후과의 둘째 딸이라고밖에 대답할 수 없었다.

"저기, 저도 무슨 소리인지 모르겠는데……."

아케미는 변명처럼 말했지만, 그 말투가 더욱 부자연스럽다고 느꼈는지 노인은 눈을 끔뻑거리더니 허둥댔다. 끝내 이제 됐으니까 빨리 주문한 음식이나 가져오라며 자리에 앉았다. 흥분은 완전히 가라앉은 눈치였다.

아케미는 정중히 고개를 숙이고 주방으로 들어갔다.

"지금 나가 보려고 했는데 무슨 문제 생겼어?"

매니저가 다가와 물었다. 관리자로서의 체면을 지키고자 안간힘을 쓰고 있었다.

"대충 수습됐어요." 아케미가 말했다. "아, 매니저님."

"왜?"

"제가 누구 딸일까요?"

매니저는 미간을 찌푸리더니 허물을 벗는 애벌레를 보는 듯한 표정을 지었다.

고등학생

"구루메, 할 얘기가 있는데."

HR이 끝나고 학생들이 모두 와자지껄 가방을 챙겨 교실을 나가고 있을 때, 오다 미오가 말을 걸어왔다.

방과 후 학생들의 행선지는 제각각이었다. 그대로 집으로 돌아가는 학생도 있었고, 서클 활동을 하러 가는 학생도 있었다.

가즈토는 4월에 핸드볼부에 들어갔지만, 선배들의 횡포를 견디지 못하고 곧바로 그만둔 뒤에는 딱히 하는 일 없이 매일을 보내던 터라 수업이 끝나면 집으로 돌아가고는 했다.

구루메 가즈토는 옆자리의 오다 미오를 보았다. 쌍꺼풀 때문에 무슨 생각을 하는지 알 수 없었지만, 그래서 더욱 신비감이 들었다. 신비한지 아닌지는 보는 사람의 주관에 따라 다를 테지만.

미오가 입학했을 때, 선배들은 예쁜 후배가 들어왔다며 싱글

벙글했고, 같은 학년의 남학생들의 관심도 독차지했다. 언제 누가 그녀와 친해질 것인가, 화제로 삼는 사람은 없었지만 모든 남학생들이 내심 신경 쓰고 있었다.

때문에 고등학교 1학년 여름방학이 끝나고 처음으로 자리를 바꿨을 때 제비뽑기로 미오의 옆자리를 차지한 가즈토는 엄청난 행운아였다. 다른 남학생들의 선망과 질투의 시선이 따가웠지만, 한편으로는 옆자리니까 친해질 수 있지 않을까 살짝 기대하기도 했다.

책상을 나란히 붙일 때, 미오가 "구루메 가즈토久留米和人라는 이름, 한자로 그렇게 쓰는구나. '위지왜인전魏志倭人伝'하고 비슷한 느낌이 드네"라고 했을 때도 어떤 반응을 보여야 할지 고민했다. 하나도 안 비슷하거든. 그렇게 대꾸하고 싶었지만 부정하면 그녀의 기분을 상하게 할지도 모른다고 생각했다.

그런 말 자주 들어. 그렇게 말해야 할까. 아니면 처음 듣는 소린데 엄청 신선하다고 칭찬해야 할까. 순간적으로 머리를 굴려봤지만 결국 귀찮아져서 "사람 인人 자밖에 겹치는 게 없는데"라고 대꾸했다.

미오는 화를 내지도, 토라지지도 않았다. "아, 듣고 보니 그러네" 하고 웃었을 뿐이지만, 가즈토는 그녀를 파안대소하게 했다는 데에서 형언할 수 없는 감동을 느꼈다.

그리고 지금, 할 이야기가 있다는 미오의 말을 들은 순간, 노력한 적도 없는데 영광의 계단을 오르기 시작한 듯한, 허공에

둥둥 뜬 감각에 휩싸이기 시작했다. 하지만 상대에게 그런 속내를 들켜서는 안 된다는 것쯤은 알고 있었다. "할 얘기가 뭔데?"

"집에 가는 길에 센다이 역 지하 주차장에 같이 가 주면 안 돼?"

"지하 주차장? 대담한 장소를 골랐네."

가즈토는 저도 모르게 그렇게 말했다. 단순히 '지하 주차장'이라는 단어에서 어둡고 폐쇄된 공간의 이미지를 떠올렸던 까닭이지, 별다른 이유는 없었다.

"대담은 무슨…… 어제도 집에 가는 길에 주차장에 들러서 자전거를 세워 놨는데. 50엔 내고 발권기에서 딱지 같은 걸 샀어."

"스티커 말이지."

"그래, 그거. 자전거에 붙여 놓는 거잖아."

"맞아."

주차장에는 관리인이 여럿 있었다. 그들은 정기적으로 순찰을 돌며 스티커가 붙어 있지 않은 자전거에 '주차 요금 미지불. 나중에 지불 바람'이라는 내용의 보고서를 붙여 놓는다.

"아무튼 어제 집에 가려는데 내 자전거에 파란 스티커가 붙어 있었어. 경고문이 적힌 거."

"50엔을 아낀 벌이네."

"안 아꼈어. 돈 냈다고." 미오는 울컥했다. "누가 내 스티커를 떼어 간 거야."

"무슨 기념으로 챙겨 갔나?"

가즈토는 놀리는 게 아니라 순간적으로 머릿속에 떠오른 가능성을 말했다.

"누가 50엔 아끼자고 남의 자전거에 붙은 스티커를 떼어 간 거라고."

"누가?"

"누군지 나랑 같이 찾아 달라는 소리야."

여러 가지 의문이 가즈토의 머릿속에 떠올랐다. 그 범인을 어떻게 찾으라는 거지? 짐작 가는 사람이 있나?

왜 나한테 같이 가 달라는 거지?

하나씩 물어보는 수밖에 없었다.

"아마 상습범일 거야. 그런 짓을 하는 사람은. 주차장을 이용할 때마다 돈을 안 내고 남의 스티커를 떼어다 쓰는 거지."

"돈을 절약하려는 건가?"

"그걸 절약이라 불러도 되는지는 모르겠지만, 아마 단순히 돈을 내기가 귀찮다거나, 아니면 '나는 어리석은 놈들을 이용해 현명하게 사는 인생의 승리자다' 같은 기분이겠지."

"그건 네 상상이고."

"아니, 분명 그럴 거야."

"둘이서 무슨 얘기를 그렇게 재밌게 해?"

그때 훤칠한 남학생이 끼어들었다. 미즈누마였다. 머리카락은 간신히 교칙에 걸리지 않는 길이였는데, 한마디로 귀는 가리지만 어깨에는 닿지 않았다. 오뚝한 콧대에 늑대 같은 풍모의 소유자였다. 밴드부인 그는 베이스를 잘 쳐서, 학교 밖에서도 밴드에 가입해 라이브 하우스에서 공연을 한다고 했다.

"저기, 그 서프라이즈 이벤트 말인데, 아이디어 있어?"

미즈누마는 미오에게 친한 척 얼굴을 들이대며 말했다.

"서프라이즈 이벤트?"

가즈토는 고개를 갸웃거렸다.

"교생 선생님 말이야."

그 말을 들으니 생각이 났다. 일주일 전부터 교생실습으로 여대생이 와 있었다. 발랄하면서도 항상 긴장된 분위기의 그녀를 학생들은 좋아했고 잘 따랐다. 그래서 누군가가 교생실습이 끝날 때 작은 서프라이즈 파티를 열자는 이야기를 꺼냈다.

"난 그런 거 별로야."

"그런 거라니?"

"서프라이즈! 같은 거. 가끔 방송에 나오잖아. 카페에서 남자가 여자한테 갑작스럽게 프러포즈를 하고, 가게 사람들도 모두 한통속이고…….."

"감동적이지 않아?"

미즈누마의 그런 경박한 언동이 재미있다고 생각하는 가즈토는 그가 싫지 않았다.

"그래? 결국 이벤트를 벌이는 사람의 자기만족 아닐까?"

"실제로 당해 본 경험이 있어?"

미즈누마가 발랄하게 물었다.

"없지는 않지."

"아, 하긴. 넌 남자한테 인기 많으니까 다양한 서프라이즈 이벤트 공격을 당했겠군."

"공격이라고 표현하는 단계에서 상대를 생각하는 마음은 이미 사라진 거 아냐?"

"그럼 공세? 서비스? 서프라이즈 서비스. 어쨌든 좋은 아이디어가 생각나면 알려 줘."

미즈누마는 과장되게 말하더니 상쾌하게 밖으로 나갔다.

떠난 자리에는 허리케인이 휩쓸고 지나간 듯한 분위기만 남았다.

"무슨 얘기를 하고 있었지?"

"까먹었어."

가즈토는 쓴웃음을 지으며 주차장에 같이 가는 건 문제없지만, 왜 자신을 택했느냐고 물었다. '너하고 친해지고 싶으니까'라고 말하면 어쩌지? 아니, 가능성은 있어. 들뜬 마음을 주체할 수가 없었다.

"몇 가지 이유가 있어."

미오는 손가락을 꼽으며 대답했다.

나의 장점이 그렇게나 많단 말이야? 가즈토는 착각에 가까운 기쁨을 느꼈지만 내색하지 않으려 애썼다.

"먼저 아미코가 바빠서 같이 못 간대." 그녀는 가장 친한 친구의 이름을 댔다. "집에 일이 있어서 오늘은 곧바로 갔어."

"그렇구나."

"다음으로, 너도 그 주차장 자주 이용하지?"

당연한 듯 말하는 미오의 모습에 어리둥절해진 가즈토는 숨을 삼켰다.

"어? 아니야? 거기서 너랑 비슷한 사람을 종종 본 것 같은데."

가즈토도 물론 이용한 적은 있지만 한두 번 정도라 '자주'라고 할 정도는 아니었다. 하지만 금방 "그거 우리 아버지일지도 몰라"라고 했다. 직장이 역 근처 빌딩이라 버스 말고도 자전거로 출퇴근하는 적도 잦았다. 지하 주차장에 자전거를 세워 두었다는 이야기도 들었다. "아버지와 닮았다는 소리를 많이 듣거든."

"아, 그래?"

He is just like his father. 그 영어 문장이 떠올랐다. 얼굴은 닮았어도 삶은 닮지 않기를. "하지만 우리 아버지는 양복 차림이니까 보면 내가 아니란 걸 바로 알 텐데."

"멀리서 언뜻 보고 긴가민가한 거라서."

미오가 웃으며 말했다.

요컨대 그 정도 관심밖에 없다는 발언처럼 들리기도 했다.

"아, 그런데 지금 회사원이라고 했지. 너희 아버지는 〈대부〉에 나오는 것처럼 무서운 분 아냐?"

"무슨 소리야?"

"그렇게 들었는데 아냐?"

"그렇대?"

가즈토는 얼떨결에 되물었다.

"무서운 아버지가 있으면 범인과 마주쳤을 때 든든할 것 같아서."

"하아……."

아, 그런 착각 때문에 나한테 같이 가자고 한 건가.

"아, 그리고."

"그리고?"

미오는 다시 목소리를 낮췄다. 휘파람을 부는 듯 속삭이는 목소리였다.

"여자보다 남자한테 관심이 있다면서?"

"네?"

"굳이 따지자면 그쪽 성향이라고."

"누가 그래?"

"누구였더라. 우리 반 남자애들은 모두 알던데."

가즈토는 그제야 사정을 파악했다. 미오의 옆자리를 차지한 그가 그녀와 친해지지 않도록, 거리가 좁혀지는 일이 없도록 유언비어를 퍼뜨린 것이다. 특정인이라기보다는 다수의 의도임이 틀림없었다.

화가 난다기보다는 '용케도 그런 생각을 했네' 하는 감탄스러운 마음과 '그 심정, 이해가 가는군' 하는 기분이 가즈토의 가슴을 채웠다.

"여자보다 남자를 좋아하는 거 아냐?"

서프라이즈. 가즈토는 속으로 그렇게 중얼거렸다.

젊은 남녀

사사즈카 아케미는 옆에 있는 남자를 보며 땅이 꺼져라 한숨을 쉬었다.

어? 남자는 그제야 현실로 돌아온 듯 고개를 돌렸다.

"왜?"

"봐, 방금 걔도 가슴이 크잖아. 넋이 나가서 쳐다보더라? 역시 가슴 큰 여자를 좋아하는 거 아냐?"

"아니라니까." 구니히코는 얼굴을 찡그리며 말했다. "무의식적으로 그냥 눈길이 가는 거야. 크기하고 상관없이."

"가슴 작은 애들은 안 쳐다보잖아."

구니히코는 곤혹스러운 표정으로 쓴웃음을 지었다.

"여러 차례 말씀드렸다시피." 그는 국회에서 답변하는 수상의 말투를 흉내 내며 말을 이었다. "다른 여성에게 눈길을 준 건 무척 유감스럽게 생각하고, 모두 제 부덕의 소치입니다만, 그 건과 연애 감정, 여성의 매력 운운하는 일은 일체 상관없다는 점을 이 자리에서 다시금 강조하고자 합니다."

"가슴이 작아서 참 죄송하네요."

"내가 언제 그런 소리를 했어."

구니히코는 다소 성난 말투로 자신은 여성의 가슴 크기를 어떠한 기준으로 삼은 적이 없으며, 굳이 따지자면 큰 것보다는 작은 게 좋다고 설명했다. 하지만 아케미의 의혹은 풀리지 않은 듯했다.

"거봐, 쳐다봤으면서."

"저기, 만일 내가 그런 가슴지상주의, 가슴원리주의자였다면 그때도 안 끼어들었을 거야."

"전설의 '이분이 어느 댁 따님인지 아십니까' 작전."

아케미는 유쾌하게 말했다.

1년 전, 패밀리 레스토랑에서 클레임을 거는 손님에게 붙잡혀 이러지도 저러지도 못하는 그녀를 구해 준 게 바로 구니히코였다. 그 후에 다시 가게를 찾은 그에게 감사 인사를 하고 그때 했던 이야기는 대체 무엇이었느냐고 물었다. 내가 대체 누구 딸이냐고.

"아, 그거요."

구니히코는 쑥스러운 듯 미소를 지었다. "그럴 때 어떻게 중재해야 할지 생각해 봤는데, '영감님, 좀 진정하세요'라고 하면 상관없는 놈은 빠지라고 호통을 칠 게 뻔하더라고요."

"그렇죠."

"그러니까 오히려 그 영감님을 생각해 주는 듯, 당신이 걱정돼서 말을 걸었다는 식으로 행동하는 수밖에 없겠다 싶었죠."

"그래서 내가 무서운 분 딸이라는 설정을 만들어 낸 거예요?"

"〈고르고 13〉처럼 딸을 괴롭히는 남자는 용서치 않고 쏴 죽일지도 모른다. 그런 위기감이 들게끔 해 볼까 해서요." 구니히코의 눈가에 웃음기가 번지며 표정이 부드러워졌다. "요즘 같은 세상에 무턱대고 누군가를 공격했다가 무슨 꼴을 당할지 모르니까요. 그 영감님도 누구한테 호통을 칠 때는 조금 생각을 해 보는 게 좋을 겁니다."

"덕분에 전 살았어요."

"다행이네요. 저도 꽤 긴장했어요."

"그리고 같이 아르바이트하던 사람들한테 '아가씨'나 '보스의 딸'이라는 소리를 듣게 됐죠."

구니히코는 웃음을 터뜨리며 미안하게 됐다고 사과했다.

그때부터 두 사람은 조금씩 가까워졌다. 구니히코가 두 살 연상이라는 것과 같은 대학에 다닌다는 사실도 알았다. 공학부와 교육학부의 분위기가 얼마나 다른지에 대해 신나게 이야기를 나누다, 공통의 지인이 있다는 사실이 밝혀지며 화제가 계속됐고 결국 사귀기 시작했다. 1년이 지났고, 가슴 큰 여성을 힐끗거렸다는 이유로 가벼운 언쟁을 벌일 정도의 관계가 되었다.

"요컨대 구니히코는 그 패밀리 레스토랑에서 날 봤을 때 가슴 작은 여자라고 인식했던 거네."

"그런 게 아니라." 구니히코가 말했다. "진짜 귀찮네."

"지금 귀찮다고 했어?"

"아니, 귀가 간지럽다고."

"코는 안 간지러워?"

아케미가 울화를 참으며 묻자, 구니히코는 큰 소리로 웃었다. 그 일은 그 즈음에서 어영부영 끝났다.

두 사람은 거리를 떠돌다 세일 중인 쇼핑몰에 들어갔다. 에스컬레이터를 타고 5층으로 올라가 시계 방향으로 한 바퀴 돌았다. 아무리 세일을 한다고 해도, 아르바이트 월급으로 살 수 있는 건 재킷과 니트 한 벌이 고작이라 신중하게 검토할 필요가 있었다. 한 가게를 찾아 옷을 구경하고, '다른 곳도 보고 올게요'라며 나온 뒤에 다시 다른 가게를 둘러보았다. 한 바퀴 돌고 나서 '역시 처음에 봤던 그 회색 옷이 좋겠어'란 결론을 내린 뒤 다시 그 가게로 돌아가자 이미 팔리고 없었다.

"이러쿵저러쿵할 생각은 없는데." 지루한 표정으로 묵묵히 따라오던 구니히코가 말했다. "아까 그 옷 안 산 걸 후회해?"

"조금."

"진짜?"

"놓친 고기가 더 커 보인다잖아."

거기서 그는 직장 선배 이야기를 했다. 큰 키에 좋은 학벌, 서글서글한 인상의 잘생긴 외모로 여자들에게도 당연히 인기가 많았지만, 어떤 여자가 가장 나은지 너무 고르고 재다 보니 결국 누구와도 깊은 관계를 맺지 못한 채 독신으로 산다고 했다. 주변에서는 일찌감치 정했으면 이렇게 되지는 않았을 거라고 놀림을 받는다고 했다.

"지금 우리 상황과 통하는 구석이 있는 것 같지 않아?"

구니히코는 그렇게 말했다.

"하지만 이런 건 타이밍이 중요하잖아. 그 선배는 앞으로도 여자들과 친해질 거고, 지금까지 인연을 못 만났을 뿐이지, 딱히 실패자라고 후회하지 않지는 않을까?"

"호오."

"아무튼 난 이 옆 매장의 다운재킷을 사기로 결심했어." 아케미는 강력하게 선언했다. "좀 비싸긴 하지만."

힘차게 옆 매장으로 걸음을 옮기자, 예상대로라고 표현해야 할지, 아니면 하필이면이라고 표현해야 할지는 모르겠지만 재킷은 다 팔리고 없었다. 아케미는 뼈아픈 실수라며 이를 갈았다.

고등학생

구루메 가즈토는 게이설을 해명하려 하지 않았다. 물론 미오에게는 오해라고 말했지만, 여자를 좋아한다고 강조하는 것도 뭔가 꺼려할 것 같았고, 나아가 '여자에게 관심이 없다'는 이유로 같이 가자고 한 거라면, 그 연결 고리를 끊는 건 현명한 행동이 아니라고 생각했다.

"게이가 딱히 나쁜 건 아니잖아?"

미오는 커다란 눈을 동그랗게 뜨며 말했다.

진실을 말하고 싶었지만, 말하면 상대해 주지 않는 게 아닐까 하는 생각에, 가즈토는 '증세를 해야만 하는 상황인데도 확실히 증세한다고 말할 수 없는 정치가의 기분이네'라고 중얼거렸다.

센다이 역까지는 자전거로 갔다. 자전거로 통학한다는 점도 미오가 가즈토를 택한 이유 중 하나인 것 같았다. 버스로 통학하는 친구는 주차장까지 같이 가 달라고 하기가 미안하다며.

가즈토는 말없이 자전거 페달을 밟았다. 나란히 달려야 할까. 아니면 앞뒤로 달려야 할까. 앞뒤로 달리면 앞서 달려야 하나, 뒤따라 달려야 하나. 그런 것들을 고민하던 끝에, 최대한 상큼한 모습을 보이고 싶어서 의미도 없이 한 손을 핸들에서 떼거나 허리의 각도를 바꾸고는 했다. 옆으로 지나치는 맨션의 유리문에 비친 자신의 자세를 확인했다.

미오는 가즈토의 그런 눈물겨운 시행착오와 연출을 알아채지 못한 채 담담하게 달릴 뿐이었다.

주차장은 빌딩 옆 계단 아래에 있었다. 자전거용 슬로프를 타고 지하로 내려가 자동 발권기에서 스티커를 구입해 안장에 붙였다.

안쪽의 빈자리에 자전거를 세웠다.

"자, 이제 어쩌지?"

평범한 데이트나 약속이라면, 자전거를 세워 두고 원래의 목적지로 이동할 테지만, 그들의 경우에는 목적지가 주차장이었다.

"그냥 한 바퀴 돌아볼까?"

"순찰처럼?"

"그래."

"수상하게 생각하지 않을까?"

주차장에는 관리인이 있었다.

"우리가 나쁜 짓을 하는 것도 아니잖아?"

"자주적으로 순찰을 돈다는 것만으로도 충분히 수상쩍어. 그리고 대체 언제까지 여기 있을 건데?"

"저번에 내 스티커가 사라진 건 오후 네 시부터 여섯 시 사이였으니까." 그녀는 손목시계를 보았다. 가즈토도 따라서 시계를 보았다. 바늘은 네 시 반을 가리키고 있었다. 지금부터 한 시간 반이나 이 아무것도 없는 어스름한 주차장에 있겠다고? 그거야말로 너무 수상하잖아. 하지만 미오와 함께라면 한 시간 반이든 두 시간 반이든 행복하고 즐거운 시간이 될 거라 생각한 까닭에 강하게 반대하지는 않았다. 오히려 밋밋한 고등학교 생활에 이런 가슴 뛰는 기회가 찾아올 줄이야, 하고 감동적이기까지 했다. 누구인지 모를 지하 주차장의 그분께 감사 인사를 하고 싶을 정도였다. 이 지하 주차장을 성지로 인정하겠노라.

하지만 그 고양감은 미오의 한마디로 금세 물거품처럼 사라졌다.

"그럼 둘이서 같이 도는 건 의미가 없으니까 따로따로 행동하자."

"아, 그러게. 따로따로 움직이는 게 낫겠지."

"여기가 의외로 넓거든."

자전거는 수십 미터 앞까지 늘어서 있었다. 주차 공간이 넓어서 한 바퀴 도는 데도 제법 시간이 걸릴 것 같았다.

"일단 자기 자전거를 찾는 척하면서 둘러보자."

"좀비처럼 배회를……."

가즈토는 살짝 자포자기한 심정으로 말했다.

"보다가 남의 자전거에 붙은 스티커를 떼어 가는 남자를 발견하면 나한테 알려 줘."

"어쩌려고?"

"한마디 해 줘야지."

가즈토는 팔짱을 낀 채 말했다.

"부모님이 가르쳐 준 세계의 진실 시리즈 들어 볼래?"

"어."

"서른 넘어서 사고방식을 바꾸는 건 사람의 힘으로 모아이 상을 움직이는 것만큼 어렵다.'"

"거기엔 모아이 석상이 걸어 다녔다는 전설이 남아 있다며."

"거기가 어딘데."

"무슨 얘긴 줄은 알겠어. 우리 아빠도 그렇거든. 엄마가 아무리 잔소리를 해도 달라지질 않아. 학습 능력도 없고, 수정 기능도 없고."

"아버지가 뭐 하시는데?"

"술집 점장. 체인점이야."

"와, 뭔가 멋지다."

"어디가?"

미오는 한숨을 내쉬었다. 가즈토는 자신의 대답이 불쾌감을 주었나 싶어서 내심 당황했다.

"위세와 넉살과 남의 도움으로 가신히 살아온 사람의 대표 선수니까." 하지만 그렇게 한탄하는 걸 들으니 아버지란 존재에 진절머리가 난 것뿐임을 알 수 있었다. "그 사람이 어떻게 엄마 같은 사람과 결혼했는지 수수께끼야. 모아이 석상 미스터리보다 더 미스터리라니까. 모어 던 모아이 석상."

그 엉터리 영어는 뭐지. 가즈토는 쓴웃음을 지었다.

"어머니는 전혀 성격이 다르셔?"

"남의 험담은 안 하고, 해야 하는 일은 불평 없이 하고, 거기다 미인이거든. 젊었을 적에는 장난 아니었대. 남자들이 대문 밖에 줄을 섰다나."

"이리 오너라, 이리 오너라, 이렇게?"

"그렇게 옛날 사람 아니거든?"

"그럼 아버지는 행운아셨네. 그런 어머니와 결혼했으니까."

"엄청난 행운아지. 아빠도 그건 아는 것 같아. '아이 엠 본 언더 굿 럭 스타'라고 외치거든, 이따금."

"그게 뭐야."

"행운의 별 아래에서 태어났다는 뜻 아냐? 엉터리 영어로 말하는 걸 좋아하거든. '나는 스트롱거 댄 스트롱거.'"

"그게 뭐야? 스트롱의 비교급이야?"

"〈가면 라이더〉에 '스트롱거'라는 게 있잖아. 몇 대代인지는 모르겠지만." 미오는 도쿠가와 막부 이야기를 하듯 표현했다. "스트롱거보다 세다, 나는 그만큼 세다. 그런 뜻 아닐까?"

"재미있는 분이네."

"재미없는데."

"우리 아빠는 평범한 회사원인데 무슨 재미로 사는지 모르겠어."

"대부 아니야?"

미오가 말했다. 같은 반 누군가가 퍼뜨린 거짓 정보였다. 어디까지 믿는 것인지 가즈토로서는 가늠하기 어려웠기에 애매하게 부정했다.

"하지만 너희 아버지도 어머니와 결혼한 걸 보면 뭔가 여러 일들이 있지 않았을까?"

"딱히 아무것도 없었을 것 같은데."

미오는 저쪽을 둘러보고 오겠다며 발길을 돌려 안으로 사라졌다.

시계를 보았다. 한숨이 나왔다. 앞으로 한 시간도 더 이곳에서 어슬렁거려야 하나. 암담한 기분에 빠진 가즈토는 주차장 주제에 뭐가 성지야, 애초에 본인이 제멋대로 그렇게 명명했음에도 불구하고 힐난하고 싶어졌다.

그로부터 한동안 가즈토는 통로를 돌아다녔다. 스쳐 지나가는 사람들은 당연히도 그의 존재 따위는 신경 쓰지 않고 담담히 자전거를 세웠다.

그렇구나, 정말 단순히 같이 순찰할 남자를 구했던 거구나. 가즈토는 낙담을 감출 수 없었다. 동성 친구가 훨씬 편할 테지만, 범인과 대치할 경우를 생각하면 남자를 데려가는 게 바람직하다고 판단했고, 이성인 남자와 함께했을 때 또 다른 의미로 귀찮은 상황에 처할 수 있으니 게이라고 소문이 난 동급생, 옆자리에 앉은 나를 택한 거군.

15분쯤 지났을 때 가즈토는 헉, 하고 숨을 삼켰다. 황급히 미오의 모습을 찾아 달려갔다. "생각해 봤는데, 여기 주차장은 입구에 있는 자동 발권기에서 스티커를 사는 시스템이잖아."

"그렇지."

"네 말대로 주차 요금 50엔을 내기 싫어하는 구두쇠라면 스티커를 안 사고 들어올 거 아냐. 그러니까 입구에서 감시하고 있다가 자동 발권기에서 스티커를 안 사고 들어오는 사람을 따라가 보면 되지 않을까?"

"아, 그런 방법이 있었네."

"물론 자전거를 세워 두고 다시 스티커를 사러 가는 사람도 있겠지만."

"적어도 들어오자마자 스티커를 사는 사람은 용의선상에서 제외할 수 있겠네. 아주 날카로운 지적이야!"

미오가 커다란 눈동자로 바라보자 가즈토는 어쩔 줄 몰랐다. 어쩔 줄 몰라 하면서도, 가슴속에서 공이 통통 튀는 기분이 느껴졌다.

본인이 제안했음에도 가즈토는 무임 주차의 범인이 나타날 거라고 생각하지 않았다.

젊은 남녀

사사즈카 아케미는 맞은편의 구니히코가 직장에서 있었던 일을 쉬지 않고 이야기하는 걸 들으며, 자신의 마음이 하나도 기쁘지 않음을 느끼고 있었다.

이야기에 관심이 없는 건 아니었다. 구니히코와의 관계에서 설렘을 느끼지 못하게 된 것이다.

들뜬 마음으로 보러 갔던 영화가, 타이틀이 나올 때에는 감동을 느꼈지만, 상영 시간이 지나면서 '어?' 하고 점점 지루해지며 '아니, 앞으로 재미있어질 거야', '원래 잘 만드는 감독이잖아'라고 스스로를 타이르고, 반전을 기대하지만 그럼에도 마음에 들지 않는 점만 자꾸 눈에 들어오는 듯한 감각이랄까.

패밀리 레스토랑의 종업원과 손님으로 만나 사귀기 시작한지 1년 반이 지났다. 그동안 구니히코는 취직을 했고, 아케미는 학점 취득과 임용 고시 준비로 바빴지만, 그래도 주말 중 하루는 만나서 데이트를 하며 연인 관계를 유지했다.

주변 사람들이 보기에는 다정한 연인 사이였다. 크게 싸운 적도 없었고, 다른 이성에게 한눈을 판 적도 없어서 '기근 없는 에도시대처럼 태평성대다'라고 표현하는 친구도 있었다. 그때는 '아니, 에도시대보다 우리가 훨씬 평화롭지'라고 구니히코가 웃으며 대답했고, 아케미도 동의했다.

흑선(1853년 일본 연안에 나타나 개항을 요구한 미국 페리 제독의 함대 - 옮긴이 주)도, 메이지유신도 없이 이대로 둘이서 결혼하게 되겠지. 아케미도 말은 안 했지만 그렇게 예상했다.

하지만 흑선이 나타났다. 무엇이라 이름 붙여야 하는지 아케미도 알 수 없었다. '질렸다'나 '매력이 안 느껴진다' 같은 종류의 감정은 아니었다.

여전히 구니히코는 다른 남자들에 비해 친근하고 매력적이었다. 좋은 사람이라 생각한다.

"왜? 어디 아파? 괜찮은 거야?"

구니히코가 말을 걸었다.

두 사람은 자주 오는 카페에서 마주 앉아 있었다.

"괜찮아."

아케미가 대답했다. 하지만 괜찮으냐고 물으면 대부분의 사람들은 거의 반사적으로 괜찮다고 대답한다는 걸, 구니히코는 모른다.

걱정해서 말을 걸고, 상대가 그에 대답하면 그걸로 끝이라 생각하겠지.

"교생실습은 어때? 요즘 고등학생들은 되바라졌지?"

구니히코가 물었다.

"우리 때랑 별반 다르지 않아. 어느 시대나 항상 무뚝뚝하고, 유치하지만 어른스럽기도 하고 그렇잖아."

그렇구나, 하고 대답한 뒤에 구니히코는 다시 하던 이야기를 시작했다.

"이번에 동기가 결혼하는데 피로연을 안 한대. 그래서 회사에서 서프라이즈 파티를 해 주려고."

"서프라이즈 파티?"

"내가 신랑한테 둘이서 한잔하자고 해서 술집으로 데려가면, 거기서 다들 기다리고 있다가 결혼 축하 파티를 여는 거지."

"그렇구나."

아케미는 자신이 생각보다 싸늘하게 대꾸했다는 사실에 내심 놀라움을 느꼈다.

"반응이 왜 그래?" 구니히코의 눈에 살짝 힘이 들어갔다. 얼굴이 굳어진다. 아차 싶었다. 평소 같았으면 거기서 적당히 맞춰 주기 위해 기어를 바꿨을 텐데, 어찌 된 영문인지 그럴 마음이 들지 않아서, 늪에서 발을 빼는 기분으로 말했다.

"그런 건 이벤트를 벌이는 사람의 자기만족 아닐까?"

"뭐라고?"

"다 같이 누군가를 놀래 줄 준비를 하며 즐거워하는 건 재밌지. 물론 상대를 기쁘게 해 주려는 마음이 있기야 하겠지만, 솔직히 본인들이 즐기는 마음이 더 크지 않을까? 당하는 쪽도 사정이 있을 테니까, 마냥 좋지만은 않을 거야."

"무슨 말인지 알겠어." 구니히코의 표정이 어두워졌다. 생각지도 못한 곳에서 돌부리에 걸린 기분이리라. 발끈한 듯했다. "하지만 나 역시 좋아할 거 같은데."

"좋아할 거라고 굳게 믿는 것 자체가 오만일지도 몰라."

아케미는 말했다. 제동이 걸리지 않아서 감정에 몸을 맡기고 말을 내뱉는 게 아니라, 지금 이 타이밍에 늪에서 빠져나가지 않으면 안 된다는 마음에 필사적이었다. 안간힘을 다해 발을 빼내서 한 걸음, 두 걸음 나아가 여기서 벗어나야 한다.

구니히코는 곤혹스러운 표정으로 팔짱을 꼈다. 금방이라도 눈물을 흘릴 것처럼도, 화를 낼 것처럼도 보였다. 잠시 후, 그는 혼잣말처럼 중얼거렸다.

"그렇게까지 말하니까 좀 서글퍼지네."

이내 구니히코는 적당한 말을 골라 평소처럼 웃어넘기는 분위기를 만들려고 했다.

이런 관계가 부담스러운 거야. 아케미는 그 사실을 깨달았다.

구니히코가 연상이어서 그런지도 모르지만, 늘 그가 그녀를 놀래 주고, 즐겁게 해 주는 입장이었으며, 아케미는 수동적으로 받기만 했다. 그 관계성이 그녀를 괴롭게 했다.

그 반대라도 괜찮아. 구니히코가 그렇게 말하는 모습을 쉬이 상상할 수 있었다. '아케미가 날 놀래 줘도 상관없어.'

하지만 분명 무리다. 아케미는 알고 있었다. 놀래 줄 아이디어가 떠오르지 않기도 했지만, 아케미가 자신을 놀래 줘도 그는 분명 기뻐하지 않을 것임을 알기 때문이었다. 항상 '누군가에게 주는 것'이 그의 기쁨인지도 모른다.

그녀는 자기 안의 막연한 불만을 최대한 감정적으로 들리지 않도록 그에게 털어놓았다. 구니히코는 이따금 뜸을 들이듯 대꾸하기는 했지만 반박은 하지 않았다. 꾹 참고 있다는 게 느껴졌다.

"그때 패밀리 레스토랑에서 고객에게 당하는 나를 도와줬지."

"덕분에 서로 알게 됐지."

"덕분에, 란 표현은 좀……."

구니히코는 인상을 찌푸리며 말했다.

"무의식적으로 나온 말이야, 다른 뜻 없어. 그리고 그때 도움이 된 건 맞잖아."

"그야 그런데……."

스스로도 무슨 말이 하고 싶은 것인지, 무엇을 받아들일 수 없는지 알 수 없었다. 남을 위해 무언가를 하고 싶다는 마음이나 서비스 정신은 틀림없었다. 그건 이해할 수 있었다. 하지만 한편으로 그런 태도에서 오만함을 느끼는 것도 사실이었다.

"앞으로도 분명 나를 깜짝 놀래 주려고 하겠지. 만날 때마다 그러지 않을까 긴장할 거야."

"그게 무슨 소리야?"

"나도 잘 모르겠지만……."

"내가 서프라이즈로 프러포즈를 한다거나?"

"구체적으로는 생각 안 해 봤지만……."

"아니, 그런 나중 일을 지금 생각해 놓고 멋대로 화를 내면 나더러 어쩌라는 거야?"

구니히코도 더는 참지 못하겠는지 짜증을 내기 시작했고, 말투도 거칠어졌다. 가게 안은 북적거리지는 않았지만, 조금씩 다른 손님들의 시선이 느껴졌다.

대체 어쩌면 좋을까. 그저 막막한 기분에 아케미는 울음을 터뜨렸다.

고등학생

오다 미오는 담이 큰 것인지, 아니면 물불 가리지 않는 성격인지 알 수 없었지만, 좌우지간 지하 주차장의 계단을 달려 올라가 남자를 쫓았다.

구루메 가즈토는 황급히 그 뒤를 쫓았다.

몇 미터 앞에 태평하게 걸어가는 양복 차림의 남자가 보였다. 앞서 미오와 가즈토의 눈앞에서 남의 자전거에 붙은 주차 스티커를 떼어 태연하게 자기 자전거 안장에 붙인, 질리지도 않고 무임 주차를 반복해 온 장본인이었다.

걸음걸이는 당당했지만 작은 체구에, 복장을 보고 회사원으로 짐작했던 게 실수일지도 모른다. 겉보기에 위험한 분위기였다면 주저하지 않고 미오를 불러 세웠을 것이다.

어쨌든 미오는 뒤에서 "아저씨" 하고 남자를 불렀다.

남자는 걸음을 멈추고 뒤를 돌아봤다. 그 시점에서 이미 언짢은 기색이 역력한 걸 한눈에 알 수 있었다. 미간에 깊이 주름이 패어 있었다. 항상 정색한 표정이기에 생긴 주름임이 틀림없었다. 교복 차림의 미오를 보고는 의아하다는 듯한 표정으로 "뭐니?" 하고 퉁명스레 물었다.

미오를 따라잡은 가즈토는 황급히 말했다.

"아, 아니에요. 죄송합니다."

"뭐가 죄송해?" 미오는 감정적이라기보다는 더욱 냉철한 태도로 말했다. "아저씨, 주차 요금 안 내니까 좋으세요?"

정면에서 직구를 던지다니. 가즈토는 순간 휘청거렸다.

"뭐라고? 무슨 소리냐?"

남자는 정말 무슨 말인지 모르겠다는 투로 되물었다. 쉰은 넘었으리라. 쾌활함이나 상쾌함과는 무관한, 나태한 표정의 회사원이었다. 짙은 눈썹에 안경을 끼고 있었다.

"주차장에서 남의 스티커를 떼셨잖아요. 제가 똑똑히 봤거든요. 어제는 제 스티커를 도둑맞았고요."

"거참, 듣기 거북하네." 남자는 낮은 목소리로 대꾸했다. "증거 있어?"

"제가 두 눈으로 똑똑히 봤다고요."

"그게 증거가 돼?" 크지는 않았지만, 주변에 또렷이 울려 퍼진 그 목소리에 지나가던 행인 몇몇이 돌아봤다.

"떼셨잖아요. 옆에 있던 어린이용 자전거에서. 지금 같이 가서 확인하실래요?"

"시간 없거든. 내가 그렇게 한가한 사람 같아?" 남자는 손목시계를 찬 손목을 다른 손가락으로 두드렸다. "그리고 설령 그 자전거에 스티커가 안 붙어 있다 해도, 원래 주인이 요금을 안 낸 거겠지."

남자가 다시 걸음을 옮기려고 하자, 미오는 그의 팔꿈치를 잡아당겼다.

"뭐 하는 짓이야." 남자의 눈썹이 꿈틀거렸다. "이봐, 학생, 적당히 해." 남자는 가즈토를 보며 성난 어조로 말했다. "거기 학생도 보고만 있지 말고 좀 말려. 억지도 적당히 써야지."

가즈토는 은근히 겁이 났지만 배에 단단히 힘을 주고 한 발짝 앞으로 나섰다. 이럴 때에 대비해 남자인 자신을 데려온 거라는 사명감도 솟아올랐다. "저도 봤거든요. 어린이용 자전거에서 스티커를 떼는 걸."

상대의 눈을 똑바로 쳐다볼 수가 없었다. 목소리도 살짝 상기됐다.

"이봐, 고작 50엔이잖아. 50엔 가지고 왜 사람을 이렇게 성가시게 하는데."

"그 애는 그 50엔 때문에 곤란한 일을 겪을 수도 있어요. 정당하게 요금을 지불했는데, 얌체 같은 누군가에게 권리를 뺏기다니, 이런 부당한 일이 있나요?"

그러자 남자는 똑똑히 들리도록 한숨을 내쉬었다. 불만스러운 표정과 불쾌한 목소리는, 보는 사람에게 위압감과 공포를 주었다.

"너희 어느 학교냐? 내가 학교에 얘기해서 좀 물어봐야겠다. 평일 저녁에 집에도 안 가고 이런 데서 어른한테 시비나 걸고. 대체 무슨 꿍꿍이야?"

"얌체 짓을 해 놓고 설교나 하는 어른에게 바른말 하는 것뿐인데요." 미오는 절대 굴하지 않겠다는 의지를 내비쳤지만, 가즈토는 이 상황을 어떻게 수습할지 냉정하게 고민했다.

"어른한테 말투가 그게 뭐냐?" 남자는 한층 위압적으로 말했다. "인생 경험 하나 없는 고등학생 주제에."

"물론 전 미숙한 학생이에요. 하지만 적어도 남의 돈은 가로채지 않죠."

"지금 날 도둑 취급하는 거냐? 요즘 고등학생들은 정말이지……."

따발총처럼 말을 쏟아 내며 삿대질을 해 대는 남자의 얼굴이 벌게지기 시작했다.

그 모습에 주눅이 든 미오는 이제 와서 무서워졌는지 시선을 불안하게 움직였다. 가즈토는 가세하기 위해 앞으로 나서려 했지만, 무슨 말을 해야 하는지 순간적으로 판단을 내릴 수가 없었다.

이대로 가다가는 남자가 더욱 흥분하여 폭력 사태로까지 번지는 게 아닐지 두려워졌다.

그때, 방금 기가 찼던 여성이 빌길을 틀어 다시 돌아오는 모습이 눈에 들어왔다.

후카호리 선생님이다. 그녀를 알아본 가즈토는 어떻게 여기에, 하고 생각했지만 말은 하지 않았다. 선생님은 손가락을 입에 대고 있었다. '아무 말도 하지 마'라는 사인으로 받아들이고 가즈토는 입을 다물었다. 남자의 뒤쪽에서 다가오는 선생님을 미오 역시 본 것 같았다.

"저기, 무슨 일이시죠?"

후카호리 선생님은 조심스레 물었다.

남자는 고개를 꺾으며 "댁하고는 상관없는 일입니다" 하고 손을 내저었다.

"아, 물론 상관은 없지만, 좀 걱정이 되어서요."

선생님은 굽실굽실 저자세로 말을 이었다.

"걱정? 무슨 걱정?"

"선생님이 걱정되어서요." 후카호리 선생님은 그렇게 말하더니 미오 쪽으로 손을 내밀며 말했다. "여기 이 아가씨가 어느 댁 따님인지 알고 이러시는 건가요?"

가즈토의 눈이 휘둥그레졌다. 미오도 허를 찔린 듯한 표정이었다.

"알면서 이러시는 거면 참 목숨 아까운 줄 모르는 분이시구나 싶어서요."

"뭐야?" 남자는 의아한 표정으로 한쪽 눈썹을 씰룩거렸다. 방금 전까지는 찾아볼 수 없었던 경계의 빛이 감돌기 시작했다. "목숨 아까운 줄 모른다고?"

"저도 엮이기 싫으니까 이 말만 하고 갈 겁니다. 저기, 아가씨, 아버님께 제 얘기는 하지 마세요."

후카호리 선생님은 진지한 표정으로 미오에게 고개를 숙였다.

"아, 네."

상황을 파악하지 못한 것 같았지만, 미오는 고개를 끄덕였다.

"그럼 하던 일 계속하세요."

선생님은 그렇게 말하더니 자리를 떠났다.

남겨진 세 사람, 남자와 미오, 그리고 가즈토는 한동안 말없이 서로를 바라보았다.

이내 남자의 행동거지가 눈에 띄게 이상해졌다. 기세가 꺾인 까닭이기도 하지만, 그보다 미오의 정체가 신경 쓰이는 눈치였다.

"저기, 주차 요금 말인데……."

미오가 퉁명스레 말문을 열었다.

"알았어, 알았다고. 내면 될 거 아냐." 남자는 그렇게 말하더니 겸연쩍은 듯 주차장 쪽으로 걸음을 옮기려 했다.

가즈토는 남자의 뒤통수에 대고 말했다.

"말을 왜 그렇게 하세요? 얼굴 다 기억해 뒀습니다."

"아빠한테 일러바치고 싶지는 않지만……."

미오도 옆에서 거들었다.

얼굴을 가리며 종종걸음으로 멀어지는 남자를 보며, 두 사람은 후카호리 선생님을 찾았다.

고등학생

"그렇게 의미심장한 소리를 해서 착각하게 만들면 상대도 덜컥 겁이 나겠지. 이 여고생이 누구 딸이지? 그런 생각이 자꾸 들테고."

후카호리 선생님은 씩 웃으며 말했다.

역 앞 주차장에서 조금 떨어진 곳. 그곳에서 미오와 가즈토는 후카호리 선생님을 따라잡아 무슨 일이 있었는지를 이야기했다.

"그래도 무임 주차 같은 건 귀여운 수준이야."

선생님이 작은 소리로 말했다.

"선생님이 그런 소리를 하시면 어떻게 해요." 미오가 지적했다. "그리고 죄는 귀여울지 몰라도, 그 아저씨 태도는 전혀 귀엽게 봐 줄 수 있는 수준이 아니었다고요."

"그렇긴 했지."

"그러고 보니 열차에 무임승차하는 남자와 목숨을 건 사투를 벌이는 영화도 있었죠."

"그런 영화도 알아?"

"그 감독을 좋아하거든요."

미오는 발랄하게 말했지만, 가즈토는 그 감독이 누구인지 몰랐다. 나중에 어떻게든 알아봐야겠다고 생각했다.

"그나저나 정말 웃겼어요. 그 아저씨, 좀 겁먹은 것 같더라고요." 미오가 웃으며 말했다. "선생님 작전, 어처구니없지만 효과 만점이었어요."

가즈토의 입가에도 웃음이 번졌다.

"혹시 진짜 무서운 사람 딸인가 했어."

"아버님이 오다 노부나가라든지?"

후카호리 선생님의 말에 가즈토는 웃음을 터뜨렸다.

"실제 우리 아빠는 젊어서 예쁜 엄마와 결혼한, 운 좋은 불량 아지만."

미오는 어깨를 으쓱했다.

"스트롱거 댄 스트롱거라는……."

가즈토는 그 말을 하지 않을 수 없었다.

자전거를 탄 모자가 옆을 지나갔다.

"그래도 위험한 상황에 처하지 않아서 다행이야. 선생이 이런 말을 하기는 뭣하지만, 정의란 건 애매하고 위험한 거니까."

"네." 미오는 의외로 순순히 고개를 끄덕였다. "저희 엄마도 그러셨어요. 자기가 옳다는 생각이 들면, 먼저 자신을 돌아보라고."

"호오."

"그리고 상대의 잘못된 점을 고칠 때에는 더욱 신중하게 말을 고르라고도요. 그나저나 선생님은 어떻게 여기 오신 거예요? 우리한테 문제가 생긴 걸 알아채고?"

후카호리 선생님은 아까와는 다른 종류의 미소를 머금었다.

"밀고가 들어왔거든."

"밀고요?"

가즈토는 그 말이 무슨 뜻인지 이해하지 못했다.

"너희 둘이 역 근처에서 불건전한 데이트를 하는 것 같으니까 가 보는 게 좋겠다고."

"네?"

"교무실에 있는데 그런 제보가 다수 들어왔거든." 선생님은 고개를 끄덕였다. "뜬소문일 거라고 생각하긴 했지만, 오늘은 업무가 일찍 끝나서 와 봤더니……."

"제가 아저씨하고 실랑이를 벌이고 있었던 거군요." 미오는 팔짱을 끼며 말했다. "왜 그런 뜬소문이 퍼진 거죠?"

입 밖으로 내지는 않았지만, 가즈토는 '미오와 자신이 함께 있는 것에 대한 시기와 질투'가 원인임을 쉬이 짐작할 수 있었다. 아무리 그래도 그런 방해 공작까지 하다니 대단하다는 생각이 드는 한편, 지금 이 자리에 있는 게 다른 남학생이었다면 저역시 훼방을 놓았을지도 모른다고도 생각했다.

후카호리 선생님은 그런 남학생들의 속사정…… 사태의 진상을 파악했는지 "미오는 인기가 많네"라며 히죽거렸다.

"뜬금없이 무슨 말씀이세요."

"거기 가즈토냐?"

그때 귀에 익은 남자 목소리가 들렸다.

고개를 돌리자 자전거를 밀며 걸어오는 아버지의 모습이 보였다.

"집에 가는 길이야?"

밖에서 말 걸지 마요. 가즈토는 아버지를 외면하고 싶었다. 그에게는 자랑스럽기는커녕 부끄러운 아버지일 뿐이었다.

"아, 가즈토 아버지세요?"

미오가 인사를 건넸다.

이제 미오와 가까워질 길은 끊기고 말았다. 가즈토는 순간적으로 그렇게 생각했다. 안 그래도 자신에게는 머나먼 존재였는데, 이렇게 평범하기 짝이 없는 남자의 아들이라는 게 밝혀졌으니 모든 게 끝이다. 신중하게 옮기던 계란이 모두 떨어져 깨져버린 듯한 기분에 휩싸인 가즈토는 그 자리에서 비명을 지르고 싶어졌다.

아버지가 자전거를 세웠다. 그것이 지극히 평범한, 주부들이 타는 자전거라는 사실이 가즈토를 또다시 낙담하게 했다. 하지만 여기서 무시할 수도 없었다. 이제 와서 '누구세요?'라고 모른 척하면 더욱 인상이 나빠질 테니까.

"우리 반 담임인 후카호리 선생님이세요."

가즈토는 반쯤 기포기기한 목소리로 밀했다.

"처음 뵙겠습니다. 저희 아이를 지도해 주셔서 감사합니다." 아버지가 고개를 숙였다. "가즈토 아버지입니다."

"어머나."

가즈토는 인사를 받는 후카호리 선생님의 목소리가 묘하게 발랄하다는 사실을 깨달았다. 자세히 보니 웃음을 꾹 참은 채 눈을 빛내고 있었다. 이어진 말에 가즈토는 고개를 갸웃거렸다.

"처음 뵙는 건 아니죠. 오랜만이야."

가즈토의 아버지도 고개를 내밀며 "오랜만이라고요?"라고 의아한 표정을 지었다.

"가즈토가 참 많이 닮았어."

후카호리 선생님은 그렇게 말하더니, 유창한 영어로 "You look like your son"이라고 했다.

'you'가 누구를 말하는 거지? 나? 가즈토는 자신을 가리켰지만 이내 'your son'이라는 표현을 떠올리고 아버지에게 한 말임을 알아챘다.

"구루메가 흔한 성은 아니잖아. 그래서 처음에 학생부를 봤을 때 혹시나 했어. 가즈토의 얼굴을 보고 곧바로 틀림없다고 확신했고."

"틀림없다고요? 뭐가요?"

가즈토가 되물었다.

"네가 이 사람 아들이라는 걸."

"이 사람?"

이번에는 아버지를 보았다. 미오는 커다란 눈을 깜빡거리고 있었다.

"저기, 방금 추억의 그 작전을 썼어."

후카호리 선생님은 신이 나서 말을 이었다. 혼란에 빠져 안개 속을 헤매는 표정을 짓는 세 사람을 보며 즐기는 듯한 눈치였다.

"정말 대단하지 뭐야. 벌써 20년 가까이 지났는데도 아직 통하는 거 있지. '이 아가씨가 어느 댁 따님인지 아십니까?' 작전은."

"네? 그 작전이라면 아까 그?"

가즈토는 주차장으로 돌아간 남자 쪽을 가리켰다.

"그건 원래 너희 아버님이 고안한 기술이야. 기술이랄까, 작전이랄까."

가즈토의 아버지는 입을 쩍 벌린 채 수면에서 먹이를 먹는 금붕어 같은 표정으로 "어?" 하고 손을 뻗었다. "혹시 아케미?"

"아드님 담임선생을 그렇게 부르면 어떻게 해." 후카호리 선생님이 장난스레 말했다. "결혼해서 지금은 후카호리 아케미야."

"아빠, 어떻게 된 거야?" 가즈토는 두 사람을 번갈아 바라보며 당혹스러워했다. "선생님이랑 아는 사이야? 어떻게 아는데?"

"정말 아케미야?"

가즈토의 아버지, 구루메 구니히코는 상황을 파악하지 못한 듯 허둥지둥 대답했다.

옆에 있던 가즈토는 아버지가 돌연 회춘하여 대학생 사촌형이 된 듯한 착각을 느꼈다.

"옛날 생각나?"

"그게, 아직 혼란스럽네."

"난 당시에 품었던 염원을 드디어 이뤘어."

후카호리 선생님이 말했다.

"염원?"

가즈토의 아버지가 되물었다.

"내가 놀래 주는 쪽이 되어 보고 싶었거든."

"아……."

"가즈토의 담임이 되었을 때 생각했어. 언젠가 만나면 말해 줘야겠다고."

"무슨 말을?"

후카호리 선생님은 활짝 웃으며 두 손을 펼쳤다.

"서프라이즈."

구니히코는 그제야 차분한 표정으로 "옛날 생각나네", "놀랐어", "어떻게 이런 일이 있지"라며 후카호리 선생님과 이야기를 나눴다.

가즈토와 미오는 옆에서 두 사람의 모습을 지켜보다, 문득 마음에 걸렸는지 조심스레 물었다.

"저기, 혹시 오랜만에 만났더니 예전처럼 가슴이 뛴다거나, 그러지는 않으시죠?"

구니히코와 후카호리 선생님이 동시에 웃음을 터뜨렸다.

"그러지는 마세요, 막장 드라마는 싫으니까."

가즈토는 애원하듯 말했다.

그럴 리가 있겠냐, 그런 걱정은 붙들어 매, 두 사람이 이구동성으로 대답했다.

"사실 당신을 다시 보게 됐어."

후카호리 선생님이 말했다.

"날?"

"응. 저번에 학교 행사로 가즈토 어머님이 찾아오셨거든. 멋진 분하고 결혼했구나 싶어서 나도 괜히 기분이 좋았는데."

"뭐라고 대답을 해야 할지."

구루메 구니히코는 관자놀이를 긁적였다.

그러자 후카호리 선생님은 한 발짝 앞으로 나와 구니히코에게 속삭였다.

"예전에 사귈 때부터 난 당신이 분명 가슴 큰 여자를 좋아한다고 의심했거든."

"20년의 시공을 지나서 또 그 얘기야?"

"헤어질 때도 어차피 가슴 큰 여자랑 결혼하겠지 했어." 후카호리 선생님은 눈을 가늘게 뜨며 말했다. "그래서 어머님을 뵈었을 때 가슴으로 눈이 가더라고."

"그게 미안." 구루메 구니히코도 쓴웃음을 지었다. "아무튼 내 얘기가 거짓말이 아니라는 건 알았지?"

저기, 지금 전부 들리거든요.

가즈토는 참지 못하고 그렇게 말했다. "I like your father."

미오가 웃으며 말했다.

메이크업

メイクアップ
《パピルス》2014년 2월호

나도 학교 다닐 때는 왕따 당했어. 동기인 가오리에게 그렇게 말했다.

저녁 아홉 시에 가까운 시간, 회사에는 거의 아무도 없었다. 신상품 발매 자료를 확인하고 있는데 옆 부서의 가오리가 나타났다. 야근에 절어서 기분 전환 겸 수다나 떨러 왔다는 표정이었다.

"명색이 화장품 회사 직원인데, 야근하다가 피부가 나빠진다는 게 말이 돼? 의원이 제 병 못 고친다는 건가? 자기가 친 공에 자기가 맞아서 결장하는 강타자 같은 거?"

"적절한 비유라고 생각해?"

입사 당시부터 가오리는 배짱 두둑한 신입 사원으로 사내에서 주목을 받았다. 무슨 생각을 하면 깊이 생각하지 않고 바로 입 밖으로 내는 성격이라 처음에는 조금 불편하기도 했다. 하지만 정반대의 존재라서인지, 나에게 없는 부분을 채워 준다는 안심감에서인지 시간이 지날수록 호감이 생겼다. 이제는 남편을 제외하고는 마음 놓고 대화할 수 있는 소수의 사람 중 하나였다.

왕따 이야기가 나온 건 가오리가 '미움받는 놈은 발 뻗고 잔다'라는 말을 꺼낸 까닭이었다. 얼마 전에 남자 친구와 이야기하다 자신이 그 말을 잘못 해석했다는 걸 알아챘다고 했다.

"미움받는 놈이 왕따 당하는 아이를 말하는 걸로 착각했었어."

"거기서 말하는 미움받는 놈은 죄 지은 쪽, 왕따를 하는 쪽이지. 당한 사람은 잊지 못하지만, 왕따 가해자는 아무 생각 없이 당당하게 잘 산다는 뜻 아냐?" 나는 마우스를 놓고 몸을 돌려 가오리와 마주 보았다. "나도 예전에 왕따 당했거든."

아픈 과거가 저절로 떠올랐다. 딱지가 앉은 상처를 살며시 만지며 이제는 좀 아물었을까 하고 확인하는 감각과 비슷했다. 하지만 쓰디쓴 상처가 그리 쉽게 아무는 건 아니라, 생각보다 흉터는 깊이 남아 있어서 10년이 지났는데 아직도 잊지 못하는 자신의 모습에 어처구니가 없었다.

"유이는 얼굴도 예쁘고 성실하니까 고등학교 시절에 왕따 당했어도 놀랍지는 않아."

속으로 울컥했지만 꾹 참았다. 물론 가오리는 실상을 모르기에 그녀를 탓할 수는 없었다.

"고등학교 때는 지금보다 훨씬 뚱뚱했어. 반에서 급을 나누자면 최하층이었지."

"공학이었어?"

"응. 도치기의 명문 고등학교. 고등학생이라서 대놓고 괴롭히지는 않았지만, 늘 바보 취급하는 느낌이었어. 게다가 재수도 없어서, 여자애들의 중심인물이 아까 말한 그런 애였거든."

"아까 말한?"

"잘나가는."

"왕따 가해자?"

그 애는 늘 당당했다. 항상 여학생 무리의 중심에 있었고 화술에도 능했다. 외모가 뛰어난 편은 아니었지만 예쁘장하고 세련됐다. 그리고 자주 평론가 같은 말투로 동급생을 비판했다.

"비판이랄까, 비평이랄까. '걔 이번에 바꾼 헤어스타일, 좀 별로지?' 이런 식으로. 패션에 관심이 많은 아이라서 나는 그냥 고개만 끄덕였지."

비만 체형으로 행동이 굼뜨고, 체중은 많이 나갔지만 반에서는 먼지 같은 존재라, 눈에 띄지 않게, 미움받지 않으려 늘 싱글벙글하며 힘겹게 하루하루를 살아가던 나와는 정반대의 존재였다.

"그건 뭐, 정석이잖아."

"뭐가?"

"일진놀이의. 자기가 심판이 되는 거야. 멋지다, 촌스럽다, 그런 판정을 내리는 것도, 무엇을 할지 정하는 것도 다 나야. 그런 위치를 어느샌가 꿰차고 있지. 내 친구 중에도 그런 애 있었어. 게다가 그런 애들은 정보전에 능해서 본인이 욕먹을 것 같은 분위기를 알아채거나, 다른 동급생들이 대두하려는 낌새가 보이면."

"대두? 시방 욕쓰이야?"

"비슷해." 귀찮은 듯 대꾸하는 가오리는 왠지 모르게 믿음직스러웠다. "아무튼 그런 낌새가 보이면 선수를 쳐서 정보 조작을 하지. 대두하려는 애한테 마이너스가 될 것 같은 소문을 퍼뜨리든지, 자기편이 되는 게 좋을 거라는 분위기를 조성하든지."

"어떻게 알았어!"

나는 큰 소리로 외쳤다.

그녀는 바로 그런 타입이었다. 한 친구가 결석을 하자, "걔, 요새 나한테 너무 기대서 귀찮아"라고 이야기를 꺼냈다. 험담이 아니라 고민 상담의 모양새를 취했다는 점이 교묘했는데, 결석한 친구에게 부정적인 인상을 주는 말을 해서 나를 놀라게 했다. 항상 즐겁게 모여 '절친이지'라고 했던 친구에게 그런 마음을 품고 있었다니 상상도 못 했다.

"그래서 널 어떤 식으로 괴롭혔는데?"

아나운서가 취재를 하듯 가오리는 마이크를 들이대는 시늉을 하며 물었다.

"여러 가지였지만, 제일 심했던 건 발표회 행사에서……."

가장 아물지 않은 딱지를 떼어 냈다.

"발표회?"

"반 애들끼리 조를 짜서 학교 전체 행사에서 발표를 했어. 개그를 하거나……."

"밴드 공연 같은 거?"

"그런 거. 아무튼 고등학생 수준이니 별로 대단할 건 없었지만, 마술을 잘하거나 춤을 잘 추는 아이들은 눈에 띄니까 주목을 받았지. 우리는 노래를 하기로 했어. 당시에 유행했던 여성 그룹의 신나는 노래를. 춤도 연습했고."

"너도 춤췄어?"

"나도 일단 같이 노는 그룹에 끼워 줬거든."

가오리는 끼워 주다니, 너무 저자세라며 야유했지만 실제로 고등학교 시절의 나는 늘 저자세로 무리 한구석에 조용히 있었다. 미천한 저를 이런 자리에 불러 주시어 성은이 망극하옵니다. 그런 마음가짐이었다.

"뚱뚱했지만 나름대로 열심히 춤 연습을 했어. 다른 애들 발목을 잡고 싶지 않았거든. 학부모들도 보러 오니까."

"눈물겹네."

더 눈물겨운 건 발표회 당일이었다. 무대에 올라가서 이제 시작이다 하고 숨을 가다듬는데 스피커에서 낯선 노래가 흘러나왔다.

"어떻게 된 거야?" 가오리가 미간을 찌푸리며 말했다. "노래를 잘못 튼 거야?"

나는 고개를 저었다. "노래가 바뀌었던 거야. 당연히 춤도 거기에 맞춰서 바뀌었고. 난 영문도 모르고 허둥지둥했지."

"당연히 그랬겠지. 어쩌다 그렇게 된 건데?"

이틀 전에 그 애가 노래를 바꾸자고 제안했다고 한다. 나는 그 자리에 없었다. 분명 학원 때문에 자리에 없었는데, 다른 친구들은 그사이에 바뀐 노래로 연습을 했다. 공연이 끝난 뒤에 다른 친구가 '혹시 노래 바뀐 거 몰랐어?' 하고 물었다. 놀리려고 묻는 게 아니라, 그저 놀라움과 동정이 섞인 표정이었다.

"듣자 하니 걔가……."

"주동자?"

"응, 자기가 다카기한테 전달하겠다고 했대. 아, 내 결혼 전 성이 다카기야."

"일부러 너한테 말 안 한 거구나. 진짜 악질이다."

"고의였는지는 모르겠지만."

"안 물어봤어? 따졌어야지."

"그때의 나한테는 불가능한 일이었어. 속으로는 짜증이 났지만, 걔한테 따지거나 날 싫어하느냐고 확인할 수도 없었어. 나중에 걔가 '그 뚱땡이, 무대에서 허둥대는 꼬락서니 봤어?'라고 깔깔대는 걸 들었어."

"우와, 그거 그 발표회 사건 말하는 거잖아. 일부러 그런 거야. 진짜 악질이다, 그 여자애. 그렇게 남을 곤경에 빠뜨리고 우월감을 느끼는 거지."

분개한 가오리는 주먹을 쥐며 금방이라도 시공을 거슬러 10년 전의 고등학교로 쳐들어갈 기세였지만, 시계를 보더니 "아, 데이터 계산 끝났겠네. 일하러 갈게" 하고 제자리로 돌아갔다.

$\begin{array}{c}\text{𝄞}\end{array}$

"남편분이 구보타 씨 화장에 대해 평소에 뭐라고 해?"

상사인 야마다 씨가 엘리베이터 안에서 물었다. 순간적으로 화장이 어딘가 잘못됐나 싶어서 엘리베이터 안 거울로 확인하고픈 충동에 휩싸였다. 야마다 씨는 홍보부의 차장이었다. 실제로는 허울뿐인 부장을 대신해 홍보부를 이끌고 있었다. 아직 30대 중반인 점을 감안하면 굉장한 활약이었다.

"우리가 화장품 회사니까 구보타 씨 남편분도 그런 데 관심이 있을까 싶어서 물어본 거야."

엘리베이터 표시등을 올려다보며 야마다 씨가 말했다.

"아뇨, 저희 남편은 제 얼굴도 제대로 안 보는걸요. 헤어스타일을 바꿔도 몰라요."

"결혼한 지 얼마 안 되지 않았어?"

"2년 전에 했어요. 둘 다 스물여섯 살이었죠. 사이가 나쁜 건 아닌데, 한집에 살다 보니까 오히려 변화에 둔해지더라고요."

"결혼하고 살아도 그렇구나." 야마다 씨는 웃으며 말을 이었다. "스물여섯 살이면 내가 열심히 일해야겠다고 결심했을 때네."

"그래요?"

"스물여섯, 일곱 때였을 거야. 회사에서 일 좀 해 볼까 생각했지."

의외의 일면을 본 기분이었다.

"결심으로 끝난 게 아니라 실제로 성과를 낸 게 대단하세요."

"글쎄." 야마다 씨는 쓴웃음을 지으며 고개를 갸웃거렸다. "당시에 내 친구가 세계 챔피언과 결혼했거든."

"챔피언요?"

"그 사람 연습하는 걸 보니까 나도 질 수 없다는 생각이 들더라고."

대체 무슨 이야기인지, 그보다 무슨 시합의 챔피언인지도 모른 채 더듬더듬 어떻게 된 일이냐고 물었다.

야마다 씨는 그 이상 자세한 설명을 할 생각이 없는 모양이었다.

"무슨 얘기 중이었죠?"

"아, 남편이 화장을 했는지 안 했는지 알아보느냐고." 야마다 씨는 고개를 끄덕이더니, '들키지 않는 화장'이라고 말했다.

"그게 뭐예요?"

"일전에 광고 기획사에서 보낸 대략적인 콘셉트."

"들키지 않는 게, 좋은지 나쁜지 잘 모르겠네요."

"그렇지? 하지만 의외로 우리 눈에는 '이건 좀 애매하지 않나?' 싶은 광고가 소비자들에게 잘 먹히는지라 고민 중이야."

엘리베이터가 멈췄다. 내려서 회의실로 향했다. 오리엔테이션이 있었다. 신상품 프로모션에 대해 여러 광고 기획사에서 기획안이 들어오고 있었다. 그중 한 회사와 미팅을 해서 기본적인 상품 정보를 설명하는 자리였다.

"그런데 왜 이 타이밍에 한 곳을 더 추가한 거죠?"

이미 두 회사의 세 팀이 입찰에 참여하여 상품 설명도 끝난 상황이었다. 그런데 이제 와서 다른 광고 기획사가 나선 것이다.

"늦었지만 워낙 회사가 크잖아. 예전에도 같이 일한 적이 있었고."

광고업계에 순위가 존재하는지 나는 잘 모르지만, 오늘 만나기로 한 상대는 지명도로만 따지자면 업계 1, 2위를 다투는 유명 광고 기획사였다.

예전에는 같이 상품 개발을 할 정도로 돈독한 사이였지만, 상대측에서 불상사, 그것도 우리 사장님에게 결례를 저질러서 한동안은 소원했다고 들었다.

"우리도 사장님이 바뀌었고, 그쪽도 반년 전에 조직 개편이 있었잖아. 시간도 많이 흘렀으니 그만하면 충분히 자숙했겠다 싶어서, 슬슬 다시 관계를 맺자는 이야기가 나왔거든. 이번 이야기를 듣고는 그쪽에서도 의욕을 보이더라고. 이번 신상품, 꽤 큰 프로젝트잖아."

"그렇죠."

40대 후반 여성을 주 소비층으로 설정한 신상품은 엷은 레드 컬러를 콘셉트의 이미지로 하여 다방면에서 프로젝트를 전개할 예정이었다. 메노드 회사에서 새로운 레이블을 발표하는 것과 비슷하다고 해야 할까.

나이가 들며 그동안 해 온 화장 경험으로 본인에게 어울리는 메이크업이 어떤 것인지 깨닫고, 화려하게 꾸미기보다는 자연스럽게 불쾌감을 주지 않는 선에서 컬러를 고르자고 생각하는 중년 여성들에게 심플하지만, 조금은 신선한 기분을 맛보게 하는 화장품이라는 콘셉트였다. '호화로운 케이크나 고급 와인도 좋지만, 우연히 먹은 안닌 두부(살구씨를 으깨어 만든 푸딩으로 중국식 디저트의 일종-옮긴이 주)가 맛있으면 기분이 좋아지잖아, 그런 느낌이야.' 프로젝트 초기부터 참여한 야마다 씨의 말이었다.

"그쪽에서는 이 대형 프로젝트에 어떻게든 껴서 존재감을 어필하고 싶겠지. 어디서 입찰 이야기를 듣고…… 같은 업계니까 당연히 귀에 들어왔겠지만, 우리 회사 상층부와 교섭을 한 모양이야."

"중간에 끼어든 거군요?"

"그쪽 디렉터가 데루카와 씨라는 사람인데, 요새 화제가 되는 광고를 연이어 히트시켜서 나는 새도 떨어뜨릴 위세거든. 그러니까 우리 쪽에서도 혹시 좋은 아이디어가 나오면 맡기고 싶은 거지."

멀쩡히 날다가 떨어뜨려지는 새의 심정을 막연히 상상하며 걸어가는데, 회의실이 보였다. 긴장이 번졌다. 이 부서로 옮긴 지 얼마 되지 않았기도 했지만, 애초부터 남과 마주 앉아 서로의 파워 밸런스나 포지션을 신경 쓰며 일을 진행하는 데 영 서툴렀다. 사람을 만나지 않고 혼자 계산이나 서류 작업을 하는 게 성미에 맞았다.

내 긴장을 알아챈 야마다 씨는 문을 열기 직전에 손을 멈추더니 웃으며 말했다.

"괜찮아. 이런 식으로 말하는 건 좀 그런데, 입장상 우리가 우위에 있잖아."

"네?"

"그쪽에서 프레젠테이션을 해서 이번 광고 건을 따내려는 거잖아. 그쪽은 잘 보여야 하는 입장이고, 우리는 선택하는 쪽. 이렇게 말하면 너무 노골적이지만, 그런 생각을 가지면 마음이 조금은 편해질 거야."

"네, 그럴게요."

"진심으로 그렇게 생각하고 으스대는 사람이었으면 이런 소리 안 하겠지만, 구보타 씨는 그런 성격 아니잖아."

네, 하고 대답했을 때 문이 열렸다. 나는 회의실로 들어갔다.

사각형으로 이어 놓은 긴 테이블 안쪽에 광고 기획사에서 나온 다섯 명이 앉아 있었다. 우리를 보고 다 같이 일어났다.

"바쁘신 중에 시간 내주셔서 감사합니다."

어느샌가 그들은 나와 야마다 씨 앞에 일렬로 늘어서 명함을 건넬 준비를 하고 있었다.

선두에 선 남자는 치프 디렉터로 한눈에도 멋쟁이였다. 아직 마흔은 안 된 듯했는데 성년 같은 느낌도 들었다. 앳된 얼굴을 감추기 위해 기른 듯한 턱수염도 청결한 느낌을 주었다.

"이렇게 기회를 주셔서 감사드립니다."

"데루카와 씨께서 직접 제안을 주시다니 저희야말로 영광이죠."

야마다 씨는 미소를 지었다. 사회생활용 미소처럼 보이기도 했지만, 그 속에는 상대에 대한 존경이 배어 있었다.

"이쪽은 부하 직원인 구보타입니다. 들어온 지 얼마 안 됐지만 우수한 직원이죠."

나는 과찬이시라며 강하게 부정했다. 우리는 명함을 주고받았다. 그때부터 자기소개와 명함 교환이 이어졌다. 데루카와 씨를 보조하는 직원과 프로모션 담당, 영업 담당 직원들이었다.

잘 부탁드립니다. 그렇게 서로 온화하게 인사를 수고받는 순간은 평화로웠다. 이 회사가 프레젠테이션을 성공시켜 프로젝트를 따낼지는 알 수 없는지라 왠지 미안한 마음이 들기도 했다. 양다리를 걸치고 애매모호한 대응을 하는 듯한, 실제로 경험은 없었지만 그런 죄책감이 느껴졌다.

'그것'을 깨달은 건 명함 교환의 막바지였다. 숨이 멎을 정도로 놀랐는데도 간신히 비명을 참고 자연스럽게 행동했던 자신을 칭찬해 주고 싶었다. 머릿속이 새하얘졌다기보다는 뇌 속에서 눈에 보이지 않는 무언가가 작렬하며, 산산이 흩어진 말들을 죽을힘을 다해 긁어모아 간신히 아무렇지도 않은 척 인사를 했다.

마지막으로 명함을 건넨 영업 담당 여직원은 고개를 숙이며 말했다.

"잘 부탁드립니다. 저도 성에 '구보〈ぼ'가 들어가요."

받은 명함을 볼 필요도 없었다. 나는 그녀가 누구인지 알고 있었다.

고쿠보 아키.

고등학교 시절, 반의 중심에 군림하던 바로 그녀였다.

$\oint$

왔네, 왔어.

가오리는 신바람이 난 표정으로 말했다.

복수의 기회가 왔어.

퇴근 후의 헬스클럽. 지방이 어쩌고저쩌고, 남자 친구가 살

빼라고 잔소리를 해 댄다며 어쩌고저쩌고, 그런 이유로 헬스클럽에 같이 다니자고 했던 게 반년 전의 일이었다. 처음에는 딱히 내키지 않았지만, 운동해서 나쁠 건 없겠다는 생각에 같이 등록했다. 지금은 가오리보다 내가 더 열심이었다. 오늘은 웬일로 가오리도 같이 왔다.

사이클과 운동기구로 땀을 흘리고 난 뒤에 탈의실로 향했다. 우리는 거기서 그날 일어난 일을 이야기했다. 고등학교 동창, 반의 중심인물이었던 그녀가 광고 기획사의 직원으로 나타났다고.

"복수라니, 무슨 소리야."

"이건 하늘이 준 기회야. 고등학교 시절에 널 괴롭힌 얄미운 여자가 지금 이 포지션으로 등장하다니, 하느님 나이스, 절묘한 타이밍이야."

"이 포지션?"

"우리 회사 신제품 대형 프로젝트에, 그쪽은 다시 거래를 트기 위해서 어떻게든 계약을 따내야 하는 상황이잖아. 입장만 놓고 보면 우리는 선택하는 쪽이고 그쪽은 선택을 기다리는 쪽이지. 야마다 씨 말처럼. 네가 유리한 게임이잖아. 상대도 지금쯤은 땅을 치고 후회하지 않을까. 내기 인생 잘못 살았구나 하고."

"유리하고 뭐고, 내가 딱히 높은 사람인 것도 아니잖아. 상대도 영업 보조 같은 포지션이니까, 둘 다 잡일 담당인 셈이지. 그리고 그쪽은 내가 고등학교 동창이라는 것도 모를 거야."

운동복을 벗고 청바지에 다리를 끼우던 가오리는 동작을 멈추고 놀란 표정을 짓더니, 한쪽 발만 밖으로 내민 상태로 균형을 잡듯 통통 튀는 박자로 말했다.

"어? 몰라?"

그랬다.

가장 큰 이유는 상당히 달라진 내 외모 때문이리라. 고등학교 시절에는 몸은 물론, 허벅지도 퉁퉁해서 쿵쿵 걸어 다니는 통 같았다. 대충 하나로 묶은 머리에서는 멋의 'ㅁ'도 찾아볼 수 없었다.

나는 사물함에서 재킷을 꺼내 걸쳤다.

"결혼해서 성도 바뀌었잖아. 성에 '구보'가 겹친다는 소리를 하는 걸 보면 이름은 제대로 안 들었는지도 몰라. 유이라는 이름이 흔하기도 하고. 고등학교 동창 중에 구보타라는 성의 남자애도 있었는데, 그것도 희귀한 성은 아니잖아. 그리고 그분 덕에……."

"그분?"

"우리 회사 화장품 말이야." 나는 웃으며 내 얼굴을 가리켰다. "화장의 힘으로 고등학교 시절과는 딴사람으로 보였을지도 모르지."

"지금은 민낯이지만."

나는 쓴웃음을 지었다.

"운동해서 땀 흘렸잖아."

가오리는 내 말을 듣기는 했는지 "왕따 가해자한테 어떻게 한 방을 먹여 줄까" 생각하며 희희낙락했다.

"제일 간단한 방법은 고자질이야. 광고 기획사 팀 사람에게 터뜨리는 거야. '그분, 사실 제 고등학교 동창인데, 학교 다닐 때 이런 짓을 했어요' 하고."

아무리 그래도 그건 좀……. 나는 반대했다.

"그런 옛날 일 가지고 이러쿵저러쿵하면, 듣는 사람이 날 얼마나 집요한 인간이라고 생각하겠어."

"그래도 왕따 가해자들은 당한 사람한테 엄청난 상처를 준 거 잖아. 집요하고 뭐고 왕따 시킨 놈이 나쁜 거야! 그 정도의 마음가짐을 가지지 않으면 질 수밖에 없어. 주변에서 받아 주면 큰소리치고 다닌다고."

나는 무슨 말인지는 알겠지만 지금으로서는 어찌할 도리가 없다고 대답했다.

"오랜만에 만나 보니 어때? 예전 그대로야? 아니면 조금이라도 성장한 것 같아?"

글쎄. 마주하고 명함을 교환했을 때는 충격이 큰 나머지 아무생각도 할 수 없었다. 고쿠보 아키가 나를 알아봤을지, 그 사실도 신경이 쓰여서 그저 당혹스러울 뿐이었다. 좌우간 그런 속내를 내색하지 않으려 안간힘을 썼다.

"졸업하고 처음 만나는 거야?"

"서로 다른 대학에 진학했고, 나는 동창회도 안 나갔으니까.

양갓집 규수들이 다니는 여대에 갔다고 들었어."

"거기서도 분명 활개를 치고 다녔겠네. 생긴 건 어때?"

"잘 꾸미고 세련돼서 인기 많을 것 같던데."

고등학교 시절의 고쿠보 아키는 세련된 맛은 있었지만, 볼살이 좀 통통해서인지 꼭 불만을 품은 지도자처럼 위압감이 들었다. 하지만 20대 중반이 지난 지금은 갸름한 얼굴의 미인이었다.

"뭐, 빈틈없는 여자는 인기 있는 법이지."

나는 웃으며 말했다.

"내가 너무 선입견을 가지게 했나 봐. 넌 만나 본 적도 없는 사람인데 나쁜 인상만 줬어."

"난 단순하니까. 뉴스를 보면 바로 영향을 받거든. 그 연예인은 바람둥이다!, 그 사건 범인은 아버지가 틀림없다!처럼."

"자랑할 일이야?"

가오리는 살짝 한숨을 쉬었다.

"아니, 자랑이라기보다는 나도 좀 걱정이야. 그런 정보에 영향을 너무 많이 받는 내가."

옷을 갈아입은 우리는 탈의실에서 나왔다. 헬스클럽을 나서자 겨울의 내음을 머금은 바람이 목덜미를 스치고 지나갔다.

"그래서……." 지하철 승강장에 멈춰 섰을 때 가오리가 다시 말문을 열었다. "어떻게 갚아 주지?"

"그렇게 무리해서 갚아 주지 않아도 돼."

"고등학교 때 생각하면 울화가 치밀지 않아?"

"되도록 떠올리지 않으려고 하지."

얼마 전에 가오리에게 이야기할 때까지 나쁜 기억은 마음속에 꾹 담아 둔 채였다. 딱지 아래의 상처가 예상보다 아물지 않았다는 사실에 놀라기는 했지만, 다시 뚜껑을 닫아 잊어버리는 게 제일 좋은 방법이라는 생각도 들었다.

"집에 가서 남편하고 상의해 봐."

"복수를 해야 하냐고?"

"그래. 남편은 그런 일에 어떻게 반응하는 스타일이야?"

나는 잠시 생각하다 대답했다.

"가오리하고 비슷한 스타일."

가오리는 웃으며 말했다.

"그럼 상의하지 않는 게 좋겠다."

"지금 출장 중이야."

그렇구나. 가오리는 건성으로 대꾸했다. 내 남편에게 관심이 없는 거겠지. 숨을 들이마시더니 "프레젠테이션 떨어져라!"라는 난폭한 기도와 함께 주먹을 높이 쳐들었다.

고쿠보 아키와 재회했다.

회사에서 돌아오는 길에 역의 자동 개찰구를 지나려는데 정면에서 늘씬한 코트를 입은 예쁜 여자가 다가오더니 "구보타 씨" 하고 활짝 웃으며 말을 걸었다.

그녀임을 알아챈 순간, 머릿속에서 전등이 쩍 깨지며 사고가 암전하기 시작했지만, 황급히 마음을 다잡았다. 말하자면 비상용 전원으로 억지로 평정을 되찾은 셈이다. "퇴근하세요?"라는 말에 "아, 네" 하고 대답했다. 싹싹한 목소리로 몇 마디 말을 건네서 나도 대답을 했지만, 대체 무슨 소리를 했는지도 파악하지 못했다.

고등학교 시절에 동급생들의 중심에서 모두에게 지시를 내리던 인상밖에 없던 까닭에, 사회인답게 정중하고 서글서글한 태도로, 너무 멀지도, 가깝지도 않은 거리를 유지하는 말투에 조금 놀랐다. 사람은 역시 성장하고 변화하는 존재일까.

반쯤 얼이 빠진 상태로 인사를 나눈 뒤 고쿠보 아키와 헤어졌다. 간신히 위기를 넘기고 한숨 돌리고 있는데 등 뒤에서 '구보타 씨' 하고 부르는 소리에 비명을 지를 뻔했다.

"놀라게 해서 죄송해요."

고쿠보 아키는 손으로 입을 가리며 서 있었다.

아, 아니에요, 저야말로 큰 소리를 내서 죄송해요. 나는 더듬더듬 대답했다.

"구보타 씨, 지금 혹시 시간 있으세요?"

"네?"

"오늘 미팅이 있는데 같이 안 가실래요? 시간 있으시면 꼭 와주세요."

이게 대체 무슨 부탁인지 이해하지 못한 채 의미 없는 짧은 대답을 드문드문 내뱉을 뿐이었다. 에? 아…… 왜 저한테. 아, 네.

요컨대 미팅에 나오기로 한 사람 중에 하나가 빠지게 되어서, 원래는 남자 5, 여자 5로 만나기로 했는데 5대 4가 되었다고 한다. 큰 문제가 있는 건 아니지만 가급적이면 인원을 맞추고 싶다고 했다.

　"제가 이 모임의 간사인데, 다섯 명으로 맞추겠다고 약속을 해 놨거든요."

　"그대로 딩일에 급긴 일이 생긴 수도 있는 거잖아요."

　딱히 간사의 잘못은 아니니 그녀를 탓하는 사람은 없을 터였다.

　그녀 역시 아는 것 같았지만, 와 주면 감사할 것 같다며 애원했다.

　"구보타 씨 같은 분이 오면 남자들도 좋아할 거예요."

　"네?"

　"깔끔한 인상에 성격도 차분해 보이고."

　"저기, 저 결혼했어요."

　나는 황급히 반지 낀 손을 내밀었다.

　"괜찮아요. 이름만 미팅이지 깊은 뜻은 없어요. 그냥 술자리. 기혼자도 상관없고요."

　그렇다면 더더욱 인원에 신경 쓸 필요는 없을 테고, 나아가 남자 멤버들이 좋아하든 말든 상관없지 않을까. 몇몇 의문점이 떠올랐지만, 눈을 꼭 감고 각오를 다진 뒤 건너편 절벽으로 힘껏 건너뛰는 심정으로 참가를 결심했다.

어째서냐고?

알고 싶었다. 그녀가 지금도 그때 모습 그대로인지, 아닌지. 아니, 사회인이 되어 회사원이라는 입장에 서서 상하 관계나 고된 직장 생활을 겪으면서 아마 자신이 얼마나 오만하고 제멋대로였는지 깨닫고 변화했으리라. 그것을 확인하고 싶었다. 그러면 나 자신의 상처도 완전히 아물지 않을까. 그러기 위해서 지금의 그녀에 대해 더욱 잘 알고 싶다. 그렇게 생각했다.

정말 그뿐인가?

머릿속에서 목소리가 울려 퍼졌다. 처음에는 호기심에 차서 속삭이는 듯한 가오리의 목소리 같았지만, 이내 나 자신이 낸 소리라는 걸 깨달았다. 지금과는 다른, 스스로에게 자신감을 갖지 못하고 남의 눈치를 살피는 웃음이 몸에 배었던 고등학교 시절의 목소리였다.

역시 복수하고 싶은 거지? 복수까지는 아니더라도 한마디 해 주고 싶은 거 아냐?

완전히 부정할 수 없었다.

고쿠보 아키를 따라 함께 레스토랑으로 걸어가며 그녀가 예전과 달라지지 않았으면 좋겠다고 어렴풋이 생각하기도 했다. 만일 그렇다면 주저 않고 그때의 앙갚음을 해 줄 수 있을 테니.

"지적하고 싶은 게 한두 개가 아니지만."

내가 그 이야기를 했을 때는 미팅 다음 날, 회사 점심시간이었다. 가오리는 히죽거리며 말했다.

"고쿠보 씨에게 네 정체가 들킬 거란 생각은 안 했어? 고등학교 동창 다카기 유이라는 거?"

나는 가방을 무릎에 놓고 앨범을 꺼냈다.

"그 말 할 줄 알고 가져왔어."

고등학교 졸업 앨범을 펼쳤다. 남에게 자랑스레 보여 줄 만한 건 아니었다.

"이게 고등학교 때 나야."

어디 보자…… 하고 사진을 들여다보는 가오리는 흘러넘치는 호기심을 감추려 하지도 않았다. 흡사 부하 직원을 성희롱하는 중년 상사 같은 분위기였다.

"아, 얘구나. 음, 지금이랑 분위기가 다르긴 하네."

둥그런 얼굴에 숱 많고 뻣뻣한 머리를 하나로 묶은 내 사진은 사진 촬영에 긴장해 잔뜩 굳어 버린 표정과 지금 모습과의 차이까지 모두 포함해 무심코 웃어 버려도 이상하지 않을 요소를 가지고 있었지만, 가오리는 그러지 않았다. 평소에는 무신경하고 털털한 언동을 보이지만, 상대방에게 상처를 줄 가능성이 있을 경우에는 절대로 바보 취급하는 법이 없었다.

"거기다 그때는 도쿄에 안 살았으니까. 설마 내가 고등학교 동창인 다카기인 줄은 모를 거야. 반면에 고쿠보는 옛날 모습이 남아 있지?"

나는 같은 페이지에 있는 고쿠보 아키의 사진을 가리켰다. 고개를 끄덕이는 가오리를 보며 나는 중요한 사실을 깨달았다.

"그러고 보니 옛날 모습이고 뭐고, 가오리는 고쿠보를 본 적이 없지?"

"그래도 느낌이 와. 얄미운 놈의 그게 물씬 풍기거든."

"그게 뭔데?"

"애트머스피어atmosphere."

나는 쓴웃음을 지었다.

"그럼 미팅에 널 부른 건 정말 머릿수 맞추려고 그런 거야?"

나는 애매하게 대답했다. 실제로 영문을 알 수 없었던 까닭이었다. "출석자 중에 못 나오게 된 사람이 있었던 건 사실인 것 같았지만, 막상 가 보니까 머릿수 신경 쓰는 사람은 아무도 없어서 굳이 나를 데려올 필요가 있었을까 싶더라고. 어쩌면 나하고 친해지려고 같이 가자고 한 걸지도 몰라."

"친해지려고? 친구가 되고 싶다는 거야?"

가오리는 그렇게 말하더니 내 말뜻을 깨달았는지 "아, 아니구나. 프로젝트를 따내기 위한 전략으로?"라고 말했다.

"응, 그거. 어쩌면 그럴 수도 있겠다 싶어."

"널 포섭해서 어쩌려고. 아무 권한도 없는 일개 사원인데."

"그러니까." 나는 송구스러운 기분으로 얼굴을 찡그렸다. "그건 그쪽도 알고 있겠지. 하지만 그냥 손 놓고 있으면 불안하니까 뭐라도 해 보려는 거 아닐까. 이번 프로젝트를 따내야 하니까. 그래서 상대 회사의 만만해 보이는 여직원을 제 편으로 끌어들이려는 걸지도."

"미팅은 어땠어? 그 여자는 인간적으로 성장했어?"

내가 대답을 얼버무리자, 가오리는 날카롭게 지적했다.

"뭐라 말하기 어려운 느낌이구나?"

𝄞

미팅 자리에 구원투수로 느닷없이 나타난 나를 다른 출석자들은 따뜻하게 맞이해 주었다. 여성 참가자들은 고쿠보 아키와 그 동기 둘, 나머지 한 명은 젊은 프리랜서 디자이너였다. 고쿠보 아키가 나를 화장품 회사에 다닌다고 소개하자, 사람들은 '잘 쓰고 있다'고 말해 주었다. 절반은 인사치레겠지만 기뻤다. 남성 참가자들은 방송국 영업부와 홍보부 신입 사원, 그리고 그 지인이라는 인터넷 서비스 종사자 등 '국제적인 유명 기업'의 직원들이었다. 일부러 맞춘 건 아니겠지만 모두가 검은 뿔테 안경을 쓰고 있었는데 여자들이 그 사실을 농담 삼아 이야기하자 시력 순서대로 다시 앉겠다면서, 시력을 가지고 소수점 아래 두 자리까지 따지며 다투는 모습에 웃음이 났다.

화제는 서로의 일과 직장에서 일어난 사건들, 시청률이 높은 드라마 이야기 등, 깊지는 않았지만 얕지도 않고, 험담도 아첨도 없는 편안한 것들이 많아서, 나는 나름대로 이 자리를 즐기고 있다는 사실을 깨닫고 출장 중인 남편에게 미안해졌다.

"소위 아티스트들에 비하면 광고 기획자는 정말 힘들겠다는 생각이 들어요."

고쿠보 아키가 그런 말을 꺼낸 건 한 시간쯤 지났을 즈음이었다.

"무슨 소리예요?"

"예를 들어 텔레비전 광고 같은 건 참신하고 재미있는 게 한번 나오면 다음번에 같은 노선은 못 쓰잖아요. 재탕이라고 할까, '그런 기법은 이미 예전에 썼잖아요'라는 말이나 듣죠. 뮤지션이나 작가들도 매번 신작을 발표해야 하는 건 마찬가지지만, 근본적인 부분이 같아도 그걸 개성이라 여기잖아요. 기본적인 부분이 바뀌지 않기 때문에 고유한 맛이 있다고. 하지만 광고는 그럴 수 없죠. 매번 다른 걸 고안해야 하고, 한번 신선한 광고를 만들었다고 다음번에도 그러리란 법은 없으니까요."

나를 포함한 모두가 수긍했다. 그 말이 옳다고 생각했다. 작가나 뮤지션은 한번 지하에서 석유를 파내기만 하면, 그다음은 계속 그곳을 파내면 된다. 그에 비해 광고업계 사람들은 항상 새로운 유전을 찾아야만 한다.

"게다가 광고는 그 시대에 받아들여져야 하잖아요. 회화처럼 10년 후에 인정을 받는 건 의미가 없으니까. 바로 결과를 내야 하니까 작품 한 편 만드는 게 보통 일이 아니죠."

순간적으로 그런 말이 나왔는데, "맞아요, 맞아" 하고 옆자리의 고쿠보 아키가 금방이라도 악수를 청할 듯 신이 나서 말하는 걸 보니 당혹스러울 따름이었다.

고등학교 때에는 그녀가 내 의견에 동의하며 인정해 준 적이 한 번도 없었다. 늘 위에서 비평할 뿐이었다.

그때까지 나는 그녀도 많이 변했구나, 고등학생 때처럼 모든 것을 피악하고 고종하지 않으면 식성이 풀리지 않았던 예전의 모습을 반성하고 인격적으로 성장했구나, 역시 사람은 세포가 교체되고 타인과 관계를 맺음으로써 변화하는구나, 하고 감회에 젖어 있었다. 딱지를 떼어 낼 용기가 솟아올랐을 정도였다.

"아니, 근본적인 부분은 그때 그대로일 거야."

그리고 지금 옆에서 점심을 먹던 가오리가 체념에 찬 목소리로 지적했다.

"하지만 성장한 것처럼 보였는데."

나는 이야기를 계속했다.

레스토랑에서 시작된 미팅이 한 시간쯤 진행되었을 때 나는 화장실에 가기 위해 일어났다. 용변을 보고 손을 씻으며 거울로 화장 상태를 확인하는데 고쿠보 아키가 문을 열고 들어왔다. 순간 놀란 표정을 짓더니 금세 미소를 보였지만, 그 미소에는 희미하게 어두운 빛이 어려 있었다. 나를 경멸하는 것이다. 그녀에게 복종할 수밖에 없었던 10대 시절의 내가 겉으로 나올 것만 같은 공포에 휩싸였다.

"꿰뚫어 본 거지." 가오리는 예리했다. "기혼자에 미팅 같은데 관심 없다고 해 놓고서 화장에 신경 쓰는 걸 보면 자기도 즐기고 있는 거 아냐? 하고."

"분명 그런 걸지도 몰라. 하지만 보통 눈앞에 거울이 있으면 화장을 신경 쓰게 되지 않아?"

"그런 사람들은 남의 약점을 찾아내면 강해지니까. 그래서 어떻게 됐어?"

"오늘 나온 사람 중에 마음에 드는 사람 있느냐고, 반쯤 농담처럼 물어보더라고."

"불륜을 부추기는 거야?"

"그보단 나를 놀린 거 아닐까?"

화장실에서 고쿠보 아키는 이렇게 말했다.

"구보타 씨 맞은편에 앉은 안경 쓴 분요."

"다들 안경 썼는데요?"

"아, 그랬죠. 아무튼 맞은편에 앉아 있던 데라우치 씨가, 아까 구보타 씨가 자리를 뜬 뒤에 구보타 씨가 어떤 사람인지 무척 궁금해했어요."

그녀는 손을 씻으며 그렇게 말했다. 내 반응을 거울 너머로 살피는 눈치였다.

하지만 나도 고등학생 때와는 달랐다. 아니, 고등학생 때의 경험으로 인해 경계심이 발동한 덕인지도 모르지만, 마음을 단단히 먹었다.

"그건 좀 곤란하네요, 남편이 어디서 듣고 있을지도 모른다고요."

나는 손가락을 입에 대고 쉬, 하는 시늉을 하며 말했다.

"구보타 씨는 건실하시네요."

고쿠보는 물소리를 내며 말을 이었다.

"그거 하나로 여기까지 왔거든요. 하지만 오늘 모임은 생각보다 재밌네요."

"남편분이 듣고 계실지도 몰라요." 그녀는 웃으며 말했다. "그러고 보니 구보타 씨는 고향이 어디세요?"

"네?"

순간 등골이 오싹해지며 내장이 오그라드는 긴장감을 느꼈다.

"데라우치 씨가 묻더라고요. 고향이 어디냐고."

데라우치 씨를 구실로 내 정체를 파헤치려는 게 아닐까. 당연히 그런 의심이 들었지만 그녀의 표정을 보니 그건 아닌지, "역시 구보타 씨가 마음에 든 거라니까요" 하고 다시 말했다.

"그래도 전 결혼했고……."

"남편분은 어떤 사람이에요?"

"저보다 고쿠보 씨는 오늘 나온 남자 중에 노리는 사람 있어요?"

간신히 그렇게 대답했지만, '노리는 사람'이라는 말투가 너무 경박해서 이 대화에 어울리지 않는다는 느낌이 들어, 스스로 말해 놓고도 얼굴이 화끈거렸다.

고쿠보 아키는 갑자기 진지한 표정을 짓더니 나를 뚫어져라 바라보았다. 기분을 상하게 한 것일까. 내심 걱정이 됐다. 생각해 보면 고등학교 시절에도 이랬다. 항상 무리의 중심인물인 그녀의 눈치를 살피며, 심기를 거스르지 않으려고 말과 행동을 조심했다. '내가 왜 그딴 질문에 대답해야 하는데?' 하고 부루퉁한 대답이 돌아온 날에는 교실 바닥이 꺼지는 듯한, 이제 끝이다, 지뢰를 밟았다, 하고 체온이 증발해 버리는 듯한 감각에 휩싸였었다.

"저는 오른쪽에서 두 번째에 앉은 쓰지이 씨가 괜찮은 것 같아요. 그 유명한……." 그녀는 미국에 본사를 둔 인터넷 서비스 업체의 이름을 말했다. "그 회사 간부래요. 젊은 나이에. 미국과 일본을 오가며 생활하나 봐요. 전에 한번 일 때문에 만난 적이 있는데…… 구보타 씨한테만 하는 얘긴데 오늘도 쓰지이 씨 때문에 나온 거예요."

고쿠보 아키가 화난 기색 없이 자연스럽게 대답하는 모습에 나는 가슴을 쓸어내렸다. 내 정체를 알아챈 낌새는 없었다.

"으흠, 나름대로 성장하긴 했네." 가오리는 아쉽다는 듯 말했다. "하지만 너하고 친해지려는 건지도 몰라. 연애 얘기를 털어 놓으면 쉽게 거리를 좁힐 수 있잖아."

"그건 그럴 수도 있겠다 싶어."

"그래서 어떻게 됐어? 끝까지 잘 속였어? 아니면 꼬리를 드러냈어?"

"실은 그 뒤에……."

미팅이라고는 해도 어른들의 저녁 모임에 가까운 차분한 분위기로 진행되었지만, 막바지에 접어들어 서로 조금씩 마음을 열게 되자 하나둘 깊은 이야기가 나오기 시작했다.

화장실에서 고쿠보 아키가 말한 '맞은편에 앉은 데라우치 씨가 구보타 씨를 ……'이다는 무분이 머리에서 떠나지 않았다. 그에 현혹되어서는 안 된다는 걸 알면서도 계속 의식이 되어서, 앞에 있는 데라우치 씨를 똑바로 쳐다볼 수가 없었는데, 마치 고쿠보 아키의 덫에 걸린 듯한 기분에 분한 마음이 들었다.

잠시 후에 내 옆에 있던 프리랜서 디자이너가 갑자기 걸려 온 업무상 전화를 받으러 자리에서 일어났다.

마침 각자 좋아하는 음악에 대한 이야기를 하는 중이었는데, 고쿠보 아키의 앞에 있는 쓰지이 씨가 어떤 뮤지션의 이름을 말하며 조만간 공연을 보러 갈 예정이라고 했다.

"아, 부럽네요. 저도 그 사람 좋아해요."

고쿠보 아키는 지극히 자연스럽지만 넌지시 자기주장을 섞어 맞장구를 쳤다. 쓰지이 씨에게 관심이 있다는 이야기는 거짓말이 아닌 듯했지만, 관찰하다 보니 그전부터 쓰지이 씨에게 은근슬쩍 질문을 던지고 있었다. 어디 사세요? 혼자 사세요? 외식은 자주 하세요? 그 넥타이 멋지네요, 어느 브랜드예요? 물론 한 사람에게만 질문하면 의도가 빤히 보이니 모두에게 똑같이 질문했지만, 쓰지이 씨를 제외한 남자들의 대답에는 거의 형식적으로 대꾸할 뿐이었다.

"그래서?"

점심 식사보다 내 이야기에 관심이 많은 듯한 가오리는 가라아게를 우물거리며 물었다. 내 졸업 앨범을 스포츠 신문처럼 바라보면서.

"쓰지이 씨는 내 옆에 앉은 디자이너가 마음에 드는지, 그 사람한테 공연에 같이 가자는 듯한 뉘앙스로 말했어. 그랬더니 고쿠보 씨가 '그분 남자 친구가 가만 안 있을걸요?'라고 하는 거야. 당사자는 전화를 받느라 자리에 없었거든."

"오호." 가오리는 가라아게 다음으로 계란말이를 입에 넣으며 물었다. "그래서?"

"쓰지이 씨가 딱히 낙담한 기색은 없었는데, 어쩌다 보니 결국 고쿠보 씨와 공연에 가기로 약속을 했어."

"호오……."

"올빼미야?"

나는 가오리의 감탄사에 웃음을 터뜨렸다.

문제가 일어난 건, 아니, 내가 문제라고 인식하게 된 건 그다음이었다.

출장 중인 남편에게 전화가 와서 황급히 가게 입구 쪽으로 이동했다. 남편은 출장 일정이 바뀌어서 돌아오는 게 늦어진다고 했다. 지금 어디냐고 묻기에 거짓말을 할 생각은 없어서 솔직하게 사정을 설명했다. 고등학교 동창과 재회해서 같이 미팅에 나오게 되었다고 이야기하자, 남편은 놀란 눈치였지만 무리하지 말라고 다정하게 말해 주었다. 다시 자리로 돌아가는 길에 통화를 마친 디자이너와 마주쳤다.

"남편분하고 통화하셨어요? 부러워요."

그녀는 미소를 지으며 말했다. 내가 남자 친구 있으시다면서요, 우린 비슷한 처지시네요, 라고 하자 그녀는 놀란 표정을 지었다.

"네? 전 남자 친구가 헤어지자고 했어요. 얘기가 나오기 전에도 권태기여서, 거의 황혼 이혼 같은 분위기였는데요? 그래서 사정을 아는 고쿠보 씨가 오늘 미팅에 데려온 거예요."

식사 중인 가오리의 눈이 번뜩였다.

"알겠다. 그럼 고쿠보 씨는 일부러 허위 정보를 흘린 거구나. 남자 친구하고 헤어질 걸 알면서 입을 다문 거야. 그 누구냐, 쓰지이 씨? 그 사람이 디자이너하고 가까워지는 게 싫어서."

"역시 그렇겠지?"

"당연히 그렇지."

나는 고등학교 시절을 떠올리지 않을 수 없었다.

같은 반이었던 야구부 남학생이 영국 록 밴드를 좋아해서 공연 티켓을 구했다. 도쿄에서 열린 그 공연에 세 명이 같이 가기로 했는데, 한 명은 남학생의 누나였고, 나머지 한 명, 핸드볼부의 주장이 갑자기 감기로 앓아눕는 바람에 대타를 구하게 되었다. 같은 반이기는 했지만, 나는 반에서도 존재감이 없고 소문은 물론 공식 정보조차도 맨 마지막에 듣는 학생이었던 까닭에 자세한 사정은 나중에 알게 되었다. 좌우지간 그 공연에 대타로 가게 된 사람이 고쿠보 아키였다.

"그 야구부 남학생이 인기가 많았어?"

가오리가 물었다.

"뭐, 그런 편이었지."

"왜 얼굴을 붉혀? 아, 유이도 좋아했구나."

"그게 아니라……." 나는 말끝을 흐렸다. "그것도 가로챈 거더라고."

"가로채기!"

"그 밴드를 좋아하는 여자애가 있었어. 그래서 야구부 남학생이 그 애한테 같이 가자고 하려고 했는데, 고쿠보 씨가 사전에 허위 정보를……."

걔네 집이 워낙 엄해서 도쿄에 놀러 가는 건 꿈도 못 꾼대. 나도 그 밴드에 관심 있어서 가 보고 싶었는데.

"타사 제품을 은근슬쩍 비판하며 자사 제품을 팔아넘기는 거네. 저희 회사의 이 신상품은 클렌징 시간을 대폭 줄여 줍니다, 처럼."

"비슷해."

"그래서 고쿠보 씨는 그 라이브에 같이 가서 야구부 빡빡머리 하고 친해졌습니다. 그런 해피 엔딩으로 끝난 거야?"

"그건 아니었어."

"아, 그래?"

"핸드볼부 주장이 집념을 발휘하여 감기 인플루엔자를 물리쳤거든."

"오호, 원래 계획대로 공연에 갔구나. 정의는 승리한다!"

"밴드 공연에 가는 걸 정의라고 부를 수 있다면. 좌우지간 어제 고구모 아키는 그때와 같은 짓을 한 거야. 미팅에서. 친해졌을지도 모를 두 사람 사이를 은근슬쩍 방해하며 자기가 끼어든 거잖아."

"대단하네. 감탄스러울 정도야. 그래서 미팅은 어떻게 됐어?"

"별일 없이 끝났어."

"복수 안 하고?"

"안 하고."

"다음 기회로 미루는 건가."

마음대로 단정 짓는 가오리에게 나는 "미룬 거 아냐"라고 대답했다.

♪

프레젠테이션이 일주일 앞으로 다가왔지만, 준비는 도통 끝날 줄을 몰랐다. 고개를 들자 이미 주변은 휑하니 비어 있었고,

천장 전등도 다른 부서들은 모두 꺼져 있었다. 남은 직원은 야마다 씨뿐이었다. 동료들이 퇴근할 때 제대로 인사를 했나? 그런 걸 신경 쓰는 내가 싫었다.

자연스레 야마다 씨와 함께 회사를 나오게 되었고, 자연스레 프레젠테이션 이야기를 나누게 되었다. 나는 이런 대형 프로젝트에 참여하는 게 처음이라 걱정이 많이 된다고 솔직히 말했다.

"전에도 말했지만, 우리는 프레젠테이션을 받는 쪽이야. 이렇게 말하긴 싫지만 구혼자들을 맞이하는 공주님 같은 입장이랄까."

야마다 씨는 겸연쩍게 웃었다. 농담이기는 하지만 오만한 표현이라는 걸 스스로도 아는 것이리라.

나는 구혼자들에게 둘러싸인 공주의 이미지가 도통 떠오르지 않아서, 머리에 떠오른 대로 "어허, 부끄러워 말고 가까이 오너라, 같은 느낌인가요?"라고 말했다.

"그건 공주라기보다는 임금님이지." 야마다 씨가 웃으며 대답했다. "하지만 광고 기획사 중에는 우리 홍보 담당 임원인 다나카 씨에게 접근해서 정보를 얻으려는 사람도 있는 모양이니까, 다들 필사적인 건 사실이지."

"정말요?"

"영업사원 중에……." 야마다 씨가 말한 건 고쿠보 아키가 다니는 회사가 아닌 다른 광고 기획사였다. "다나카 씨가 프레젠테이션 성공의 열쇠를 쥔 인물이라고 생각했는지, 젊은 여직원이 골프장에서 우연을 가장하고 접근했대. 그렇게 서로 가까워져서 프레젠테이션에 도움이 되는 정보를 얻어 내려는 작전이었겠지."

"어떤 정보인데요?"

"다나카 씨가 좋아하는 여자 타입 같은 거."

나는 당연히 농담인 줄 알고 웃음을 터뜨렸지만, 보아하니 농담은 아닌 것 같다.

"의외로 그런 정보가 중요해. 높으신 분이 좋아하는 아이돌을 기용한다든지 하는 노골적인 어필이 아니더라도…… 본인의 취향과 반대되는 여성을 광고 이미지에 쓰면 내심 부정적인 인상을 가질 수도 있으니까. 타사와 근소한 차로 엎치락뒤치락하는 상황이라면 그런 걸로 차이를 벌릴 수 있잖아. 면을 좋아하는 사람에게 덮밥을 대접하면 좋은 소리는 못 들으니까."

야마다 씨는 그렇게 말했다.

나는 얼마 전에 고쿠보 아키가 데려간 미팅을 떠올렸다. 역시 클라이언트와 친해지기 위한 작전의 일환이었던 걸까.

근무 시간이 지나면 뒷문으로 나가야 하는 까닭에 엘리베이터보다는 계단으로 내려가는 게 빠르다. 우리는 발소리를 내며 계단을 내려갔다.

"야마다 씨는 어느 기획안이 괜찮은 것 같으세요?"

프레젠테이션 전에 미리 광고 콘셉트를 제출하는데, 그것을 바탕으로 각 기획사들과 회의를 하게 되어 있었다.

"난 데루카와 씨네 거. 역시 이름값을 하는구나 싶었어."

나 역시 맞장구를 치며 고개를 끄덕였다. 고쿠보 아키의 모습이 자동으로 떠올랐다. 가슴 안쪽에 뭔가가 걸린 기분이었다.

데루카와 씨가 제출한 콘셉트 이미지는 40대 여성을 대상으로 '어른'의 여유가 느껴지면서도 젊음을 유지하고 싶은 필사적인 마음을 '사랑스러운 노력'으로 정의하여 재미를 주었다.

하지만 대략적인 카피인 '나이가 들어도 사람은 변하지 않는다. 사람을 변하게 하는 건 경험이다'라는 문구를 보고 나는 뭐라 말할 수 없는 착잡한 기분을 느꼈다.

고쿠보 아키는 고등학교 시절과 달라졌을까, 아니면 예전 그대로일까. 그리고 나는 어느 쪽이기를 바라는 것일까.

"프레젠테이션 때 외쳐 보면 어때? 갑자기 일어나서 '미움받는 놈은 발 뻗고 잔다!'고 외치는 거야. 울면서 고등학교 시절의 원한을 쏟아 내는 거지."

이튿날, 회사 근처에 생긴 베이징덕 전문점에서 가오리는 여전히 흥미 위주의 무책임한 말을 던졌다.

"현실적으로 불가능하잖아. 그리고 나한테도 좋지 않고."

쫄깃한 베이징덕 껍질에 좋아하는 소스를 찍어 입에 넣었다. 밀가루로 만든 얇은 전병에 각종 야채를 싸서 먹는 과정이 즐거웠다.

"한마디로 앞으로도 발 쭉 뻗고 잘 살겠네."

가오리가 부조리한 세상사를 읊듯 말했다.

"아."

다음 순간 그런 소리가 들렸다. 우리 테이블은 가게 출입구 근처였는데, 방금 들어온 남녀의 모습이 보였다. 얼굴이 어색하게 굳어지려는 걸 간신히 참았다. 동요한 모습을 보이지 않으려 애쓰며 "고쿠보 씨" 하고 대답했다.

그녀의 옆에 선 남자는 얼마 신 비닝에서 만난 쓰시이 씨였다. 지금 공연을 보고 오는 길이라고 했다. 그는 고급스러운 정장을 입고 서글서글하게 인사를 건네고 있었다.

가오리를 보니 이미 모든 걸 파악한 듯 심술궂은 표정으로 "구보타의 동기예요"라고 인사를 건넸다.

"이번 프레젠테이션에 참가하신다면서요. 고쿠보 씨라는 멋진 분이 계시다는 얘기를 들었거든요."

그런 비아냥거림은 고쿠보 아키의 전매특허이니, 혹시나 들킬까 내심 조마조마했지만, 그녀는 쓰지이 씨 앞에서 자기 칭찬을 해서 기분이 좋아졌는지 농담처럼 대꾸했다.

"구보타 씨 힘으로 부디 저희 회사에 프레젠테이션을 맡겨 주세요."

"구보타가 이래 봬도 막후의 실력자거든요."

가오리가 대답했다.

흡사 외줄 타기를 하는 심정이었다. 물론 실제로 외줄 타기를 한 적은 없지만, 조금만 삐끗하면 단번에 커다란 구렁에 떨어질 것만 같은 긴장감에 떨며 한시라도 빨리 이 상황에서 해방되고 싶었다. 거기서 쓰지이 씨가 "괜찮으시면 합석하실래요?"라고 말했을 때는 '줄을 연장하지 말라고요!'라고 외치고 싶은 충동에 휩싸였다.

"저희가 방해할 수는 없죠."

나는 사양했다. 고쿠보 아키도 순간 내 발언에 동의하려 했지만, 아마 '클라이언트와 더욱 친해지는 게 좋을지도 모른다'는 손익계산을 했는지 "이렇게 만난 것도 인연인데 합석하죠. 저 정말 베이징덕을 먹고 싶었거든요"라고 말하며 안쪽의 4인석으로 걸어갔다.

가오리가 내 옆구리를 쿡 찌르며 말했다.

"묵은 원한을 풀 기회가 드디어 왔네."

마치 당사자라도 되는 듯한 말투였다.

넷이서 이야기를 나누는 동안 내 머릿속에는 제발 이 자리를 빠져나가고 싶다는 생각뿐이었다. 너무 정색하고 있으면 분위기가 이상해질 터였지만, 그렇다고 화기애애하게 대화하다가는 무심코 정체가 들통날 이야기가 튀어나올 수도 있었다. 적당히 분위기를 맞추며 자리를 뜰 기회만 엿보고 있었다.

하지만 가오리는 시종일관 집요했다. 말도 잘하고 화제도 끊이지 않아서, 쓰지이 씨와 고쿠보 아키의 웃음을 유발하며 이야기를 계속 이어 갔다. 힐끗거리며 신호를 보내는 내 눈빛을 알아챘으면서도 '조금만 더'라고 말하고 있었다.

"고쿠보 씨는 어릴 적부터 친구들의 중심에 있었을 것 같아요."

이내 가오리는 그 이야기까지 꺼냈다.

아무리 그래도 너무 위험한 화제였고, 나에게는 괴롭고 힘들었던 시절을 단순한 흥밋거리로 삼는 것두 분께졌찌만 가오리는 제１등 때노 내 과거를 청산하게 해 주려고 노력하는 것이리라. 하지만 역시 눈을 빛내는 걸 보면 단순히 이 상황을 즐기고 있는 건지도 모른다.

고쿠보 아키가 뭐라고 대답할지 나도 궁금했다. 나는 태연한 척 슬며시 그녀의 안색을 살폈다.

"중심까지는 아니지만 친구는 많았어요."

고쿠보 아키는 웃음을 잃지 않았지만, 어딘지 모르게 발끈한 투였다.

"분명 인기 많았겠죠."

쓰지이 씨가 장난스레 말하자 고쿠보 아키는 살짝 뺨을 붉혔다. 남자와 밀고 당기는 과정에서 연기를 하는 것인지, 아니면 정말 진심인지 구분이 가지 않았다.

그때부터 각자 고등학교와 대학 시절 이야기를 하기 시작했다. 나는 "옛날에는 뚱뚱해서 우울한 10대를 보냈다"라고 웃으며 말했다. 숨을 삼킨 채 고쿠보 아키의 반응을 관찰하는 자신의 모습을 알아챘다. 지금 내 뒤에는 다카기 유이가 서서 고쿠보 아키를 평가하려 하고 있었다.

고쿠보 아키가 화장실에 가느라 잠시 자리를 비웠을 때였다.

쓰지이 씨가 조심스레 물었다.

"고쿠보 씨, 어떤 것 같아요?"

"그게 무슨 소리예요?" 가오리가 살짝 몸을 앞으로 내밀며 말했다. "고쿠보 씨의 본성이 궁금하다는 뜻?"

"그런 거창한 게 아니라……." 쓰지이 씨가 눈을 가늘게 뜨며 말했다. "고쿠보 씨하고 더 가까워지고 싶은 마음이 있는데, 제가 솔직히 여자 보는 눈이 좋은 편은 아니라서요."

대기업 사원으로 여러 나라를 오가며 일하는 엘리트인 쓰지이 씨가 고등학교 남학생처럼 쑥스럽게 말하는 모습은 무척 훈훈했다. 가오리도 살짝 놀란 표정으로 그를 보더니 이내 나를 가리키며 말했다.

"고쿠보 씨에 대해서는 구보타가 잘 알아요."

가벼운 투였지만 그때만큼은 진지한 표정이었다.

절묘한 타이밍에 공이 굴러 왔으니, 이제 남은 건 네가 골을 넣는 것뿐이다! 그런 말을 들은 듯한 긴장에 휩싸였다.

지금 와서 생각해 보면 시험에 들었던 순간이었다.

거기서 '실은 구보타 씨에 관한 안 좋은 소문을 들었는데……'라고 운을 떼우거나, '회사에 좋아하는 사람이 있다고 들었어요'라고 거짓말을 했으면 고쿠보 아키에게 어떤 식으로든 타격은 줄 수 있었을 것이다.

더 나아가 고등학교 시절의 행실에 대해 떠들 수도 있었다.

그래야 해! 내면의 나는 마구 등을 떠밀었다.

머릿속에서 여러 생각들이 교차했다. 그것은 언어의 형태이기도 했고, 과거 기억의 한 장면이기도 했다. 무대 위에서 다른 노래에 맞춰 춤추는 친구들의 모습에 놀라면서도, 맞출 수 있을 리가 없는데 어떻게든 따라해 보겠다고 악가힘을 쓰며 몸을 움직이던 고등학생인 내가 있었다. 비참하기도 했고, 안쓰럽기도 했다. 순간 고쿠보 아키를 용서할 수 없다는 감정이 내면을 뒤덮었지만, 한편으로는 그때의 나를 부정해서는 안 된다는 생각도 들었다. 나는 친구들에게 피해를 주지 않으려고, 지푸라기라도 잡는 심정으로 춤췄던 그때의 내가 좋았다. 그것만큼은 틀림없었다. 그때의 나와 친구가 되고 싶다고 생각했다.

"고쿠보 씨하고 그렇게 친한 건 아니라 잘은 모르지만……." 의식보다 말이 먼저 나왔다. "쓰지이 씨한테 관심이 있는 것 같기는 해요."

가오리는 노골적으로 낙담한 기색을 보였다. 화가 많이 났겠구나 싶었는데, 힐끗 보니 다정하게 웃고 있었다.

"다녀왔습니다."

고쿠보 아키가 돌아오자, 우리는 자리에서 일어났다.

지하철을 타러 역으로 걸어가는 동안 가오리는 아무 말도 없었지만, 이내 침묵이 불편해졌는지 놀리듯 말했다.

"복수할 절호의 기회를 날려 버리다니!"

"그래도 역시 못하겠더라고."

"죄책감 때문에?"

"그런 건 아니고, 그냥 나랑 안 맞는 거야."

나는 순순히 인정했다.

"거기서 한 방 먹일 수 있는 것도 재능이 아닐까."

"그럴까? 뭐, 그 상황에서 두 사람 사이를 응원해 주는 게 네 미덕이지. 모범생이랄까, 착해 빠졌다고 할까."

"둘 다 칭찬은 아니거든."

나는 느긋하게 대답했다.

지하철역 계단이 보이기 시작했을 때였다. 뒤에서 발소리가 나더니 "저기……" 하고 부르는 소리가 났다.

돌아보니 낯선 여자가 서 있었다. 이목구비는 뚜렷했지만 화장 때문인지 다소 수수한 인상의 20대 초반 여자였다. 그녀는 미안한 듯 말을 걸었다.

"아까 그 가게에 계셨죠?"

보아하니 우리를 쫓아온 듯 조금 숨을 헐떡이고 있었다.

우리는 어리둥절한 표정으로 서로를 보았다.

"아까 합석했던 남자분, 제가 아는 사람 같아서요."

"아까? 쓰지이 씨 말이에요?"

"쓰지이 씨요? 쓰가와 씨가 아니라?" 여자의 표정에 당황한 기색이 스쳤다. "이름이 다르네요. 그러면 제가 잘못 봤을지도 모르지만, 너무 닮아서요……."

"쓰지이 씨하고 쓰가와 씨가요?"

"네. 그 사람, 저하고 만날 때는 분명 독신이라고 했거든요. 아니, 분명히 독신이라는 말은 안 했지만, 결혼했다는 소리도 안 해서……."

"어머, 그건 좀 그러네요."

"사귈 때부터 좀 이상해서 유부남이라는 걸 알았어요. 그래서 헤어지자고 했는데, 저 말고도 사귀는 여자가 많은 것 같더라고요."

눈앞의 여자는 진실을 알려야 한다는 정의감에서 우리에게 이 이야기를 하는 것이었다. 아마 더 이상 피해자가 늘어나게 둘 수는 없다는 마음에서겠지.

"하지만 성이 다르니 딴사람일지도 모르겠네요. 저는 간사이에 있을 때 사귀었거든요."

여자는 연신 고개를 숙이더니 사라졌다.

"와우, 어떻게 된 일일까."

가오리는 신이 난 듯 말했다.

"그러게?"

"만일 쓰지이 씨가 그 쓰가와라는 남자와 동일 인물이라면, 고쿠보 씨도 속고 있는 건데."

"아, 그렇지."

순간적으로 발길을 돌리려 했지만 가오리는 그런 나를 제지했다.

"뭐하러 가려고?"

"쓰지이 씨가 사기꾼일지도 모르잖아."

"그건 모르는 일이지. 그 쓰가와란 남자하고 비슷하게 생겼을 뿐일 수도 있고, 네가 뭐하러 그런 소리를 해 줘."

"그래도……."

"고쿠보 씨 정도면 맨 처음에 확인했을 거야. 독신이냐고."

"상대가 한 수 위일지도 모르잖아."

"그렇더라도 그건 고쿠보 씨 개인의 문제니까 유이가 상관할 일은 아니지."

"그런가……."

"뭐, 이것도 일종의 복수야. 이걸로 용서해 주자고."

가오리는 태평하게 말했다.

그날 밤, 집에 돌아가자 남편이 출장에서 돌아와 있었다.

나는 그동안 있었던 일, 신제품 프로모션과 광고 기획사, 고쿠보 아키와 다시 만난 일, 그리고 오늘 베이징덕 가게에서 있었던 일들을 이야기했다.

남편은 다소 놀란 눈치였지만 굳이 따지자면 가오리처럼 복수를 권장하는 듯한 반응을 보였다. 사실 남편이 그렇게 생각할 만할 이유가 있기는 했지만, 아무튼 최종적으로는 고생했다며 위로해 주었다.

"둘 다 잘되면 솔직히 배 아프니까, 둘 중 하나는 실패했으면 좋겠어."

남편이 말했다.

"둘 중 하나?"

대체 무엇을 가리키는 것인지 이해가 가지 않았다.

"그 쓰지이라는 남자하고 잘되면 프레젠테이션에서는 탈락하거나."

"쓰지이 씨가 유부남이라 고쿠보 아키가 속은 거라면."

"프레젠테이션에 합격하는 거지."

"일승일패 느낌으로?"

"그 정도는 바라도 되지 않아?"

과연 어느 쪽의 일승일패가 좋은 것인지, 또 누구에게 좋은 일인지 나로서는 판단이 서지 않았다.

"뭐, 둘 중 하나의 상황에 처하면 용서해 주자고."

남편이 말했다.

나는 남의 불행을 바라면 안 된다고 남편을 타일렀다.

놀랍게도 그 둘 중 하나의 상황이 현실이 되었지만, 물론 그때의 우리는 알 리 없었다.

나흐트무지크

♫ 현재
미나코

미나코는 관람석에 앉아 스튜디오 한가운데에서 큰 덩치를 움츠리려 애를 쓰는 남편, 오노 마나부를 바라보았다. 스튜디오 전체는 어스름했지만 거실처럼 꾸며 놓은 세트에 조명을 집중적으로 비추고 있어서, 어두운 실험실 안에 방 하나가 홀연히 출현한 듯한 느낌이었다. 카메라 여러 대가 세트를 에워싸고 있었다.

"먼저 오노 선수의 이력을 간단히 되짚어 보겠습니다."

사회자인 젊은 남자가 말했다. 만담가인 그는 아직 젊은 나이인데도 태도가 당당했다. 미나코의 아들이 다니는 초등학교에서도 유명한 듯, 아들은 학교 수업 때문에 녹화장에 오지 못하는 걸 무척 아쉬워했다.

"여러분도 잘 아시다시피 오노 선수는 위대한 복서, 일본인 최초로 세계 헤비급 챔피언 자리에 오른 인물이지만……."

얼굴을 찌푸리며 불편한 기색을 보이는 남편을 보고 미나코는 웃음을 흘렸다. 남의 눈에 띄는 걸 싫어하는 남편이었다. 물론 185센티미터의 거구라 본인의 의사와는 상관없이 눈에 띄었지만, 주변에서 지나치게 띄워 주면 늘 죄 지은 사람 같은 표정을 시켰다.

남편이 운영하는 복싱회관에 다니는 선수들이 이 방송을 보며 '우리 관장님은 항상 쭈뼛거린다니까' 하고 낄낄거리는 모습이 눈에 선했다.

"나처럼 잘생겼으면 겸손해지기 어렵다."

미나코는 헤비급 복서 무하마드 알리가 반쯤 농담으로 인터뷰한 영상을 본 적이 있었다.

"그런 위트 있는 말까지는 안 바라더라도, 약간은 재미있는 이야기를 하지 않으면 분위기가 안 살잖아."

미나코와 자신의 동생인 오노를 짝지어 준 이타바시 가스미는 그렇게 말했다.

"그런 점이 그 사람 장점이잖아요."

"금실 좋다고 자랑하는 거야? 닭살 돋으니까 그만해."

미나코의 대답에 가스미는 팔뚝을 긁는 시늉을 했다.

여장부 스타일의 가스미는 매사에 태연자약한 성격이라, 미나코는 막연히 부모의 사랑을 듬뿍 받으며 자란 남매이겠거니 생각했지만 실상은 달랐다.

두 남매의 부모는 오래전부터 행방이 묘연했다. 가스미가 초등학교에 입학했을 무렵에 부모가 이혼했고, 곧 어머니도 남자와 함께 떠난 까닭에 남겨진 가스미 남매는 친척 집을 전전하며 살아왔다고 했다.

"덩치가 있으니까 괴롭힘을 당하지는 않았지만, 친구를 다치게 하는 경우가 많아서 그때마다 내가 말리는 게 일이었어. 그러다 지쳐서 나중에는 억지로 복싱을 배우게 했지. 이래 봬도 고생깨나 한 몸이야."

고생의 흔적조차 느껴지지 않는 얼굴로 깔깔거리는 그녀의 강인한 심지가 미나코는 그저 감탄스러울 뿐이었다.

그런 어린 시절 이야기도 스튜디오에서 공개되고 있었다. 가스미에게도 출연 제의가 왔지만 거절했다.

"억지로 감동을 주려는 건 싫어. 소름 끼쳐."

"지금으로부터 약 20년 전, 정확히는 19년 전이죠. 스물일곱의 나이에 세계 챔피언의 자리에 오르셨습니다. 이때 기분은 정말 최고였겠죠? 일본의 자랑이었죠."

사회자가 말했다. 스튜디오의 큰 화면에 세계 타이틀매치의 녹아웃 신이 흘러나왔다.

갈색 근육에 뒤덮인 팔이 힘겹게 허공을 가르자 상대는 풀이 눕듯 거꾸러졌다.

미나코는 이타바시 가스미와 함께 그 장면을 텔레비전으로 보고 있었다. 그리움과 함께 쑥스러움이 명치에서부터 솟아오르는 것 같았다.

"하지만 그게 함정이었죠."

오노가 겸연쩍게 대답했다.

그의 말대로 그것은 함정이었다. 미나코도 같은 마음이었다.

챔피언이 되자마자 그의 주변은 급격히 변했고, 취재나 방송 출연 의뢰가 쇄도했다. 눈 깜짝할 사이에 연습 시간이 줄었다. 그의 성격을 고려하면 이해가 가지 않는 일이었지만, 분명 마음 한구석에 자만심이 싹텄던 것이리라. 하지만 그런 상황에서도 위기감을 느끼고 있었다면 그것은 자만심이라 할 수 없었을 것이다. 오노 역시 연습량은 유지하고 있으니 문제없다고 믿었다. 곁에 있던 미나코도 마찬가지였다.

소속된 복싱회관의 회장도, 오노와 이인삼각으로 동고동락한 스무 살 연상의 베테랑 코치 마쓰자와 켈리도 처음 겪은 경험에 제 발밑을 보지 못했다.

연습 부족을 자각하지 못한 채 리턴매치(권투에서 선수권을 빼앗긴 사람이 선수권을 얻은 사람에게 재도전하는 경기 - 옮긴이 주)가 다가왔지만 질 거란 생각은 꿈에도 하지 않았다. 한 번 쓰러뜨린 상대이기도 했고, 상대방이 체중 조절에 실패해 컨디션이 좋지 않다는 정보를 입수한 것도 영향을 끼쳤다.

당시 방심은 금물이니 긴장을 늦추지 말라고 충고한 이는 미나코의 고등학교 동창 오다 유미의 남편밖에 없었다.

♫ 19년 전

오다 유미

"긴장을 늦추지 마."

다른 사람도 아니고 남편의 입에서 그런 말이 나오다니. 오다 유미는 웃음을 참을 수가 없었다.

"저기, 1년 내내 긴장감 없이 늘어져 사는 사람이 그런 소리를 하면 설득력이 있겠어? 그리고 오노 선수 연습량이 얼마나 많은데, 당연히 늘 긴장을 늦추지 않겠지. 무례한 소리 마."

유미는 미나코를 보며 사과했다.

"미안해, 너도 알겠지만 이 사람 성격이 워낙 적당주의잖아."

"적당주의라니. 네가 그런 소리 할 처지는 아니지 않느냐는 지적은 받아들이지. 나도 알아. 하지만 틀린 말은 아니잖아. 안 그래? 챔피언의 가장 큰 적은……."

오다 가즈마는 식탁 위의 리모컨을 들고 딸이 보는 텔레비전 소리를 조금 줄였다.

"적은?"

오노가 되물었다.

"방심이야. 자기 자신의 자만심이지."

"얼씨구." 유미가 쓴웃음을 지었다. "당신은 365일 자만하고 있잖아."

"이렇게 멋진 부인을 얻었으니 자만심이 생길 법도 하지."

미나코가 장난스레 말했다.

"맞아. 다 당신 때문이야."

그 말을 흘러 넘기며 유미는 부엌에서 보리차를 가져왔다.

자기 집에 세계 챔피언이 놀러 왔다는 사실에 현실감이 들지 않았다.

반년 전, 미나코에게 '남자 친구가 생겼다'는 연락을 받았을 때는 길됐다며 그저 기쁠 뿐이었다. '헤비급 복서야'라는 설명을 듣기는 했지만, 이를테면 '체격이 좋다'나 '태도가 거만하다' 같은 비유적인 표현이라고 생각했다. 하지만 '얼마 전에 세계 챔피언이 된 윈스턴 오노라고 해'라는 말을 들었을 때는 한동안 놀라서 아무 말도 하지 못했다.

그리고 이번에 미나코가 오노를 데리고 센다이를 찾았다.

"관광 겸 오랜만에 너도 만나고 싶어서."

오노의 방문에 동네가 반짝 떠들썩해졌다. 맨션 관리인이 사인을 요청하거나 평일 저녁이라 학교에서 돌아온 초등학생들이 엘리베이터에서 오노를 보고 '아, 챔피언이다!' 하고 웅성거린 모양이었다.

"사람들이 너무 귀찮게 했죠, 죄송해요."

유미는 같은 맨션 주민들을 대표하는 마음으로 고개를 숙였지만, 오노는 "알아봐 주시는 것만으로도 감사하죠. 나쁜 뜻으로 그러시는 것도 아닌데요"라고 겸손하게 대답했다. "좀 쑥스럽긴 하네요."

"복싱에서 헤비급이 차지하는 위치는 남다르니까. 설마 일본인이 챔피언이 될 줄은 몰랐을 테니 다들 자기 일처럼 기쁜 거겠지."

가즈마가 대답했다.

실제로 전국이 챔피언 윈스턴 오노에게 열광하고 있었다.

"하지만 아까는 어떤 중학생한테 무시당했어."

미나코가 웃으며 말했다.

"중학생?"

유미가 되물었다.

오노도 기억났다는 듯 쓴웃음을 지었다.

맨션을 찾아올 때, 걸어서 금방 도착할 줄 알았는데 교차로에서 방향이 헷갈려서 근처를 지나가던 중학생에게 길을 물었더니 통명스러운 표정으로 무시했다고 했다.

"이렇게 덩치 큰 사람을 무시할 수 있다는 것도 대단하지 않아?"

감탄한 표정으로 말하는 미나코의 모습이 우스웠다.

"요즘 중학생들은 다 그런가?"

유미는 별 뜻 없이 그렇게 말했다.

"에이, 에이."

가만히 텔레비전을 보던 미오가 테이블로 다가와 앉아 있는 오노에게 펀치를 날렸다. 유치원생치고는 조숙한 편이었지만, 챔피언의 방문에는 흥분한 눈치였다. 한 살배기 아들은 옆방에서 이미 잠들어 있었다.

오노는 미오의 펀치를 받으면서도 살짝 미소를 지을 뿐 전혀
싫어하는 기색을 보이지 않았다.

인품이 훌륭하다고 칭찬하자 미나코가 흐뭇한 표정으로 대답
했다.

"훌륭한지는 모르겠지만 사람은 좋아."

"이미, 편드는 거 봐."

"그런데 격투기 선수에게 좋은 사람이라는 건 약점이지 않아
요?"

가즈마가 느닷없이 끼어들어 말했다.

"당신은 왜 또 나서고그래."

"굳이 따지자면 지금 이 사람의 가장 큰 적은 바쁜 스케줄이
에요."

미나코가 대답했다.

"그렇게 바빠요?"

오노가 고개를 끄덕였다.

"취재 요청이 많아서요."

"아."

언론과는 거리가 먼 오디 유미였지만 능히 짐작할 수 있었다.

"오래전부터 관심을 가져 주던 기자님들의 요청에는 당연히
성실히 임하고 싶지만, 방송국에서도 계속 찾아오시더라고요."

오노는 커다란 덩치를 움츠리며 차를 마셨다. 굵직한 팔에 들

린 찻잔이 마치 소꿉놀이 장난감처럼 보였다.

"바쁘신데 연습은 잘되세요?"

유미가 물었다.

다음 방어전이 두 달 앞으로 다가왔다고 들었다.

지난번 타이틀매치에서 오노에게 패배한 미국 선수의 리턴매치였다.

타이틀매치에는 사전에 계약서를 쓸 때부터 걸려 있는 조항들이 많아서, 지난번 시합에는 챔피언이 패배했을 경우의 손실을 최대한으로 줄이기 위해 '도전자가 승리했을 경우에 1년 안으로 리턴매치를 치른다'는 옵션이 달려 있었다. 얼마 전에 보았던 방송에서 나온 이야기였다. 그에 따라 리턴매치를 치른다고 했다.

"연습은 하고 있죠. 방송 취재도 보통은 연습하는 모습을 찍어 가는 경우가 많거든요. 인터뷰도 연습 도중에 하고."

"아니, 그렇더라도 평상시 연습과 완전히 같을 수는 없잖아." 가즈마가 주장했다. "오노는 사람이 좋아서 취재하러 오면 그만큼 신경을 쓸 것 같은데."

"왜 갑자기 친한 척 반말이야?"

"누가 뭐래도 세계 챔피언을 가리는 자리잖아. 도전자는 그나마 사정이 좀 낫지. 목적이 뚜렷하니까. 하지만 타이틀을 방어하는 쪽은 목표 의식을 계속 유지하는 게 힘드니까, 순간의 방심이 큰 화를 불러올 수도 있어." 가즈마는 부스러기를 날리며 과자를 와그작와그작 씹었다. "타이틀매치를 얕보지 마."

"세계 챔피언에게 타이틀매치를 얕보지 말라니. 그런 말이 잘 도 나오네. 정말 존경스러울 정도야."

유미는 쓴웃음을 지으며 말했다.

"기분 나쁘시면 몰래 한두 대 때리셔도 돼요."

"미오, 아빠를 지켜줘." 가즈마는 옆에 있던 딸에게 도움을 요 청하더니 시계를 보며 말했다. "그나저나 사토가 늦네. 챔피언 을 기다리게 하다니, 뭐 하는 거야, 미야모토 무사시(에도시대의 검 술가로, 사사키 고지로와의 결투에서 일부러 늦게 나타나 상대를 흥분하게 만들 어 승리했다는 설이 있다 - 옮긴이 주) 작전이야?"

오다 유미는 미나코를 보며 꾸벅 고개를 숙였다.

"미안해. 어려운 부탁을 해서. 모르는 사람이랑 만나는 게 편 하지는 않겠지만……."

"괜찮다니까. 그 사토 씨도 유미 네 친구잖아?"

"나랑 같이 사는 남자보다 백배는 성실하고 제대로 된 사람이 라 만나서 기분 상할 일은 없을 거야."

사토는 유미의 대학 동창이었다. 원래는 가즈마와 친했던 사이로, 부부의 공통 지인이라 졸업한 뒤에도 종종 집에 놀러 왔다.

"사토는 나랑 안 만나면 외로운지 반년 전쯤에 우리 집 근처 로 이사를 왔어."

"왜 이상한 소리를 해. 여자 친구 집이 이 근처라 그런 거잖아."

"진짜로 사귄데? 내 허락도 없이?"

"부인이 집을 나갔다는 그 친구분요?"

오노가 물었다.

"아, 그건 사토의 직장 선배 이야기예요. 부인이 딸을 데리고 친정으로 가 버려서 힘든가 봐요."

가즈마가 얼마 전에 집으로 찾아온 사토에게 세계 챔피언이 오기로 했다는 이야기를 무심코 해 버린 게 발단이었다. 평소에는 매사에 절도 있게 행동하던 사토가 그때만큼은 제발 사인을 받아 달라고 애원했었다. 이유를 묻자 부인이 아이를 데리고 집을 나가서 힘든 시간을 보내는 직장 선배가 있는데, 오노의 세계 챔피언 소식에 무척 기뻐하는 걸 보고 사인을 받아다 주면 큰 위로가 될 거라고 생각했단다. 미나코를 통해 부탁하자 오노는 흔쾌히 승낙했다.

"제가 더 고맙죠. 누군가에게 도움이 된다면 저에게도 큰 기쁨이니까요."

오노는 또다시 모범생 같은 소리를 했다.

"이렇게 좋은 분이 사람을 때리다니……."

유미가 미나코를 향해 말했다.

그때 가즈마의 휴대전화가 울렸다.

"아, 사토다. ……지금 어디서 뭘 하는 거야?"

사토

자전거를 타고 오다의 집을 향해 페달을 밟았다. 친구의 집에 헤비급 챔피언이 찾아온다는 사실이 여전히 믿기지 않았다. 오다 가즈마의 허장성세가 갈 데까지 간, 허언일지도 모른다고 경계했지만 오다 유미가 거짓말을 할 리는 없었다. 저녁때쯤 돌아간다는 이야기를 듣고 사토는 고육지책으로 오후에 반차를 냈다. 병원에 간다고 둘러대자 과장은 찌릿 노려보며 '다우트 doubt'라고 날카롭게 말했다.

"더 독창적인 변명 없어? 그럼 술은 다른 날에 마셔야겠군."

술 약속을 한 적은 없었지만 과장은 당연한 듯 그렇게 말했다. 시간이 지나도 성격은 여전했다.

자전거 바구니에는 사인을 받을 색지도 들어 있었다.

공원을 지날 때에 화장실에 들렀다 가야겠다고 생각한 건 어렴풋이 요의를 느꼈던 까닭이었지만, 챔피언을 앞에 두고 갑자기 화장실에 가는 건 예의가 아니라고 생각했기 때문이기도 했다. 자전거를 세우고 공원 끄트머리에 있는 공중화장실에 들어가 용변을 보았다.

콘크리트 오두막 같은 화장실에서 나오자 방금 공원에 도착했을 때보다 해가 더 저문 것처럼 느껴졌다.

그때 인기척이 느껴지더니 작은 웅성거림이 들렸다. 화장실 건물 뒤쪽에 나무가 우거져 있어서 시야가 어둡기는 했지만 사람 그림자가 보이는 것 같았다. 교복 차림의 소년들이었는데 중학생 또래로 보였다. 사춘기 소년들이 몰려 있으면 왠지 불온한 느낌이 드는 건 왜일까. 그런 생각을 하며 멍하니 바라보고 있는데 그중 한 소년이 나동그라지며 엉덩방아를 찧었다. 머릿속 생각이 현실이 된 걸 보고 사토는 당혹감을 느꼈다. 소형 육식동물 떼에 다가가는 기분으로 조심스레 걸음을 내디뎠다.

군자는 위험한 곳에 가까이 가지 않는다는 말이 뇌리를 스쳐 지나갔지만, 그 자리를 떠나서는 안 된다는 생각이 들었다. 왕따나 학교 폭력의 현장인 것이 분명한데, 나중에 챔피언을 만났을 때 '보고도 못 본 척을 했다'고 할 수 있을 것인가. 아니, 아니다.

교복을 입은 소년들 중 한 명은 키가 훤칠했다. 어쩌면 자신보다 클지도 모르겠다고 생각했지만, 나머지 세 사람은 체구가 작았다. 바닥에 엉덩방아를 찧은 뒤 일어난 소년은 마른 체형에 머리카락도 긴 데다, 순간 여학생으로 착각했을 정도로 곱상한 얼굴이었다.

4대 1의 상황, 일어난 소년은 가까이 있던 상대에게 주먹을 휘둘렀지만 헛수고로 끝났다.

낄낄거리며 웃는 다른 소년들을 보고 분개한 사토는 "너희들" 하고 소리쳤다. 어떻게든 되겠지, 하는 생각으로 성큼성큼 다가가다 나뭇가지를 밟았다. 땅바닥이 스트레칭을 하는 듯 경쾌한 뿌직, 소리는 소년들을 놀라게 하기에 충분했다.

어른에게 들켰다. 아이들의 표정이 그렇게 바뀌었다.

"너희, 어느 학교야."

중학생 때 다른 학교 불량 학생에게 들었던 대사가 십수 년의 세월을 지나 사토의 입에서 튀어나왔다.

"그냥 우리끼리 장난 좀 치는 건데요."

어른을 우습게 보는 건가. 사토는 혀를 차며 쓰러진 소년에게 물었다.

"장난? 정말 그래?"

하지만 대답은 없었다. 소년은 숨을 씩씩거리며 사토를 바라볼 뿐이었다.

다른 소년들이 헛웃음을 흘렸다. 하지만 그때는 그 이유를 알 수 없었다.

그러는 동안 소년들은 자리를 떠났고, 사토는 홀로 남겨진 소년에게 괜찮으냐고 말을 걸었지만 그는 말없이 고개를 저을 뿐이었다.

"쟤네는 뭐야? 같은 학교지?"

소년은 사토를 노려보더니 고개를 홱 돌리고 그대로 떠나려 했다.

"뭐야."

그쯤 되자 사토도 슬슬 열이 받기 시작했지만, 그때 소년의 옆얼굴에 피가 비쳤다. 코피라는 걸 깨닫고 "잠깐만!" 하고 불러 세웠다.

부루퉁한 얼굴로 멈춰 선 소년에게 사토는 코피가 나니까 좀 쉬었다 가라고 했다. 그래도 소년이 다시 걸음을 옮기는 탓에, 사토는 티슈를 꺼내 들고 "코피 나잖아, 코피" 하고 따라갔다. 대체 이 아이가 뭐라고 이렇게까지 하는 거지? 스스로도 어처구니가 없었다.

"교복에 피 묻었어."

그제야 걸음을 멈춘 소년은 코를 만져 보고 피가 난다는 걸 깨달았다. 사토는 티슈를 건네며 소년을 앉혔다.

"고개를 숙이고 코를 눌러."

그때가 되어서야 가즈마와의 약속 시간이 지났다는 사실을 깨달은 사토는 황급히 전화를 걸어 사정을 설명했다. 근처 공원이니까 금방 간다고 하자 가즈마는 자기가 그쪽으로 가겠다고 했다.

"뭔가 재미있어 보이는데."

그럴 일도 아니고, 이 소년도 당황스럽겠지. 사토가 설명했을 즈음에는 이미 전화가 이미 일방적으로 끊겨 있었다.

코피가 멎자 소년은 인사 한마디 없이 쓱 가 버리려고 했다. 때마침 그때 가즈마가 도착했다. 그 뒤에서 나타난 산만 한 덩치의, 딱 봐도 강해 보이는 남자를 본 사토는 눈이 휘둥그레졌다.

누구지. 아연실색한 것도 잠시, 이내 남자의 정체를 알아챘다.

부루퉁한 소년도 남자의 등장에 놀랐는지 눈을 동그랗게 뜨더니, 이내 비난 섞인 눈빛으로 사토를 보았다. 왜 이런 남자를 데려왔느냐는 표정이었다.

"이 사람, 세계 챔피언이야."

사토는 상기된 목소리로 소년에게 말했다. 본인도 초면이라
어떻게 대해야 할지 알 수 없었지만, 좌우지간 두 손을 내밀며
악수를 청했다.

"저는 사토라고 합니다."

"얘기 믿고 있나던 애야?"

가즈마가 물었다.

"중학생들이 싸우고 있다는 얘기를 들으니까 저도 좀 마음이
쓰여서요. 같이 가겠다고 했습니다."

챔피언은 머리를 긁적이며 주변을 둘러보았다.

"그 정도는 아니었습니다." 오다가 또 과장했군. 사토는 그런
생각을 하며 말을 이었다. "때리던 네 명은 벌써 가 버렸고요."

만일 그들이 있을 때 오노가 나타났다면 어떤 반응을 보였을
까. 사토는 조금 궁금해졌다.

한편으로는 이 덩치 큰 복서가 자신을 '저'라고 칭하는 데 당
혹감을 느꼈다. 방송과 잡지에서 세계에서 제일 겸손한 챔피언
이라고 불렀던 게 생각났다.

"너 맨날 이렇게 당하고 사냐?"

오다가 소년의 어깨를 슬쩍 건드렸다.

"무슨 상관이에요."

소년은 어깨를 흔들었다. 사토는 처음으로 소년의 목소리를

들었다.

"시끄러. 내가 상관이 있든 없든, 그거야말로 네가 상관할 일이 아니지." 가즈마는 영문 모를 소리를 자신만만하게 내뱉었다. "아저씨한테 말해 봐. 딱히 널 도와줄 수는 없지만."

"관음증."

소년의 눈에는 화가 깃들어 있었다.

"맞아. 내가 근성은 없지만 관음증 근성은 있거든."

"오다, 뻔뻔하게 말한다고 정당화되는 건 아니거든."

둘의 대화를 듣던 오노가 웃더니 "아" 하고 소리쳤다. 그러고는 "아까……" 하고 중학생을 가리켰다.

"아는 아이입니까?"

"아뇨, 아까 길을 못 찾아서 물어봤거든요."

"챔피언을 무시한 중학생이 너구나." 가즈마는 사정을 들었는지 손뼉을 쳤다. "길 묻는 사람을 무시하다니 재수 없는 중학생이겠거니 했는데 사실이었네."

그때 어디선가 투덕거리는 발소리가 들리더니 교복 차림의 여고생이 나타났다. 여고생은 낯빛이 바뀌어 소년에게 다가오더니 성난 목소리로 말했다.

"어디 갔었어. 걱정했잖아."

열심히 달려왔는지 숨이 가빠 보였다.

소년은 불쾌한 표정을 숨기려 하지 않았지만 어딘지 모르게 쑥스러워하는 눈치였다. 사토는 둘의 관계를 쉬이 짐작할 수 있었다.

"동생이니?"

여고생은 사토와 오다, 그리고 그들보다 머리 하나는 더 큰 이질적인 존재감을 내뿜는 남자를 보고 '헉' 하고 나지막이 외쳤다.

사토는 자신이 목격한 일을 이야기했다.

"그럴 줄 알았어."

여고생이 소년을 보며 입을 삐죽였다.

"걔들이 사고 칠 줄 알았어. 보나 마나 네가 뚱하게 굴었겠지."

가즈마가 끼어들어 말했다.

"바로 그거야. 네 동생은 너무 뚱해. 인생의 선배인 우리한테 반말이나 하고 말이야. 챔피언이 길을 묻는데도 무시하고."

"아, 죄송합니다." 여고생은 돌연 정중한 말투로 고개를 숙였다. 머리카락은 살짝 갈색이었는데, 원래 머리 색이라기보다는 패션, 아니 패션이라기보다는 자기주장을 위한 분장 같은 색깔이었다. "제 동생이 귀가 좀 안 들려서요."

"귀가?"

사토는 의아스레 되물었지만, 그제야 납득이 가는 부분도 있었다. 사람이 말을 해도 듣는 둥 마는 둥한 태도라 무뚝뚝하게 보였지만, 실제로 듣지 못했기 때문이었나.

"초등학교 저학년일 때 갑자기 안 들리기 시작했어요. 보청기가 있으니까 대충은 알아듣지만요."

"귀는 안 들려도 얼굴은 잘생겼네."

가즈마는 평소와 다름없는 투로 말했다.

"그러게, 잘생겼네."

사토도 그 점은 인정했다.

"그렇죠?"

여고생은 자랑스레 대답했다.

"나 갈래."

발밑을 보고 있던 소년이 고개를 들고 말했다.

여고생은 고개를 갸웃거리며 괜찮으냐고 묻더니, 오른손으로 제 왼쪽 어깨 언저리를 만진 뒤 툭 쳤다. 소년은 얼굴을 홱 돌렸지만 작은 소리로 괜찮다고 대답하며 누나를 따라 왼쪽에서 오른쪽으로 제 어깨를 툭 쳤다. 생각보다 먼저 반사적으로 튀어나온 동작처럼 보인 까닭에 사토는 "그게 무슨 사인이야?" 하고 물었다.

"아, 이건 수화예요." 여고생이 대답했다. "괜찮다는 뜻이에요. 동생은 아예 안 들리는 건 아니고, 말도 어느 정도는 하지만 손짓 몸짓으로 표현하는 게 더 잘 전해지거든요."

가즈마는 재미있는지 아이들을 따라 어깨를 두드렸다. 왼쪽 어깨에서 오른쪽 어깨로. 말에서는 어미를 올리면 의문형이 되지만, 수화의 경우에는 동작 그대로, 표정이나 고개를 갸웃거리는 행동이 '괜찮아?'가 되는 모양이었다.

"그런데 누구세요?"

여고생은 아까부터 궁금했는지, 더는 못 참겠다는 표정으로 오노에게 물었다.

"프로레슬러?"

"아쉽게 틀렸어."

세계 챔피언은 씩 웃으며 대답했다.

"진짜 몰라? 오노잖아, 윈스턴 오노. 일본인 사상 처음으로 세계 헤비급 챔피언에 오른." 가즈마는 기관총처럼 쏘아붙이더니, 투명 펀치라도 맞은 듯 휘청거리며 중얼거렸다. "정말 몰라? 요즘 학교에선 대체 뭘 가르치는 거야."

가즈마는 오노가 얼마나 대단한 선수인지 힘주어 강조했다. 두 달 뒤에 방어전을 치른다는 것, 그리고 그런 오노가 센다이의 이 동네에 있는 것이 얼마나 감사한 일인지에 대해서도 말했다. 그의 열변이 통했는지 여고생은 감탄한 듯 굉장하다며 눈을 빛냈다. 소년은 여전히 뚱한 표정이었지만, 그래도 오노를 보는 눈빛에 존경심이 깃들기 시작했다.

"그렇구나. 굉장하네요. 다음 시합 꼭 이기세요."

여고생은 오래된 팬처럼 오노에게 말했다. "중계 꼭 볼게요. 응원할게요!"

"너도 악수해 달라고 해."

사토는 소년에게 말했다. 딱히 그 정도로 용기가 솟아오른다거나, 답답한 인간관계를 해결할 계기가 되어 줄 것이라는 기대는 하지 않았지만, 모처럼의 기회니까, 하고 생각했다.

소년은 잘생긴 얼굴에 어른스러운 분위기였지만, 그래도 역시 중학생이라 세계 챔피언을 직접 만난 흥분을 감추기 어려운 듯했다. 이내 쑥스러워하면서도 오른손을 앞으로 내밀었지만, 그 손을 재빨리 맞잡은 건 가즈마였다. 사토는 반사적으로 "뭐 하는 거야?" 하고 외쳤다.

"그래."

가즈마는 당연하다는 듯 삐기며 중학생의 손을 힘차게 흔들었다.

"괜찮겠어? 아까 걔들이 또 오늘처럼 괴롭히면 어쩌려고." 사토는 소년에게 말했다. "선생님한테 말하는 게 낫지 않겠어?"

"이미 말했어요." 여고생이 대답했다. "그래도 애들은 선생님 안 보는 데서 이런저런 일을 꾸미잖아요."

"너도 애잖아."

곧바로 이어진 가즈마의 지적에 여고생은 눈을 흘겼다.

그때 소년이 혼잣말처럼 중얼거렸다.

"어차피 난 들리지도 않는데."

사토의 귀에는 그 말이 소년의 진한 고통이 토해 낸 진심 어린 울림으로 들렸다. 주변 나무들이 '네 마음 알아' 하고 귀를 기울이는 듯했다.

"들리지 않아도 할 수 있는 일이 있잖아. 복서가 되어 보면 어때?"

챔피언이 그렇게 말했다. 가슴을 펴더니 파이팅 포즈를 취했다.

그 아름다운 동작에 사토는 소름이 돋는 걸 느꼈다.

가즈마는 허리를 구부려 바닥에 있는 나뭇가지를 주웠다.

"좋은 거 가르쳐 줄까. 다음에 또 누가 널 건드리면 이렇게, 조심스럽게 나뭇가지 같은 걸 집어."

그는 나뭇가지의 양 끄트머리를 집었다.

"넌 또 밀 하려고."

"분노를 담아 반으로 쪼개는 거야. 근처에 있는 나무를 뚝 꺾어 버리면서 한번 외쳐 주면 다들 겁먹을 거야."

말을 마친 가즈마는 나뭇가지를 잡은 손에 힘을 주었지만 보기보다 단단한 가지인 듯, 얼굴이 벌게질 정도로 낑낑대는데도 꿈쩍도 하지 않았다. 이렇게 하는 거라며 몇 차례 시도했지만 모두 실패로 돌아가자, 결국 챔피언에게 가지를 건네며 부탁했다.

오노는 웃으면서 소년에게 가지를 내밀었다.

"꺾을 수 있겠어?"

소년은 악력 테스트에 관심이 있는지 가지를 붙잡고 콧김을 씩씩거리며 힘을 주었다. 하지만 꺾이지 않았다. 여고생과 사토도 순서대로 도전했지만 실패로 끝났다. 마지막으로 오노가 손쉽게 반으로 꺾자, 모두 박수를 보냈다.

헤어지기 직전 소년은 오노를 향해 말했다.

"저기, 시합 꼭 이기세요."

"아저씨만 믿어."

"왜 네가 대답하는데?"

♫ 그로부터 10년 후(현재 시점에서 9년 전)
오다 미오

"합창 대회에는 대체 어떤 의미가 있는 걸까."

학교에서 돌아오는 길, 나란히 걷던 후지마 아미코가 말했다.

"어떤 의미냐니?"

"다 같이 입을 모아 노래를 부르는 행위가, 대체 누구에게 어떤 이득을 가져다준다는 거지?"

"꼭 이득이 있는 게 아니더라도 젊은이들이 힘을 모아 하나의 목표를 향해 노력해서 발표하는 모습에 안도감을 느끼는 걸지도 몰라."

"누가?"

"어른들이." 오다 미오는 웃으며 말했다. "젊은이들이 빈둥거리면서 시간을 보내는 걸 보면 걱정하잖아. 다 같이 합창 연습을 하는 모습을 보면 그 반대겠지."

"그러면서 합창 대회에서 다 같이 〈Anarchy in the U.K.〉 같은 걸 부르면 화낼 거잖아."

"좋아할 어른도 있겠지."

"있을까?"

"우리 아빠."

미오의 대답에 후지마 아미코는 웃음을 터뜨렸다.

"미오네 아빠는 좋아하실 것 같아. 아나키하잖아."

고등학교에 입학했을 때, 옆자리에 앉은 인연으로 오다 미오는 후지마 아미코와 친해졌고, 지금은 가장 친한 친구였다.

낮에 아미코가 좋아하는 극단의 공연을 보러 갈 때, "미오가 같이 가는 거면 가도 된다고 했어. 우리 엄마가 널 엄청 믿고 있잖아"라며 같이 가자고 해서, 함께 도쿄 여행을 갔는데 그때 약간의 해프닝이 있었다.

연극을 본 뒤, 패스트푸드점에서 햄버거를 먹고 있는데 옆자리의 20대 커플이 말다툼을 시작했다……기보다는 남자가 시종일관 여자를 비난하는 모양새였는데, 처음에는 엮이고 싶지 않아서 못 본 척했지만, 너무나도 일방적인 매도가 이어지자 불쾌해진 미오는 결국 끼어들고 말았다.

"저기, 주변에 민폐니까 그만 좀 하시죠."

물론 상대가 '아, 그러네요. 죄송합니다' 하고 사과할 리는 없었다. "무슨 상관이야. 가만히 있어" 하고 낮은 목소리로 대꾸하는데, 남을 위협하는 게 몸에 밴 듯해서 위험한 상대를 건드렸구나 하는 생각에 미오는 내심 간담이 서늘해졌다.

그때 한 남자가 슬며시 그들에게 다가왔다. 요란한 무늬의 셔츠를 입은 수상쩍은 30대 남자였다. 경계심이 솟아오른 순간,

남자가 입을 열었다.

"아가씨, 무슨 일입니까?"

"아."

"아가씨한테 무슨 일이 생기면 형님이 절 가만두지 않으실 겁니다." 말을 마친 남자는 옆자리 남자에게 험악한 표정을 지었다. "형씨, 우리 아가씨한테 무슨 볼일 있어?"

옆자리 남자는 느닷없이 나타난, 험상궂은 사내의 태도에 경계심을 느꼈는지 모르는 척 "그게 아니라" 하고 시치미를 뗐다.

"아니긴 뭐가 아니야. 지금 이분이 누구 따님인 줄 알고 그딴 소리를 하는 거야."

"아, 아닙니다."

옆자리 남자는 그제야 걱정스러운 낯빛을 내비쳤다.

험상궂은 남자는 크게 한숨을 내쉬었다.

"이봐, 형씨, 상대가 여자라고 얕봤다간 큰코다쳐. 이 아가씨가 누구 따님인 줄도 모르고 까불다니. 어쩌면 형씨 여자 친구도 엄청난 집안 따님일 수 있다고."

마음이 불편해졌는지 남자는 여자와 함께 가게에서 나갔다. 미오는 그제야 "아빠, 정말 어쩌려고 그래!" 하고 버럭 화를 냈다. 놀라서 눈이 휘둥그레진 아미코의 모습을 보니 그저 미안할 따름이었다.

"잘 해결됐으면 됐지 왜 그래. 네가 전에 알려준 기술을 써먹은 거라고. 중재의 기술."

종업원에게 도를 넘은 클레임을 거는 손님을 말릴 때 쓰는 작전인데, 분명 엄마에게만 이야기했다. 엄마가 말한 걸까. 평소에는 사이도 안 좋으면서. '오산'이었어. 오다 미오는 그렇게 중얼거렸다.

"여긴 어떻게 왔어?"

가즈마는 친구와 단둘이서 도쿄에 간 딸이 걱정되어 쫓아온 모양이었다. 공연 중에는 근처에서 시간을 때우다, 끝난 뒤에 뒤를 밟았는데 가게에서 실랑이를 벌이는 딸의 모습에 참다못해 끼어들었다고 했다.

"네가 걱정돼서 일부러 기차까지 타고 따라오시다니, 너희 아빠 정말 멋지다."

아미코가 말했다.

"안 멋져. 아마 재미로 그랬을 거야. 탐정 놀이 좋아하거든."

"탐정 놀이? 어린애 같네."

"어린애야."

엄마가 어째서 아빠와 결혼했는지 미오는 도무지 이해할 수가 없었다.

"전부터 네 얘기를 들으면서 생각한 건데, 너희 부모님은 무척 금실이 좋아 보여."

"뭐? 내 얘기를 어떻게 들으면 그런 해석이 가능해?"

미오로서는 그저 놀라울 따름이었다. 『주신구라』(에도시대에 47

명의 무사들이 주군의 원수를 처단한 뒤 할복한 실제 사건을 소재로 한 문학 - 옮긴이 주)를 다룬 드라마를 보고 나서 '좀비는 너무 무서워'라는 감상을 늘어놓는 듯한 정체불명의 반응이었다.

"맨날 싸우기만 해. 아니, 거의 일방적으로 아빠 잘못이라 싸움이라고 하기에도 뭐하지만."

"우리 집도 예전에는 복잡했나 봐. 내가 유치원 때 엄마가 날 데리고 외갓집으로 왔대. 그래서 그때는 센다이에 없었어."

아미코의 어머니와는 수업참관일에 만난 적이 있었다. 곧은 자세에 뚜렷한 이목구비가 무척 야무진 인상을 주었다. 생각해 보면 아버지 이야기는 그다지 듣지 못했다.

"아빠한테 다른 여자가 생겼던 거야?"

"그건 아닌데, 아직까지 이유를 안 가르쳐 줘. 아마 엄마도 잘 모르는 게 아닐까. 같이 있기 싫다고 생각한 건 사실이겠지만."

"아미코는 그때 일은 기억 안 나?"

"어렴풋이……."

버스에 올라탄 두 소녀는 나란히 붙은 좌석에 앉아 역으로 향했다. 아미코가 좋아하는 배우의 동향과 편의점 신상품 이야기를 나눈 뒤, 미오는 아미코에게 물었다.

"격투기 같은 거 관심 없지?"

"격투기? 그 격투기 말이야?"

"이번에 복싱 시합을 보러 도쿄에 가야 하거든. 남는 티켓이 한 장 있는데 너도 같이 가면 재미있을 것 같아서."

"복싱? 복싱에 관심 있어?"

"전혀 없어." 미오는 단번에 대답했다. "엄마 친구 아저씨가 예전에 세계 챔피언이었는데, 아빠가 시합을 보러 간다고 난리야."

"세계 챔피언이었다고? 이름이 뭔데?"

"윈스턴 오노."

"헤비급 선수였던 사람?"

"너도 알아?"

"알지!"

그 목소리가 얼마나 컸는지, 다른 승객들이 무슨 일인가 하는 표정으로 돌아봤다. 아미코는 알아, 당연히 알지, 하고 사정을 설명했다.

"10년 전에 아빠하고 시합을 보러 갔었어. 나하고 엄마는 도쿄에 있었는데, 아빠가 티켓을 구해 왔거든. 그때는 초등학교 입학 전이니까 거의 기억에 없긴 하지만. 그래도 관람석에서 시합을 보던 아빠 얼굴이 무척 진지했다는 건 기억나."

"졌어?"

"응. 아빠는 꼭 자기가 얻어맞은 듯한 표정이었어. 헤비급 복서를 본 게 처음이었는데, 그 덩치하고 근육이 꼭 괴수 같아서 난 나대로 흥분했었지."

미오는 어릴 적에 윈스턴 오노가 집에 온 적이 있었다는 이야기를 차마 하지 못했다. 설명하기 귀찮았던 건 아니지만 자랑처럼 들릴까 걱정되어서였다. 하지만 챔피언이 괴물처럼 느껴졌던 건 미오 역시 마찬가지였다.

"그렇게 지다니 정말 아까웠어. 닥터스톱이라고 하던가."

5라운드에서 연타를 맞은 챔피언은 자기 측 로프에서 누군가의 확인을 받았다. 심판이 손을 흔들어 패배 선언을 했다. 분명히 부모님도 생방송으로 시합을 보고 있었는데, 녹화한 시합을 본 기억밖에 없었다.

아미코가 어깨를 움츠렸다.

"그때 아빠가 얼마나 실망했는지 몰라. 완전 의기소침했다니까. 이렇게 기운이 없는데 집에나 갈 수 있을까 하고 불안했던 기억이 나."

"그때 졌던 오노 씨가 다시 세계 챔피언에 도전한대."

"진짜?" 아미코의 목소리가 다시금 높아졌다. "지금 나이가 꽤 많지 않으셔?"

"우리 엄마, 아빠하고 비슷해. 서른여섯 살이라던가."

"선수로서는 어떤데?"

"요새 다시 열심히 하신대."

"잘 아네?"

"아빠한테 귀에 딱지가 앉을 정도로 얘기를 듣거든."

너 어릴 적에 이 집에 왔었어. 미오의 아버지, 오다 가즈마는 기회 있을 때마다 그 이야기를 했다. 세계 챔피언이 우리 집에 오다니 기적이야, 기적. 다 내 덕이지, 하고 우쭐대고, 어머니는 옆에서 짜증스레 못 들은 척 넘기는 게 일상이었다. 당시 한 살배기였던 동생 가즈키는 "그게 뭔데? 하나도 기억 안 나. 나도 세계 챔피언 얼굴 보고 싶었는데" 하고 아쉬워했다.

"부활했다니, 꼭 이겼으면 좋겠네."

"그렇지? 게다가 상대 챔피언이……."

"어떤 사람인데?"

"천재라고 엄청 떠받들어지는 사람이라."

"응."

"젊고 자신감이 넘쳐."

"재수 없다."

"그치?"

"그 얘기 들으니까 꼭 이겼으면 좋겠다. 그런데 내가 같이 가도 되겠어?"

"원래는 동생이랑 같이 가려고 했는데, 그날 유소년 야구 시합이 있거든. 그래서 티켓이 한 장 남았어. 나도 너하고 같이 가면 재밌고."

"나보다 구루메랑 가는 게 낫지 않아?"

미오는 귀가 조금 달아오르는 걸 느꼈지만 쑥스러워서라기보다는 예상치 못한 말에 당황한 탓이었다. 마음을 가라앉히고 '여기서 구루메가 왜 나와'라고 대꾸했다.

"1학년 때부터 분위기 좋았잖아. 몇 명이나 나한테 물어봤는데. 너하고 구루메하고 사귀느냐고. 내가 알 리 없으니까 '사생활에는 일절 간섭하지 않습니다'라고만 대답했지."

"안 사귄다니까."

미오는 손사래를 쳤다. 구루메 가즈토와는 1학년 때, 그의 아버지와 담임 후카호리 선생님에 관한 비밀을 공유한 적이 있었다. 미오에게는 비밀이라 부를 만큼 심각한 것도 아니었고, 그저 유쾌한 에피소드 정도였지만 가즈토가 제발 비밀로 해 달라며 부탁한 탓에, 아무에게도 이야기하지 않았다. 어쨌든 그날 이후로 두 사람이 친해진 건 사실이었고, 2학년 때도 같은 반이 되어서 기회가 있을 때마다 자주 이야기를 나눴다.

"뭐, 구루메는 성격 좋아 보이더라." 아미코가 고개를 끄덕였다. "오늘도 선생님한테 항의했잖아."

"아, 입만 벙긋 문제."

같은 반에 합창 연습에서 유독 혼자 음정을 못 맞추는 남학생이 있었다. 평소에도 거의 자기주장을 하지 않는 성격의 조용한 학생이었는데, 그 노래에서는 묘하게 못하는 게 눈에 띄었다. 참다못한 담임이 백기를 들고 '실전에서는 입만 벙긋거리는 게 좋을지도 모르겠다'라고 제안했다. 구루메는 그 말에 반대했다.

"역시 성질 급하고 섬세하지 않기로 정평이 난 담임다워."

미오가 농담처럼 말했다.

"그 자리에서 아직 포기하긴 이르다고 말하는 구루메는 좋은 사람이라고 생각했어."

♫ 현재

미나코

"윈스턴 오노? 순간의 실수로 챔피언이 돼서 착각의 늪에 빠진 일본인이지? 챔피언벨트를 한번 차 봤을 뿐인데 아직까지 복싱을 하고 있다니, 그 자체가 놀랍군."

스튜디오 화면에 9년 전 오언 스콧의 인터뷰 영상이 흘러나왔다. 당시 스물다섯 살, 준수한 외모의 미국인 선수는 얼굴만 놓고 보면 할리우드 영화의 주연배우 같았다. 190센티미터의 큰 키였지만 거구라는 느낌은 들지 않았고, 헤비급 복서의 풍모는 더욱더 아니었다. 오언은 데뷔한 이후 연전연승을 기록하며 패배를 모르는 강자로 군림했다. 게다가 모두 KO승이라서, '알리나 타이슨이 지금 현역이 아니라 다행이군'이라고 허세를 부리는 성격까지 포함해 '천재'라는 호칭이 더없이 잘 어울렸다.

"어? 윈스턴 오노가 이번 대전 상대라고? 농담이지? 아, 그래서 일본에서 시합하는 거야? 주변 사람들은 일본이 돈을 써서 그렇게 된 거라고 하는데, 내 머릿속의 일본은 돈깨나 벌었던 과거의 영광을 아직도 자랑하는 섬나라일 뿐이라 이상하다는 생각은 했지. 그거 아냐? 늙다리 윈스턴 오노가 내 펀치에 나가떨어졌을 때 일본 병원으로 바로 이송하려고."

미나코는 그 영상을 보며 그리움에 휩싸였다. 9년 전, 그 시합 직전에 오언 스콧의 도발적인 모습을 여러 번 방송으로 보았다.

그때마다 불쾌해지는 동시에 두려움이 엄습했다. 열 살의 나이 차는 말할 것도 없었고, 오언의 높은 KO승률과 영상에서 비춰지는 뛰어난 운동 능력은 오노를 압도했다.

"지금 봐도 화가 나는데요. 오노 씨는 어떠십니까?"

사회자인 만담가가 물었다.

오노는 씁쓸하게 웃었다.

"그야 마냥 기분 좋지는 않지만 이런 건 번역의 문제도 있으니까요. 오언의 말을 일부러 도발적인 투로 옮긴 게 아닐까요."

"그럴까요?"

"뭐, 솔직히 말 잘하는 건 인정합니다. 저는 이런 식의 인터뷰는 못하니까요."

"실제로 그때까지는 오언의 시합이라고 할까, 헤비급 타이틀전은 대부분 라스베이거스 같은 데에서 열렸는데, 일본이 무대가 된 것도 굉장한 일이었죠."

"프로모터가 애썼죠. 득실이 모두 존재했지만 좌우지간 이 시합에서 바짝 벌어 놓아야 한다는 마음으로……."

"벌긴 벌었습니까?"

"저희 회장님은 시합이 끝난 뒤에 새 차를 팔았습니다."

거기서 방청객들의 웃음이 터져 나왔고, 미나코 역시 웃음을 흘렸다. 9년 전에는 웃을 일이 아니었다. 복싱회관 주변에 정체도 목적도 불분명한 수상쩍은 업계 관계자들이 벌 떼처럼 몰려들어 이래라저래라 간섭했다. 오노의 주변 사람들은 대부분 비즈니스 감각이 없어서 나름대로 조심한다고 했지만, 그래도 크고 작은 갈등과 다툼이 끊이지 않았다.

"지난번 같은 실패는 되풀이하지 않겠다. 그게 저의, 저희의 구호 같은 거였죠."

지난번이라 함은, 스물일곱 살에 챔피언벨트를 찼을 때를 말했다. 일본 전역이 환희의 도가니에 빠진 직후에 열린 리턴매치에서 오노는 맥없이 패배했다. 이마에서 출혈이 생겨서 닥터스톱으로 시합이 끝나기는 했지만, 그전에 전 챔피언이 이미 오노를 압도하고 있었던 까닭에 '시합이 계속됐더라면!' 하고 아쉬워하는 관객은 거의 없었다. 오노가 패배하는 건 시간문제였고, 맥없이 당하기만 하는 그 모습이 자신들의 비참한 기분과 직결되기에 다들 한시라도 빨리 끝나기를 바랐는지도 모른다.

"그전부터 동고동락한 켈리 코치님과 함께……."

"켈리 코치와는 10대 때 만나셨다고요."

"당시에도 잔소리가 심한 아저씨구나, 하는 생각은 했습니다만, 여전하시더라고요."

"도중에 결별한 적도 있었죠."

오노는 한쪽 눈썹을 떨구며 말했다.

"그렇죠. 코치님이 저한테 정이 떨어졌었죠."

세계 챔피언에 오른 지 얼마 되지도 않아 갑작스레 리턴매치에서 패배하여, 오언의 표현을 빌리자면 '벨트를 시착'해 보기만 한 상태에서 왕좌를 빼앗긴 오노는 벨트 탈환을 목표로 죽을

힘을 다해 연습했다. 오노뿐 아니라 마쓰자와 켈리를 비롯한 복싱회관 사람들도 마음을 다잡고 죽어라 노력하면 금세 화려하게 재기할 것이라고 생각했다.

하지만 결국 헛발질로 끝났다. 2연속 시합에서 판정패를 당한 것으로도 부족해, 직후에 고관절에 무리가 가서 오래 쉴 수밖에 없었다. 무너진 기반을 다시 닦지도 못하고, 연습도 못 한 채로 하릴없이 몸이 낫기를 기다리기만 하는 데에는 엄청난 정신력이 필요하기에, 몸도 마음도 만신창이가 되었다.

복싱회관에는 계속 다녔지만 거의 체형을 유지하기 위한 근력 트레이닝에 가까웠다. 마쓰자와 켈리는 다른 복싱회관의 스카우트를 계기로 소리 소문 없이 떠났다.

미나코가 오노와 결혼한 건 그즈음이었다. 오노는 '결혼은 다시 복서로서 성과를 낸 다음에 하자'고 고집을 부렸지만, 미나코는 누나인 가스미와 상의해 결혼을 강행했다. 그렇게라도 하지 않으면 오노는 금방이라도 인생의 길에서 벗어나 좌절할 게 뻔했기 때문이었다.

"좌우지간 그 오언전戰 때는 10년 전처럼 꼴사나운 모습을 보이지 않도록 코치님과 관장님이 모든 힘을 다해 지켜 주셨고, 일본에서 시합이 열리도록 애써 주시는 등 할 수 있는 일은 전부 해 주셨죠."

"일본에서 시합이 열린 것도 굉장했지만, 사나이의 진검승부라는 단순한 슬로건을 내세워 홍보를 비롯해 전체적인 분위기가 모두 진중했었죠."

"시합 전 행사는 필요 없다, 또 미인이 등장하면 집중력이 떨어진다는 관장님 주장에 라운드 걸에서 라운드 보이로 바꿨죠."

오노가 거기서 눈을 가늘게 떴다. 미나코도 자신처럼 웃고 있다는 사실을 깨달았다.

"아, 그때 이야기는 잠시 뒤에 다시 여쭤 보겠습니다. 그런 탓에 오어 측에서는 '라운드 보이를 요구하다니, 오노는 호모다. 링 위에서 나한테 달려들면 어쩌냐'고 야유했었죠. 그 발언 때문에 성소수자들의 반발을 사기도 했고요."

오노는 어딘가 먼 곳을 바라보는 듯한 표정으로 살짝 고개를 숙였다. 그 시합과 함께 3년 전에 간암으로 고인이 된 마쓰자와 켈리를 떠올린 것임을 미나코는 쉬이 상상할 수 있었다.

장례식 날, 오노는 홀로 몇 킬로미터를 뛴 다음 말없이 줄넘기를 했다.

"9년 전에는 온 일본이 발끈했었죠."

"누구한테요?"

오노가 놀란 듯 눈썹을 씰룩였다.

"당연히 오언한테죠. 큰소리를 얼마나 쳐 대는지, 정말 모든 일본인들을 바보 취급하는 투였잖아요. 오노 씨는 시합 전에 어떤 기분이셨습니까?"

"글쎄요, 기억이 안 나네요."

오노는 머리를 긁적였다.

거짓말. 미나코는 속으로 중얼거렸다. 당시 오노는 오언 스콧의 말과 행동에 잔뜩 열이 받아서는 '절대 지지 않겠다'는 말을 매일같이 입에 달고 살았다. '너 따위에게 내가······' 하고 험담을 하려고 시도했지만 항상 뒷말을 잇지 못해 괴로워했다. 결국에는 '오언을 응원하는 사람은 아무도 없어!'('응원'의 일본어 발음은 '오엔'이다 - 옮긴이 주)라는 말장난으로 끝나고는 했다.

"오언도 천재인 척했지만······ 아, 물론 그 친구는 천재 복서지만." 오노는 마이크를 향해 조심스레 말문을 열었다. "인생이 순탄치만은 않았거든요. 아버지에게 심한 폭력을 당했고, 친구들도 모두 건달이라서······."

여자를 때리려던 친구를 말리려다 린치를 당하자, 오언은 이 따위로 살 바에는 차라리 태어나지 말 걸 그랬다며 어머니에게 불만을 쏟아 냈다. 그러다 결국은 어머니와 아버지에게 야구방망이와 쇠파이프로 얻어맞았다고 했다. 그런 일화도 있었지만, 오노는 굳이 세세하게 설명하지 않았다.

"오언을 편드는 건 아니지만, 태연자약한 천재라는 건 어디까지나 이미지일 뿐이고, 그렇게 순탄한 인생을 살아온 건 아닙니다. 그 부분은 확실히 짚고 넘어가야 공평하다 할 수 있을 것 같아서요." 오노는 겸연쩍은 듯 작은 소리로 말했다. "지금은 존경한다고 말할 수 있습니다."

"지금은? 당시에는 어떠셨는데요?"

"발끈했었죠."

"역시나."

오노가 웃음을 터뜨리자 스튜디오의 분위기도 부드러워졌다.

"그 당시에는 오노 선수가 꼭 이겨 줬으면 하는 마음에 다들 텔레비전 앞에서 이러고 앉아 있었죠."

사회자는 두 손을 꼭 맞잡고 기도하는 포즈를 취했다.

"저한테도 그 마음이 전해졌습니다."

"텔레비전 너머이 응원 소리기요?"

"네, 그날 시합은 한정된 분들만 관람할 수 있었으니까요."

"그렇죠. 어른의 권력과 인맥으로 프리미엄 티켓을 구한 아저씨들뿐이었죠."

"든든한 응원 덕에 열심히 싸울 수 있었습니다." 오노는 옛일을 회상하는 눈빛으로 말을 이었다. "결과적으로 그렇게 되어 버렸지만요."

반성하는 어린애 같은 얼굴이었다.

♫ 그로부터 19년 전
후지마

"선배, 미안해요. 여기까지 오게 해서. 정말 괜찮겠어요?"

쓰쓰지가오카 공원. 펼쳐 놓은 파란 돗자리 위에 후지마는 사토와 앉아 있었다. 만개한 벚꽃이 주변을 에워싸고 있었다. 마치 나뭇가지에서 복숭앗빛 구름이 흘러 떨어지듯 흐드러지게 피었다. 니시 공원의 왕벚나무도 멋지지만, 이곳의 수양벚나무도 좋군. 후지마는 멍하니 그런 생각을 했다.

"지금은 딱히 바쁜 일도 없고, 너한테 빚진 것도 있고."

"윈스턴 오노의 사인 받아다 준 거요?" 사토는 웃었지만 왠지 모르게 송구스러운 표정이었다. "그건 친구의 친구라 받은 건데…… 그것 때문에 여기까지 온 거예요?"

"아니, 과장님한테 부탁받았어. 한가하면 사토랑 같이 가라고. 벚꽃 놀이 시즌에 야유회 자리 맡는 건 하늘의 별 따기니까, 혼자 보내면 화장실 다녀오는 사이에 빼앗길지도 모른다나."

"요즘 세상에 부하 직원을 야유회 자리 맡는 데 동원하다니, 시대착오적이죠."

"그렇지, 뭐. 하지만 옛날 것들이 죄다 나쁘다고는 할 수 없어. 좋은 것도 있고 나쁜 것도 있지. 현대의 유행이나 상식도 그렇잖아."

"야유회 자리 맡기가 미풍양속 같지는 않은데요."

불평을 내뱉는 사토의 모습에 후지마는 웃음을 흘렸다.

돗자리 위에 바로 앉으니 엉덩이가 아팠다. 자잘한 돌이나 자갈 때문이었다. 정기적으로 자세를 바꿨다. 사토 역시 마찬가지였다. 주변에는 자리를 맡으려 깔아 놓은 돗자리가 놓여 있었는데, 준비성 좋게 접이식 의자에 앉거나 남녀 여럿이서 트럼프 게임을 하는 등 기다리는 시간을 쾌적하게 보내는 무리도 많았다.

"이번 시합은 어떻게 될까요?" 사토가 말했다. "윈스턴 오노의 방어전."

"당연히 이기겠지." 후지마는 제 목소리가 커진 걸 알아챘다. "실은 보러 가기로 했어."

"정말요? 티켓은 구하셨어요?"

세계 챔피언이 된 오노는 일약 '일본의 얼굴'이 되어 지금까지 복싱에 관심이 없었던 이들에게서도 주목을 받았고, 핀 챔피언과의 재대결 티켓은 발매 직후에 동이 나서 구하기가 하늘의 별 따기였다.

"인터넷으로 구했어. 두 장."

"아내분과 가시려고요?"

"딸하고."

후지마가 대답했다.

"아이에게는 너무 자극적이지 않을까요?"

"애초에 딸이 보고 싶다고 했나 봐."

아내와 딸은 여전히 도쿄의 친정에 있었지만, 전화로 챔피언의 사인을 받았다고 말하자 아미코는 기뻐하며 '나도 오노 선수를 응원해. 이번 시합도 꼭 보러 갈 거야'라고 말했다. 아내에게 물어보자 티켓을 구한 것도 아니라 시합을 보러 갈 예정은 없다고 했다. 후지마는 돈을 물처럼 써서라도, 라는 생각으로……물론 펑펑 쓸 수는 없었지만 어쨌든 두 장을 구했다.

"아내분과는 연락하고 지내세요?"

사토는 조심스레 물었다.

"요새는 잠깐씩 통화만. 만나지는 않지만."

"그때는 연락도 안 됐잖아요."

"그때?"

"선배가 책상을 걷어차서 역사적인 골을 넣었을 때요. 데이터 가 죄다 날아간……."

후지마는 겸연쩍게 웃으며 폐를 끼쳤다고 사과했다.

"그러게. 소식이 완전히 끊어져서 연락도 못 했는데, 우여곡 절 끝에 지금은 통화는 하고 살아."

"우여곡절이라뇨?"

"은행 통장 기장을 통해서."

"네?"

자세히 설명하지 않으면 무슨 소리인지 알아듣지 못하겠거니 생각했지만 길게 이야기하기도 성가셨다. 그리고 사토 역시 큰 의미를 둘 필요 없는 대화의 일환이라 여길 테니 더는 말하지 않았다.

"좌우지간 딸아이하고 시합을 보러 가기로 했어. 회사에 휴가 를 내고."

"선배가 자리를 비운 동안 별일 없어야 할 텐데요." 사토가 괜 스레 겁을 주듯 말했다. "문제가 생기면 선배가 나서야 하잖아 요."

"과장님한테도 그런 소리 들었어. 혹시라도 무슨 일이 생기면 자기가 우리 딸하고 같이 가 줄 테니 안심하라고."

"과장님, 좀 특이한 성격이죠. 좋은 분인 건 알겠는데."

"미키마우스의 고충도 알아주는 사람이지."

"부하 직원의 고충에는 둔감하지만."

한동안 돗자리에 앉아 사토와 드문드문 대화를 나누다 시간을 확인했다. 사토는 마케팅 정보 수집 용지, 이른바 길거리 설문 조사 견본을 가져와 교정을 보고 있었다. 이따금 과장이 걸어 온 전화를 받다 보니 조금씩 해가 저물기 시작했다.

사토는 화장실에 다녀오더니, 연신 뒤쪽을 돌아보았다.

"과장님이 숨어 있기라도 해?"

그렇게 묻자 사토는 아니라며 고개를 저었다.

"낯이 익은 학생이 있어서요."

"아는 사람이야?"

"네. 아, 전에 한번 본 적이 있는 학생인데, 웬 남자하고 실랑이를 벌이고 있더라고요."

"남자하고? 위험한 상황 아냐?"

후지마는 반쯤 일어나 무릎을 꿇은 채 화장실과 그 주변을 한 바퀴 둘러보았다.

"노점 있는 쪽?"

"저 잠깐 가 보고 올게요."

사토는 역시 마음에 걸리는 듯, 금방 벗은 신발을 다시 신으려고 했다.

"나도 같이 가."

후지마가 따라나선 건 단순히 지루했던 까닭이었다.

노점이 늘어선 구역에는 사람이 꽤 많아서 시끌벅적했다. 하지만 예의 여고생과 젊은 남자가 있는 주변은 왠지 모르게 어둡고 험악한 분위기가 감돌고 있었다. 부루퉁한 표정의 여고생을 보고 후지마는 위가 욱신거렸다. 집에서 저런 표정으로 입을 꾹 다물고 있던 아내의 얼굴이 떠올랐기 때문이었다.

남자 쪽은 대학생으로 보였다. 고등학생치고는 어른스러웠지만 사회인이라기에는 어려 보였다.

연인들의 사랑싸움일까.

두 사람은 잠시 그들을 지켜보았다. 홱 몸을 돌려 자리를 뜨려는 여고생의 어깨를 남자가 난폭하게 붙잡았다. 감정을 제대로 제어하지 못하겠는지 잘생긴 얼굴이 흥분으로 일그러져 있었다.

이거 놔. 손을 뿌리치려는 여고생을 남자가 떠밀었다.

"무슨 짓이야."

후지마도 참지 못하고 소리쳤다. 주변 사람들은 물론, 어쩌면 벚나무조차도 그들을 향해 의아스러운 시선을 보냈다.

사토가 다가가 "괜찮아?" 하고 말을 건넸다. 바닥에서 일어난 여고생은 교복에 묻은 흙을 털더니 씩씩거리며 매서운 눈으로 그를 보았다. 그리고 오른손으로 어깨를 좌우 번갈아 털었다. 순간적으로 나온 무의식적인 행동이었는지 여고생은 얼굴을 찡

그리며 말했다.

"괜찮아요, 신경 쓰지 마세요."

"아, 저번에 공원에서 만났는데 기억 안 나? 동생하고 세계 헤비급 챔피언이 있을 때……."

사토는 살짝 주눅이 든 눈치였지만 여기서 어중간하게 물러설 수는 없다고 생각했는지 더듬거리며 말을 이었다.

"뭐야, 아저씨 취향이야?"

남자는 그렇게 말하더니 성가신 듯 걸음을 옮겼다.

여고생은 남자의 뒤통수를 노려보았지만 쫓아갈 생각은 없는지 "아, 그때 만난……" 하고 사토를 가리켰다.

"선배."

사토가 울상을 지으며 후지마를 돌아보았다.

"저 녀석이 저더러 아저씨래요. 아직 스물일곱밖에 안 됐는데."

"아재라고 안 한 게 다행이지."

사토의 설명을 듣고 후지마는 두 사람이 만났을 때의 에피소드를 파악했다. 사인을 받으러 갔을 때 만난 사이라니까, 자기 역시 무관하지는 않겠구나 생각했다.

"요즘 젊은 남녀들은 사랑싸움도 꽤 폭력적으로 하네. 저렇게 상대를 밀치다니."

사토가 농담처럼 말했다. 말투도 내용도 딱히 재미있지는 않아서 어른의 실없는 농담을 질색할 나이인 여고생은 코웃음 칠 줄 알았는데, 아니나 다를까 얼굴이 뻣뻣하게 굳어서 흥, 하고 콧방귀를 꼈다.

"남자 친구 아니에요."

"친구야?"

"친구라는 말 자체에서 이미 어린애 취급하는 게 느껴져서 짜증 나는데요."

"친구는 소중해." 후지마는 그렇게 말했다. "난 친구가 없어서 아내가 집을 나간 뒤에 혼자 어떻게 해야 할지 모르겠더라고."

나무에서 떨어진 원숭이와 마주친 듯, 여고생은 동정심을 표하면서도 경멸하는 표정을 보였다. 눈썹을 치켜세우며 입을 벌렸다. 어머나, 하는 표정이었다.

"노후에 친구 없으면 외롭다면서요."

"사토, 아직 노후를 말하긴 이르잖아."

여고생은 살짝 웃었다.

"괜찮아요, 노후에는 어차피 동생하고 둘이 살 테니까. 만일 그때까지 산다면."

"동생은 잘생겼으니까 인기 많겠던데? 결혼도 금방 할 테고."

여고생이 사토를 노려보며 대꾸했다.

"그런 꼴인데?"

"그런 꼴? 무슨 소리야?"

"귀가 안 들리잖아요."

"그게 무슨 상관이야." 후지마는 깊이 생각하지 않고 반사적으로 부정했지만, 그 역시 안이하고 무책임한 발언임을 뒤늦게 깨달았다. 이런 부분을 조심하라고 아내가 그렇게 말했는데.

예상대로 여고생의 어조가 강해졌다.

"딱히 내 동생이 세상에서 제일 힘들다는 건 아니지만…… 청력이 좋지 않다는 이유만으로 학교에서 괴롭힘을 당하기도 하고, 핸디캡이 존재하는 건 사실이죠. 아까 그 남자도 걸어가던 맹도견을 보고 못된 소리를 했어요."

보아하니 아까 그 남자가 공원 안에서 맹도견을 보고, '실례되는', '부적절한' 발언까지는 아니더라도 몰지각한 말을 입에 담는 걸 보고 여고생이 한마디 한 모양이었다. 구체적인 대화 내용은 알 수 없었지만, 남자 쪽은 동생의 사정까지는 몰랐던 것 같았다.

"하지만 일전에 챔피언을 만났을 때 무척 기뻐했어요."

"아, 동생이 좋아했어?"

"딱히 말은 안 했지만, 텔레비전에 그 사람이 나오면 열심히 보더라고요. 자기 방에서 몰래 복싱 포즈를 흉내 내기도 하고."

"그러다 복서가 되는 거 아냐?"

이번에는 사토가 무책임한 발언을 했지만, 여고생은 불쾌한 기색을 보이지 않았다.

"그게 가능할까요? 복서가 되는 게……."

"그야……." 후지마는 거기까지 말하다, 안이한 생각으로 긍정적인 답변을 하는 건 좋지 않다고 스스로를 꾸짖었다. "못 할 건 없지. 딱히 복서나 유명인이 될 필요는 없을 것 같지만."

"동생이 이번 시합도 기대하고 있어?"

사토가 물었다. 여고생은 힘주어 고개를 끄덕였다.

"다음 달에 시합이 열리는 날 내가 아르바이트가 있는 날인지 신경 쓰더라고요."

"무슨 소리야?"

"혼자 집에서 보고 싶은가 봐요. 흥분한 모습을 다른 사람에게 들키면 창피하니까, 내가 집에 없었으면 하는 거죠. 텔레비전 앞에서 응원해도 챔피언에게 닿을까요?"

"닿다니, 뭐가?"

후지마가 물었다.

"응원하는 마음 같은 게요."

말을 마친 그녀의 시선이 허공을 헤맸다. 무엇을 보나 했더니 바람에 흩날린 벚꽃 잎이 춤추며 낙하하는 경로를 바라보고 있었다. 유영하며 허공에서 춤추던 꽃잎은 끝내 세 사람 사이로 떨어졌다. 각자 다른 시선들이 한곳에 모였다.

복숭앗빛 폭포수가 흘러 떨어지는 듯 화사한 수양벚나무가 그들을 에워싸고 있었다.

♫ 그로부터 10년 후(현재 시점에서 9년 전)

오노 마나부

"인터넷 뉴스 같은 거 보지 마."

택시 뒷자리에 앉은 마쓰자와 켈리가 말했다. "어차피 모두 제멋대로 떠들고 있으니까."

"알아요."

오노가 대답했다.

기자회견이 끝나고 나서였다. 내일은 체중 계량, 모레에는 세계 타이틀매치를 앞두고 조인식이 있을 예정이었다. 오언 스콧과 처음으로 얼굴을 마주한 자리이기도 했다. 언론 관계자들이 구름처럼 몰려들었다. 예상은 했지만 오언의 태도는 썩 좋지 않았다. 오노와 눈을 맞추려고도 하지 않고, 기자들의 질문에도 껄렁껄렁한 태도로 대답할 뿐이었다. '오노의 인상이 어떤가?'라는 정석적인 질문에는 '늙은이인 줄 알았는데 얼굴은 젊어서 깜짝 놀랐다. 앞으로 이틀 후에는 저 귀여운 얼굴이 만신창이가 될 텐데 가엾다'라고 대답했다.

일본인 기자는 노골적으로 불쾌한 기색을 보였지만, 개중에는 재미있어하는 이도 있었다. 이어서 '지금 코멘트에 대해 어떻게 생각하나?'라는 질문이 오노에게 날아왔다.

뭣하러 저런 질문까지 하지? 그런 생각이 들었지만 오노는 마이크 위치를 신경 쓰며 '젊어 보인다니 기분 좋다'고 대답했다.

기자회견장은 웃음에 휩싸였다. 통역이 그 말을 영어로 바꾸어 전달하자 오언은 살짝 언짢은 표정을 지었다. 유머로 맞받아쳤다고 생각한 모양이었지만, 오노는 솔직한 심정을 말했을 뿐이었다.

그와 오랫동안 알고 지낸 마쓰자와 켈리는 물론 오노의 성격…… 그 고지식할 정도로 진지한 면과 어눌한 언변을 잘 아는까닭에 차 안에서도 '그 대답은 황당했다'고 한마디 했다.

"자네하고 만난 지도 벌써 20년이 되어 가는데, 참 희한한 선수야. 이때까지 내가 봐 온 선수들은 뭐랄까……."

"투지를 불태운다고요?"

"맞아. 누가 싸움을 걸었는데 응하지 않으면 분해서 죽어 버릴 듯한 느낌이었지. 얕보이는 걸 제일 싫어했어."

"처음 만났을 때는 저도 그런 느낌이었을 텐데요."

10대 시절에 누나인 가스미에게 등 떠밀려 억지로 다닌 복싱회관에서 울며 겨자 먹기로 연습하다 몇 년이 지났을 무렵에 마쓰자와 켈리가 나타났다. 복싱회관 회장의 술친구로, 우연히 근처로 이사 왔다고 했다. 그는 오노를 보자마자 "엄청 크네"라고 말했다. 오노가 그런 소리 자주 듣는다고 퉁명스럽게 대답하자, 켈리는 "후지산도 그렇지 않을까?"라고 대꾸했다. 그때는 재능이 있다는 생각은 눈곱만큼도 하지 않았고, 그저 덩치가 크니까 묵묵히 연습하면 어느 정도까지는 올라갈 수 있지 않을까 하는 정도였지만, 생각보다 훨씬 열심히 연습하는 모습에 놀랐다고 했다. 10년 전, 오노가 스물일곱 살에 세계 챔피언이 되었을 때 켈리가 인터뷰에서 답한 이야기였다.

"전에도 말했지만." 오노는 차창 밖을 스쳐 지나가는 풍경을 보며 말했다. "누나가 어릴 때부터 세뇌를 시켰거든요. 힘든 어린 시절을 보냈으니 반듯하게 살아야 한다고."

"가정환경 때문에 엇나가는 건 너무 뻔하니까?"

한두 해 알고 지낸 사이가 아니라 켈리 역시 오노의 가정 사정은 알고 있었다.

"부모 없는 아이라 문제가 많다는 소리를 들으면, 열심히 사는 다른 아이들에게 미안하잖아. 예의바르고 반듯하지만 싸움도 잘한다. 그런 소리를 들으면 얼마나 멋져."

누나는 10대 시절 그렇게 힘주어 말했다.

"누나는 항상 어려운 요구만 했어요."

오노는 쓴웃음을 지었다.

"하지만 자네는 그 어려운 일을 다 해냈잖아."

"덕분에 오언에게는 얕보였지만요."

"기회지. 방심하는 쪽이 질 테니까."

"그럴까요?"

"10년 전에 스스로 그걸 증명했잖아."

"그러네요. 하지만 그때는 코치님도 방심했잖아요."

"그렇지. 그때 일은 내 잘못이야."

"그리고 관장님도."

오노는 장난스럽게 말했다.

"맞아. 하지만 기뻤어. 고마워."

혼잣말처럼 중얼거리는 켈리를 보며 오노는 물었다.

"뭐가요?"

"다시 찾아 줘서. 내가 그때 떠난 건……."

"재기하지 못하는 나한테 진저리가 나서죠."

"아냐. 자네가 진 건 나한테도 책임이 있어. 도망치고 싶었지. 그래서 자네가 마음에 걸렸는데, 다시 함께 세계 챔피언에 도전하는 날이 올 줄은 몰랐어. 불러 줘서 고마워."

얼굴을 마주하고 고맙다는 말을 들으니 쑥스러워져서 뭐라고 대답해야 할지 알 수 없었다.

"아니, 그냥 세계 챔피언을 쓰러뜨리려면 이 방법밖에 없을 것 같아서요."

"방법?"

"코치님의 가르침을 따라 열심히 연습한다. 10년 전에도 그 방법으로 이겼잖아요. 전 그것밖에 모르니까요."

마쓰자와 켈리가 어떻게 받아들였는지는 알 수 없었지만, 그는 눈을 가늘게 뜨고 "모레 어떻게 될지……" 하고 차 안에 비눗방울을 불듯 속삭였다. "좌우지간 이번에는 이판사판으로 덤빌 수밖에 없어."

"이판사판으로."

"클린치(상대 선수를 한 팔이나 양팔로 붙잡는 행위로, 공격을 할 수 없도록 방해한다 - 옮긴이 주)도 엄연한 작전이야."

"그렇죠."

오노는 클린치를 좋아하지 않았다. 물론 어느 선수가 좋아서 클린치를 하겠느냐만은, 선수끼리 링 위에서 부둥켜안은 자세로 교착 상태에 빠지면 당연히 시합을 보는 관객 입장에서는 좋을 리가 없다. 어쩌면 '클린치는 보고 있으면 짜증 나'라는 가스미의, 복싱에 대해서는 아무것도 모르기 때문에 했던 그 말이 머릿속에 깊이 뿌리내린 까닭인지도 모른다. 가급적이면 클린치는 피하고 싶었다.

"필요한 때에는 하겠지만."

켈리는 그래야 한다며 고개를 끄덕였다.

"은퇴를 생각하셨던 적은 없습니까?"

아까 전 기자회견에서 그런 질문이 들어왔다.

"늘 생각하죠." 오노는 그렇게 대답했다. "스물일곱에 세계 챔피언이 되자마자 바로 벨트를 빼앗긴 뒤로는 매일같이 머리 한 구석에 은퇴 생각이 있었습니다."

그 시절, 일본의 자랑이었던 오노는 그 기대를 한몸에 짊어지고 있었다. 그 영예만큼 패배했을 때의 반동도 거셌다. 대부분의 사람들은 그간의 노고를 위로하거나, 아쉬워하거나, 혹은 다음 경기에의 기대를 담은 말을 건넸지만, 개중에는 낙심한 기색을 숨기지 않고 그대로 드러내는 이들도 있었다. 복싱회관으로 걸려 오는 전화나, 편지를 통해 오노는 그러한 감정들을 뼈저리게 느낄 수 있었다.

신경 쓰지 마. 스스로를 달랬지만 그 마이너스 메시지는 그를 단죄하듯, 보디블로(상대방의 배와 가슴에 타격을 가하는 것 - 옮긴이 주)처럼 내상을 입혔다.

지금도 기억이 난다. 일반 엽서에 사인펜으로 적힌 편지였다. '당신이 진 걸 보고 동생이 무척 낙심했어요. 이럴 거면 처음부터 기대하게 하지 마세요.' 보낸 사람의 이름은 없었고, '센다이 공원에서 만났어요'라고만 적혀 있었다.

누구인지 짐작이 갔다. 그때 만난 남학생의 누나였다.

그 소년은 텔레비전 앞에서 열심히 자신을 응원했을까. 어쩌면 순탄하다는 말과는 거리가 먼 본인의 일상을 오노의 시합이 상쾌하게 날려 버려 주지 않을까. 그런 기대를 품었을지도 모른다.

오노가 복싱을 시작한 건 그 자신을 위해서였다. 엄밀히 말하면 누나의 강요 때문이었지만, 그것이 다른 사람의 기쁨이나 괴로움과 이어지리라는 상상은 해 본 적도 없었다. 열심히 싸운 자신이 누군가에게 큰 실망을 주다니. 아직도 믿기지가 않았다.

나만의 문제가 아닌가? 어째서? 어안이 벙벙해졌던 적도 많았다.

복싱은 귀가 잘 들리지 않아도 할 수 있다. 그 공원에서 안이한 말로 중학생 소년을 격려했던 과거의 자신이 부끄러워 죽을 것만 같았다. 너무 무책임했다.

"2년 전부터 컨디션을 되찾기 시작하셨는데, 뭔가 이유가 있으십니까?"

기자회견에서 그런 질문이 나왔다.

아이가 태어나서, 그렇게 대답할 수도 있었다. 거짓말이 아니라 대부분의 진실을 그 말로 설명할 수 있었다. 하지만 언론이 쌍수 들고 좋아할 대답 같아서 그만두었다.

"지금까지 저와 시합했던 대전 상대들을   ." 오노는 혼잣말처럼 중얼거렸다. 그 역시 진실이었다. "떠올려 봤습니다."

"그게 무슨 말씀입니까?"

"거의 대부분의 선수들이 가정환경이 좋은 편은 아니었죠. 이렇게 말하긴 그렇지만 불우한 어린 시절을 보낸 사람들이었습니다."

그 대답에 웃는 사람도 있었고, 웃어도 될지 망설이며 웃는 사람, 그리고 아무 반응도 보이지 않는 사람도 있었다.

"저도 비슷한 처지라 동질감도 느꼈지만, 모두 복싱에 인생을 걸었고, 아마 지푸라기라도 붙잡는 심정이었을 겁니다. 그런 사람들에게 이겼으니 더 대단한 모습을 보여 주지 않으면 너무 미안하다, 그런 생각을 했죠."

"2년 전에 그 생각을 하신 겁니까?"

"간신히 깨달았습니다. 다들 화가 났겠구나, 하고요."

이번에는 대부분의 사람들이 웃음을 터뜨렸다.

마지막으로 한마디 해 달라는 요청이 들어왔다.

오언 스콧의 대답은 이랬다.

"시합이 일본에서 열린다는 얘기를 듣고 처음에는 성가시게 됐다고 생각했지. 애초에 어디 붙어 있는 나라인지도 몰랐으니까. 지도에서 찾아봤지만 못 찾겠더군. 하지만 지금은 차라리 고마워."

"이유가 뭡니까?"

"대부분의 관객들은 오노를 응원하며 승리하기를 기대하고 있을 테니까. 하지만 안타깝게도 내가 압도적인 승리를 거둘 거야. 만신창이가 된 오노의 얼굴을 보고 다들 슬픔에 빠져 아무 말도 하지 못하고 시합장은 정적에 휩싸이겠지. 상상만 해도 기분 최고야. 영원히 보존해야 해. 녹화 예약을 해 놨으니까 미국에 돌아가서도 계속 돌려 봐야지."

기자들이 다시 발끈한 표정을 지었다.

오노는 이렇게 대답했다.

"제 얼굴은 아마 만신창이가 되겠죠. 그건 인정합니다. 하지만 상대의 얼굴도 똑같이 만들어 주고 싶군요."

켈리는 허세인지 약한 소리인지 알 수 없는 발언이었다고 평했다.

"어쨌든 코치님과 관장님을 위해서라도 꼴사나운 시합은 안 할 겁니다."

오노는 차창 밖을 바라보고 있었다.

"관장님도 여기저기 뛰어다니며 얼마나 열심이신데. 기본적으로는 기쁜 마음 때문이겠지만."

"세계 타이틀매치가요?"

"아니, 자네의 복귀가. 이제 남은 건 10년 전의 실패를 되돌릴 수 있겠는가 하는 점이겠지. 그때는 우리 모두 너무 들떠 있었 잖아. 이번에는 정신 바짝 차려야 해."

"덕분에 라운드 걸을 못 보게 됐죠."

오노는 농담처럼 말했다.

"남자로 변경하는 것도 나름대로 고충이 있더라고. 모델 기획 사에서 남자들을 불러 모은 것까지는 좋았는데, 문제가 생겼어. 시합이 일찍 끝나 버리면 링에 오르지 못하는 라운드 보이가 있 잖아. 2라운드마다 다른 모델이 올라가니까. 그것 때문에 기획 사에서 항의했더라고."

"아, 그래서 그랬구나." 오노는 그제야 사정을 파악했다. "관장 님이 전반에는 상태 좀 보다가 후반에 공격하라고 하시더라고 요. 그게 후반전에 등장하는 라운드 보이 때문이었나."

"충분히 그럴 수 있어."

택시가 정차했다. 운전기사는 백미러로 오노를 빤히 바라보 고 있었다. 그리고 마쓰자와 켈리를 두고 차에서 내리려는 오노 를 향해 "지지 마세요"라고 나지막한 목소리로 말했다.

생각지도 못한 말에 순간 당황했지만 오노는 "예" 하고 굳센 목소리로 대답했다.

횡단보도 맞은편이 집이었다. 길을 지나는 차는 거의 없었지만 초록 불로 바뀔 때까지 가만히 기다렸다. 하늘은 어둡고 별도 보이지 않았다. 신호가 깜빡일 때마다 주변이 환해졌다. 오노는 인도에 서서 차가 앞을 지날 때마다 몸을 흔들며 원투 콤비네이션(잽을 넣으면서 한쪽 손으로 스트레이트를 넣는 동작인 원투 펀치를 이용한 기술 - 옮긴이 주)을 연습했다.

그때 등 뒤에서 뭔가 소리가 들렸다. 처음에는 길에서 연주하는 사람이라도 있나 했는데, 막상 의식하고 들으니 잘 들리지 않았다. 신경 쓸 필요는 없었지만 어느샌가 오노는 발길을 돌려 뒷골목으로 향하고 있었다.

셔터를 내린 가게를 등지고, 역술가 같은 풍모의 남자가 인도에 앉아 있었다. 작은 탁자에 노트북 컴퓨터와 스피커가 놓여 있었다. 그 옆에는 저금통이 보였다.

이미 손님은 없을 시간인지 탁자 앞에 앉은 장발의 남자는 명상에 잠긴 듯 눈을 감고 있었다.

오노는 천천히 그에게 다가갔다. 그럴 필요는 없었다. 일찍 집으로 돌아가면 될 텐데 어슬렁어슬렁 수상쩍은 역술가에게 접근하는 스스로의 모습이 이해가 가지 않았다.

탁자 위에 가격표가 놓여 있었다. '사이토 씨 1회 100엔'이라고 적혀 있었는데, 그걸 본 순간 오노는 그가 예전에 한번 만난 적이 있는 '사이토 씨'라는 사실을 깨달았다.

미나코에게 사이토 씨가 자취를 감췄다는 이야기는 들었지만, 이런 데로 자리를 옮긴 건가. 일정한 주기로 각지를 전전하는 걸까.

오노가 살며시 다가가자 남자는 기척을 느끼고 눈을 떴다. 그가 눈꺼풀을 들어 올리는 순간, 굳게 닫힌 주변의 셔터가 일제히 올라가는 게 아닐까 생각했지만 그러지는 않았다.

잔돈을 찾아 100엔을 저금통에 넣었다. 그리고 뭐라 말문을 열려고 입을 벌렸지만, 남자는 손바닥을 내밀며 '설명은 필요 없다'는 시늉을 하더니 컴퓨터 기보드를 눌렀다.

이내 스피커에서 느릿한 곡조의 노래가 흘러나왔다.

'마음은 무엇으로 움직이는 걸까. 어떻게 단련해야 할까. 슬픔은 날려 버려. 곧 네 차례가 올 거야. 곧 네 차례가 올 거야.'

밤거리에 깔린 공기를 쉼 없이 휘젓던 노랫소리는 "'기준은 사랑이야'라고 말하던 너의 눈동자"란 노랫말을 끝으로 멎었다.

후지마 아미코

요코하마 아리나는 열기로 가득 차 있었다. 여전히 쌀쌀한 날씨가 이어지는 계절이었지만, 관람석은 여름이 찾아온 듯했다. 실제로 티셔츠 한 장만 걸친 관객도 많았다.

"아미코, 오늘은 와 줘서 고마워."

왼편에 앉은 오다 미오의 옆자리에서 오다 가즈마가 얼굴을 내밀며 말했다. 거의 민머리였지만 머리 중심선 쪽에는 머리카락이 남아 있어서 소극적인 모히칸 헤어라 불러야 할 스타일이었다. 서른일곱 살의 나이와 화려한 셔츠를 보면 여고생을 둔 아버지로는 보이지 않았다. 더군다나 학교 안팎에서 남자들의 시선을 독차지하는 오다 미오의 아버지로는 전혀 보이지 않아서 왠지 모르게 통쾌한 기분이 들었다.

"제가 감사하죠. 구하기 힘든 티켓이라는데 제가 같이 와도 되는 건지 모르겠네요."

"괜찮아, 괜찮아. 다 내 덕이니까."

"뭐가, 엄마 덕이잖아."

미오가 발끈해서 반박했다.

그녀의 어머니의 고등학교 동창이 윈스턴 오노의 부인이라는 이야기를 들었을 때 아미코는 얼마나 놀랐는지 모른다. 갑자기 윈스턴 오노와의 거리가 확 좁혀진 기분이 들어서 신기했다.

링과 가까운 아리나석이 아니라 스탠드석이었지만 그만큼 중앙 스테이지는 잘 보였다. 링 위에는 거대한 주사위 모양의 장식이 매달려 있었고, 사방으로 놓인 화면에서는 영상이 흘러나오고 있었다. 자리를 찾는 이나 화장실에 가는 이, 음료수를 사러 가는 이들이 끊임없이 오갔다. 앉아 있는 관객들도 광고지를 훑어보거나, 옆 사람과 이야기하거나, 휴대전화를 만지는 등 각양각색이었지만 모두 경기 시작만을 기다리며 시계를 힐끔거리고 있었다.

화장실에 갔던 가즈마가 어슬렁어슬렁 돌아왔다. 관람석 사이를 지나 제자리에 앉았다.

"아, 아빠, 아미코는 10년 전 시합도 직접 봤대."

미오가 가즈마에게 말했다.

"아마 돈 엄청 썼을 거예요, 티켓 구하느라."

당시 그 시합을 직접 관전하는 게 얼마나 어려운 일이었는지
는 알 수 없었지만, 연극 관람이라는 취미가 생겨서 인기 있는
공연의 티켓에 얼마나 웃돈이 붙는지 알게 된 지금은 대충 짐작
이 간다. 쉽게 볼 수 없는 시합이었으니, 아버지는 아마 월급의
대부분을 티켓값으로 쓰지 않았을까.

'세세한 데 신경 쓰지 않는, 그런 점이 네 아빠의 단점이야.'

어머니는 그렇게 말했다. 전날, 10년 전 시합 이야기가 나왔
을 때였다.

"엄마는 아빠가 그렇게 싫었어? 꼴도 보기 싫었을 정도로?"

"그게 아니라……."

어머니는 살짝 난감한 표정을 지었다. 아미코가 그런 질문을
직설적으로 묻는 일이 드물기 때문이리라. 자세가 바르고 마른
체형이어서인지 어머니는 늘 동년배보다 젊어 보였지만, 이제
는 주름이 하나둘 눈에 띄었다.

"아니면 다시 같이 살면 되잖아."

"갑자기 그런 소리는 왜 하니."

"그렇잖아, 이혼했으면서 성은 아빠 성이고……."

후지마 아미코가 초등학교 저학년, 윈스턴 오노의 시합을 보
고 난 뒤 얼마 지나지 않아 부모님은 이혼했다. 원래 별거 상태

였기에 큰 변화는 없었지만, 실제로 이혼 이야기를 꺼낸 게 누구인지는 모른다. 어머니에게 물었더니 '네 아빠가 이도 저도 아닌 어중간한 상태는 싫다고 했어'라고 했지만, 아버지는 '엄마가 귀찮아진 거지'라고 설명했다.

"전부터 얘기했잖아. 성이 바뀌면 이것저것 귀찮아지는 일도 많다고. 당장 엄마 직장이나 네 학교는 어쩔 건데. 설명하기도 귀찮잖아. 그리고 엄마 성은 네 이름하고 조합이 좋지 않아."

어머니의 성은 평범해서 그다지 튀지는 않았지만, '아미코'라는 이름 앞에 붙으면 뭔가 부자연스러운 느낌이 들기도 했다. 하지만 아버지가 끔찍하게 싫다면, 그 성을 쓰지는 않았겠지. 적어도 다른 남자와 언젠가 재혼할 생각이 있다면, 전남편의 흔적을 이름에 남겨 두는 건 모양새가 좋지 않다. 어머니는 그 이야기를 더는 언급하고 싶지 않았는지 "그러고 보니" 하고 부자연스럽게 말을 돌렸다.

"얼마 전까지 본사에서 출장을 나왔던 직원이 있는데, 20대 청년이었어."

"설마 사랑이 싹튼 거야?"

아미코는 농담조로 말했다.

"그런 게 아니고, 그 직원 부인이 고등학교 다닐 때 같은 반에 왕따 가해자라고 할까, 아무튼 성격 나쁜 여학생이 있었대."

"그런 애들은 어디에나 꼭 있더라."

"그 직원도 같은 반이었대. 그래서 부인을…… 당시에는 부인이 아니었지만, 아무튼 그 여학생한테 같이 공연에 가자고 하려고 했는데, 성격 나쁜 여학생이 훼방을 놓으려고 했나 봐."

"지금은 무사히 결혼했으니 다행이네. 나쁜 짓을 하면 반드시 천벌을 받는다는 이야기야?"

"그보다 학창 시절의 친구 관계가 무척 중요하다는 이야기. 어때?"

"뭐가?"

"학교에서 별 문제 없어?"

"응. 뭐, 합창 대회를 하는데 노래 못하는 남자애가 실전에서 립싱크를 할 것인지, 그걸로 토론을 벌이는 정도?"

"그래서?" 어머니는 눈썹을 씰룩했다. "어떻게 하기로 했어? 어려운 문제네. 본인 의사가 가장 중요하니까."

후지마 아미코는 웃으며 대답했다.

"어느 쪽이든 상관없지 않아? 그걸로 인생이 바뀌는 것도 아닌데. 그나저나 아빠하고 재결합하는 건 어때? 내가 도쿄에 있는 대학에 가면 엄마 혼자잖아."

"우리 일은 신경 쓰지 말고."

어머니는 한숨을 쉬며 말했다.

알았다고 대답한 뒤 방으로 가려고 계단을 오르는 아미코의 등 뒤에서 어머니의 목소리가 들렸다.

"네 아빠하고는 이혼하고 나서 오히려 더 나은 것 같아."

"오늘은 제발 이겨라."

오다 가즈마는 도저히 가만히 있지 못하겠는지 한쪽 손으로 다른 쪽 손을 주물렀다. 그리고 왼쪽에 있는 낯선 이에게 "이겨야 할 텐데요" 하고 말을 걸었다.

제발 그만하라며 성을 내는 미오의 모습에 아미코는 웃음 짓지 않을 수가 없었다. 아이 같은 아빠네. 그런 생각을 하다 예전에 미오가 '부모가 되는 데는 자격 시험 같은 게 없어서 무서워'라고 한숨을 쉬던 걸 떠올렸다. "그런 시험이 있으면 부모가 될 수 있는 사람이 하나도 없어서 인류가 멸망할 테지만."

"오늘 대전 상대가 강한가요?"

아미코는 몸을 내밀어 가즈마에게 물었다. 유명한 케이크 장인의 가게를 찾아가 '여기 케이크가 단가요?'라고 묻는 것이나 다름없는 어리석은 질문이었지만, 가즈마는 개의치 않고 대답했다.

"아미코에게 안타까운 소식을 전해야겠구나. 상대 선수는 꽤 강하단다."

"곧바로 대답하시네요."

"전성기의 마이크 타이슨처럼 헤비급인데 몸이 날래. 어떤 펀치든 위빙(상대편의 공격을 피하기 위해 윗몸을 숙인 채 머리와 윗몸을 좌우로 흔드는 기술 - 옮긴이 주)으로 휙휙 피해 버려서, 어디서 펀치가 날아올지 몰라."

"전성기의 마이크 타이슨이 어땠는지 모르거든."

미오가 부루퉁한 표정으로 말했다.

"위빙으로 휙휙 피한다고요? 오노 선수는 어떤 스타일인가요?"

"사실 비슷한 스타일이야. 둘 다 파이터 타입이라 철벽 방어에 스피드가 있지."

"호각이란 말씀이세요?"

"아니, 스타일이 비슷하다는 거지 호각은 아니야." 가즈마는 얼굴을 찡그리며 말했다. "오노는 나이를 먹었잖아."

"하지만 경험 많은 사람이 유리한 점도 있을 거 아냐."

미오가 말했다. 오노의 편을 드는 게 아니라, 그저 아버지와 싸우는 것처럼 보이기도 했다.

"그런 것도 있지. 하지만 오언은 이따금 요상한 펀치를 날리거든. 경험이 어디까지 통할지 모르겠네."

"요상한 펀치?"

"허리를 뒤로 젖히거나 뒤로 물러나면서 묵직한 펀치를 날리거든. 예전에 일세를 풍미했던 나심 하메드처럼."

"그게 누군데? 나흐트무지크?"

"그건 누군데?"

일요일 낮이었다. 미국 시간으로 저녁 황금 시간대에 방송이 나가야 한다는 이유에서 일본 시합 시간이 정해졌다는 이야기를 아미코는 아버지에게 들은 적이 있었다.

아버지는 지금 방송으로 이 시합을 보고 있을까. 만일 그때 오노가 타이틀 방어에 성공했더라면 아버지의 삶에 변화가 생겼을까, 혹은 내 삶에. 멍하니 그런 생각을 했다.

"역시 직접 와서 보는 건 다르네. 가슴이 두근거려."

미오가 혼잣말처럼 말했다.

"그렇지? 큰 소리로 외치면 분명 오노한테 닿을 거야."

"뭐라고 외쳐야 하는데?"

"당연한 거 아냐? 일어나, 일어나라고!"

"그 말은, 쓰러지는 게 전제인 것 같아서 별로야."

미오의 대답이 보이지 않는 주먹이 되어 가즈마의 턱을 날렸다.

♬현재
미나코

스튜디오의 대형 화면에는 9년 전에 열린 세계 타이틀매치 광경이 재생되고 있었다.

"이 시합은 1라운드부터 오언과 서로 주먹질을 했죠."

사회자가 오노에게 말했다.

화면에 비친 트렁크스 차림의 두 남자는 근육으로 된 갑옷을 입은 채 팔을 날카롭게 휘둘러 서로를 공격하고 있었다.

"3라운드까지는요. 미리 계획했던 대로, 아니, 계획보다 훨씬 순조로웠죠."

오노가 말했다.

"오언도 살짝 놀란 표정을 지었죠."

화면에 비친 영상에서 오언은 안면을 강타한 훅에 놀라서 눈을 껌뻑거리고 있었다.

"모두가 나한테 힘을 주는구나. 그때는 그런 생각이 들었습니다."

"모두가?"

"주변 사람들은 물론이고, 지금까지 대전했던 선수들요. 제가 유명해지자마자 '그 녀석, 내가 좀 아는데' 하고 떠벌리는 고마우신 분들도 포함해서요. 그래서 잘될 것 같다, 그런 느낌은 오히려 시합이 시작된 후에 들었습니다. 오언은 줄곧 KO로 이겼고, 길어도 7라운드까지는 상대를 쓰러뜨렸죠. 그러니까 그보다 더 오래 버티기만 하면 나한테도 승기가 있지 않을까, 그런 생각을 했습니다."

"바로 7라운드였죠."

"네."

미나코는 예전에 오노에게 들은 적이 있었다. 코너에 앉아 '할 수 있어, 다음이 승부처야'라고 말하는 마쓰자와 켈리의 목소리를 들으며 멍하니 링을 바라보았다. 'ROUND 7'이라고 적힌 패널을 든 라운드 보이가 천천히 걸어오는 모습을 보며 '이번 라운드만 잘 넘기면 이길 수 있어' 하고 연신 되뇌었다고. 오노는 이렇게도 말했다. "지금 생각하면, 잘 넘기면 된다는 사고 방식 자체가 안이했지."

화면은 7라운드가 시작된 지 2분이 지났을 무렵, 턱에 오언의 라이트 훅을 맞고 쓰러지는 오노의 모습을 비추고 있었다. 벌써 9년 전의 영상인데도, 미나코는 오장육부가 오그라드는 기분을 느꼈다. 저도 모르게 손을 입에 가져다 대고 있었다.

그때부터 오언의 맹공이 시작됐다. 오노는 가드를 풀지 않았지만, 거의 얼굴을 들지 못했다. 어느샌가 로프 가장자리로 내몰려 하염없이 맞기만 했다.

"그때부터는 뭐, 엉망진창이었죠. 용케도 서 있었다 싶습니다. 지금도 이따금 당시 기억이 떠오르는데, 그 라운드가 끝나고 몽롱한 상태로 코너로 돌아가던 길에 관람석을 쳐다봤더니, 아리나석에 있던 여성 관객이 이렇게 손으로 눈을 가리고 있더라고요. 눈 뜨고는 못 볼 광경이었던 거죠. 그 모습을 보니 제가 얼마나 비참하게 당하고 있는지 짐작이 가더군요."

♫9년 전
오노 마나부

소리밖에 들리지 않았다. 글러브가 연신 자신의 팔을 때렸다. 아픔은 없었지만, 차례로 날아오는 오언의 펀치가 오노를 희롱

하는 그 소리만이 울려 퍼졌다.

발을 써.

링사이드의 마쓰자와 켈리가 던진 말인지, 아니면 제 머릿속에 홀연히 떠오른 계시인지는 알 수 없었다. 아무튼 발을 써서 오언과 거리를 두려 했다.

그때 오언의 원투펀치가 날아왔다. 링으로 떨어지는 땀방울을 보고 자신이 고개를 숙이고 있다는 사실을 깨달았다.

가드를 올린 팔 사이로 오언을 보았다. 눈이 날카롭게 빛나고 있었다. 사냥감을 붙잡은 환희에 가득 차, 입가에는 미소까지 번져 있었다. 다음 순간, 가드를 비집고 스트레이트 펀치가 들어왔다. 몸을 틀었지만 눈앞의 광경이 거꾸러졌다. 눈부신 라이트가 시야를 위에서 아래로 훑고 지나갔음을 인식한 순간에 엉덩이에 세찬 충격이 전해졌다.

다운이 아니라 슬립이야.

속으로 항의했다. 주심도 슬립임을 인정한 모양이었다. 공이 울리자 오노는 코너로 다가갔다. 다리가 무거웠다.

준비된 의자에 앉았다. 곧 켈리가 나타나 마우스피스를 벗겨 주었다.

"괜찮아. 아직 할 수 있어. 상대도 분명 지쳤어."

아니, 오언은 아직 여유가 넘치는데. 오노는 속으로 그렇게 대꾸하며, 보드를 들고 링을 가로지르는 라운드 보이를 보고 9라운드가 코앞으로 다가왔음을 다시금 실감했다. 7라운드부터의 기억이 없었다. 링에 기억을 뚝뚝 흘리고 온 기분이었다.

처음에는 컨디션이 좋았다. 자신뿐 아니라 여러 사람들의 에너지가 힘을 보태 준다는 기분이 들 정도였다. 이제 그것도 바닥난 건가. 힘을 빌려줄 거면 처음부터 페이스를 고려해서 빌려주지.

"오노, 잘 들어. 아직 움직일 수 있지? 기회를 봐서 라이트를 날려. 바디를 집중적으로 공략해서 가드를 내리게 한 뒤에 라이트야. 지겹게 연습했잖아."

연습이라는 말이 머릿속에 떠올랐다. 아닌 게 아니라 지겹게 연습했다. 이제 두 번 다시 꼴도 보기 싫을 정도였다.

공이 울리자 오노는 다시 링으로 나갔다.

몸이 무거웠다. 앞에서 다가오는 오언은 그의 몫까지 앗아 간 듯 가뿐해 보였다. 양손의 글러브를 맞부딪치며 파이팅 넘치는 모습을 보여 주고 있었다.

원투펀치가 날아왔다. 방어했지만 한 방, 한 방이 조금씩 오노의 체력을 갉아먹었다.

오노도 원투펀치로 대항했다. 상대가 한 발짝 앞으로 나와 스트레이트 펀치를 날렸지만 오노는 그에 맞춰 머리로 원을 그리듯 피했다. 거기서 멈추지 않고 잽을 날렸다. 오언은 뒤로 물러났지만 스텝에서는 아직 여유가 느껴졌다.

가자. 오노는 가드를 굳히며 오언을 쫓았다. 관람석에서 환호성이 터져 나오는 게 들렸지만, 로프 쪽에서 오노가 날린 펀치를 오언이 피하자 관객들도 점차 조용해졌다.

어느샌가 오노 쪽이 로프를 등지고 있었다. 아차 싶은 순간에 이미 펀치가 날아오고 있었다. 헤드 슬립으로 피한 뒤 오른팔을 휘둘렀다. 상대의 몸에 제대로 닿은 감촉이 전해졌다. 오노는 멈추지 않았다. 수백 번을 반복한 동작이라 멈추려야 멈출수 없는, 자동적인 콤비네이션이었다. 상대의 얼굴을 향해 라이트 어퍼컷을 날렸다.

제발 들어가라.

간절한 마음이 담긴 오른쪽 글러브가 오언의 얼굴 옆을 스쳐지나가는 광경이 슬로모션으로 보였다. 젠장. 욕지거리를 내뱉고 싶었지만 이내 오언의 레프트 잽이 오노의 시야를 침범했다. 눈 깜짝할 사이에 오언은 오노 앞으로 들어와 상체에 세 발의 펀치를 날렸다. 비틀거리며 피했다. 다리가 꼬여서 주정뱅이 같은 걸음으로 링 위를 이동했지만, 간신히 두 다리로 버티고 섰다. 관람석에서 비명이 터져 나오기 시작했다.

자세를 바로잡고 오언과 마주했다.

오언 역시 거친 숨을 내쉬고 있었다.

다음이다. 다음에 상대가 라이트 펀치를 날리면……. 그렇게 결심했다. 어떤 태세이든 반드시 펀치를 날린다. 그렇게 결심하지 않으면 망설일 것임을 예상할 수 있었기 때문이었다.

잽을 날린 오언이 몸을 틀었다. 라이트 펀치가 날아올 것을 감지한 오노는 다리에 힘을 주고 라이트 훅으로 다시 상대의 옆구리를 노렸다. 오언이 가드를 내리는 바람에 글러브는 그의 팔에 맞았지만, 다시 한번 다리에 힘을 주고 라이트 펀치로 안면을 노렸다.

팡. 확실한 감촉이 오노의 전신을 스치고 지나갔다. 환호성이 폭발하며 오언이 뒤로 물러나는 게 보였다.

지금부터다.

지금부터가 승부처다. 모든 힘을 쏟아 내야 한다. 오노는 직감했다.

앞으로 발을 내밀어 원투에서 레프트 훅, 라이트 스트레이트, 레프트 훅. 몸이 멋대로 움직이며 콤비네이션을 쏟아 냈다. 오언에게 분명 명중하고 있었다. 가드가 가로막고는 있었지만, 분명히 느껴지는 타격감이 오노의 어깨에 힘을 실어 주었다. 오언도 곧 공격에 나섰다.

이제 상대의 펀치를 보고 판단하는 상황이 아니었다. 두 선수 모두 몸에 익은 펀치의 패턴을 선보이는 듯한 상황이었다. 하염없이 주먹을 주고받는 두 선수의 모습에 관객들은 고양된 듯했다. 오노는 널찍한 관람석에서 솟구치는 술렁거림이 링을 공중으로 들어 올리는 착각에 빠질 것만 같았다.

스트레이트가 오언의 얼굴을 강타했다. 오노는 작게 쾌재를 부르며 앞으로 나섰다. 맞아라, 제발 맞아라. 기도하는 마음으로 펀치를 날렸다. 오언의 얼굴이 일그러졌다. 조급해하는 건가.

공아, 울리지 마라. 그런 생각이 머리를 뒤덮었다. 오노는 황급히 오언에게 다가갔다. 클린치다. 무슨 수를 써서라도 여기서 시간을 벌어야 한다.

공아, 울려라. 그런 생각도 들었다.

하지만 오언은 한 발짝 뒤로 물러남과 동시에 레프트 펀치로 공격했다. 변칙적인 타이밍에 날아온 펀치는 오노를 놀라게 하기에 충분했다. 그리고 오언은 그 찰나의 허점을 놓치지 않았다.

날아오는 글러브가 시야를 가렸다. 머릿속이 번뜩이며 오노는 맥없이 나가쓰러졌다. 링에 등이 부딪친 충격과 함께 내면에 있던 불꽃이 사그라 들었다.

애당초 꺼져 가는 불씨에 의존해 움직이던 몸이 완전히 멈추어, 연기조차 피어나지 않게 된 게 느껴졌다.

의식이 돌아왔을 때, 처음으로 들은 건 마쓰자와 켈리의 목소리였다. 하염없이 '일어나'라고 외치고 있었다. 관람석에서도 제 이름을 부르는 대합창이 들려왔다. 그 목소리는 음악처럼 오노의 머릿속에 울려 퍼졌다. 불현듯 그게 집 근처에서 들었던 '사이토 씨'의 노래가 조용히 흘렀다. 작은 밤의 노래가, 음악이 오노를 조용히 흔드는 것 같았다.

오른팔에 힘을 주었다. 등은 링에 붙은 채 떨어지지 않는 게 아닐까. 그런 두려움이 솟아올랐지만 간신히 몸을 일으킬 수 있었다.

"그래, 일어나!"

등 뒤에서 켈리가 목이 쉬어라 소리쳤다.

오노는 무릎을 세우고 다리에 힘을 주었다. 바로 눈앞에서 심판이 손가락을 하나씩 접으며 카운트를 셌다.

일어났을 때 오언이 보였다. 미소라도 띠고 있을 줄 알았는데, 어깨를 들썩이며 진지한 표정을 짓고 있었다.

관객들의 목소리에는 기쁨보다 슬픔이 진하게 배어 있었다.

공이 울렸다. 이제야. 제 것이 아닌 듯한 몸을 질질 끌고 코너로 돌아가 의자에 앉았다.

"좋아, 잘 일어났어. 정말 잘했어. 보면 알지? 오언도 이제 한계야. 아직 역전의 기회가 있어."

켈리가 오노의 땀을 닦으며 말했다.

"기회."

소리 내어 말하고 싶었다. 그런 게 정말 남아 있을까.

그나마 5년 전이었다면, 앞으로 3라운드를 더 싸울 기력이 남아 있었을지도 모른다. 온몸이 폐가 된 듯 어깨를 들썩이며 헐떡였다. 복싱의 인터벌을 1분으로 정한 건 대체 누구일까. 사흘쯤 쉬게 해 주지.

오노는 머릿속에 문득문득 떠오르는 생각들을 누군가의 넋두리처럼 듣고 있었다.

"괜찮아?"

켈리가 물었지만 오노는 대답하지 않았다.

묻는 소리는 들렸지만 대답할 여유가 없었다.

팔이 무거웠다. 다음 공 소리가 울렸을 때 과연 일어날 수 있을지조차 자신이 없었다. 고개를 들자 대각선 반대편에 오언이 앉아 있었다. 코치의 일갈에 고개를 끄덕이는 모습을 보고, 아직 고개를 움직일 여력이 남아 있나 보군, 하고 생각했다.

"계속할 수 있겠어?"

켈리의 목소리가 들렸지만 오노는 반응할 수 없었다.

다시 저 링으로 돌아가는 건가

'ROUND 10'이라 적힌 보드를 들고 천천히 걸어오는 라운드 보이가 눈에 들어왔다. 훤칠한 키의 상큼한 모델이 경쾌하게 걷는 모습은 흡사 만신창이의 자신을 비웃는 것 같았다.

원망 섞인 눈빛으로 바라보는데, 옆에서 켈리가 "오노" 하고 부르는 소리가 났다.

그때 라운드 보이가 링 위에서 멈춰 섰다.

그는 정면으로 오노를 바라보더니 보드를 잡은 오른손을 내려 왼쪽 어깨를 두드렸다가, 다시 오른쪽 어깨를 두드렸다.

오노는 고개를 들었다.

아. 마음속으로 작게 탄성을 내질렀다. 그 모습이 눈에 익었기 때문이었다. 아주 오래전…… 머리가 돌아가기 시작한 순간, 그 동작이 '괜찮아'라는 사인임을 떠올렸다. 왼쪽 어깨와 오른쪽 어깨를 순서대로 두드린다.

괜찮으냐고 묻는 건가?

라운드 보이의 얼굴을 보았다. 그는 잔뜩 성난 눈빛으로 오노를 노려보았다.

괜찮으냐고 걱정하는 게 아니라, 설마 여기서 끝은 아니지? 하고 화난 눈빛이었다.

오노는 청년에게서 눈을 뗄 수 없었다. 그 얼굴이 기억 속 얼굴과 하나가 된 순간, 라운드 보이는 두 손으로 보드를 다시 치켜들고 얼굴을 빨갛게 붉혔다. 대체 뭘 하려는 거지, 하고 의아해한 직후, 보드가 절반으로 부러졌다. 치켜든 채 힘을 주어 보드를 부순 것이다.

장내는 웅성거림에 휩싸였고, 라운드 보이를 향해 심판이 달려왔다. 다른 스태프들도 링에 올라와 그를 끌어냈다.

그때 오노의 몸에서, 명치 아래에서부터 솟아오른 건 의아함보다 마그마와 같은 열기였다. 공이 울리기도 전에 벌떡 일어났다.

링 아래에서 스태프들에게 양팔을 붙들려 끌려 나가던 라운드 보이와 눈이 마주쳤다. 오노는 오른쪽 글러브로 좌우 어깨를 번갈아 두드렸다.

오노의 몸속에 아직 동력원이 남아 있다는 사실에 오언은 놀란 눈치였지만, 그보다 더 놀란 건 오노 자신이었다.

여기서 끝나면. 여기서 끝나면 10년 전과 마찬가지다.

몸은 무거웠지만 아까보다는 훨씬 움직이기 편했다. 오언의 펀치도 눈에 띄게 느려졌다.

판정까지 가면 질 것이 불 보듯 뻔했다.

다운을, 다운을 시켜야 한다.

마지막 12라운드 종료를 알리는 공과 거의 동시에 오노의 레프트 훅이 오언의 옆얼굴을 강타했다. 오언은 날아가듯 매트에 나가떨어졌다.

♫ 연새
미나코

"그때……" 사회자가 물었다. "그건 대체 뭐였습니까?"

"간발의 차로 기회를 놓친 거죠. 공이 울리고 나서였으니까요. 동시였다면……."

그때 텔레비전을 보던 미나코는 오언의 다운 장면을 보고 기도하듯 꼭 모았던 두 손을 힘껏 앞으로 내밀며 무슨 뜻인지 알 수 없는 환호성을 질렀다. 그 엄청난 기쁨에 옆에서 장난감을 가지고 놀던 아들이 놀라 울음을 터뜨렸지만, 미나코는 개의치 않고 "아빠가 해냈어!" 하고 말했다.

매트에 뻗은 오언은 일어날 기미가 없었다. 링사이드에서 오언 측 스태프가 뭐라고 웅성거렸지만, 예상치 못한 패배에 당황한 것이리라. 미나코는 그저 온몸을 전율하게 하는 승리의 흥분에 한껏 취한 상태였다.

"어? 뭐지? 이게 어떻게 된 거야?"

미나코가 텔레비전을 향해 외친 건 그 직후였다. 기다려도 벨트 수여와 오노의 인터뷰는 시작되지 않았고, 링 위에서는 심판과 오언 측 스태프, 프로모터로 보이는 이들이 뭔가 이야기를 나누고 있었다. 링 아나운서와 해설자도 곤혹스러워하는 기색이 역력했다. 오노의 마지막 레프트 훅 장면이 반복해서 흘러나왔다. 보아하니 챔피언 측에서 '오노의 펀치는 공이 울린 직후이니 무효다'라고 주장하는 모양이었다.

"지금 봐도 정말 아슬아슬하군요. 공이 울린 후라고 볼 수도 있지만, 동시라고 주장하면 또 그렇게 보이고." 사회자가 말했다. "저때, 오노 선수는 어떻게 생각하셨습니까?"

미나코 역시 오노에게 직접 물어본 적이 있었다. 전국의 시청자들이, 그리고 미국을 비롯해 전 세계의 시청자들이 '납득할 수 없어!'라고 저마다 모국어로 울분을 토했을 것이 틀림없을 그때, 당사자인 오노는 무슨 생각을 하고 있었을까.

"이렇게 말씀드리기는 그렇지만." 오노는 힘없이 웃으며 말했다. "솔직히 어느 쪽이든 상관없었습니다."

스튜디오가 다시 웃음소리로 뒤덮이며 분위기가 가벼워졌다.

"그때는 체력이며 정신력이며 한계였고, 일단 오언을 쓰러뜨린 것만으로도 만족스러웠습니다. 성취감을 느꼈죠."

방송이라고 점잔 빼네. 미나코는 웃음을 참았다. 당시에는 녹화 영상을 수도 없이 슬로모션으로 돌려 보며 "분명히 공하고 같이 나갔어. 판정이 왜 그렇게 나왔는지 알 수가 없네" 하고 난리를 쳤다. 미나코는 물론 복싱회관의 후배들에게도 같이 녹화 영상을 보자고 강요하면서 "봐, 분명 내가 이겼지?" 하고 어린애처럼 주장했다. 처음에는 그를 동정하며 함께 울분을 터뜨렸던 후배들도 그 집요한 모습에 진저리가 났는지 "선배님, 살다 보면 곧 좋은 일도 있겠죠" 하고 건성으로 대꾸하기 시작했고, 미나코도 '이제 어느 쪽이든 상관없다'고 생각하게 되었다는 게 정확할 것이다

"어휴, 그 결과는 아직도 승복할 수가 없어요." 사회자는 분개하며 콧김을 내뿜었다. "아, 하지만 아까 제 질문은 그 판정 결과에 대한 게 아닙니다. 그때 라운드 보이가 사고를 쳤잖습니까. 2라운드마다 다른 모델이 등장했는데, 10라운드에 나타난 모델이……."

"보드를 부쉈죠."

오노는 당시를 회상하며 대답했다.

"그건 대체 뭐였습니까?"

사회자가 다시 물었다. 시합이 끝난 뒤에 당연히 그런 질문이 여기저기서 날아왔다. 하지만 그보다는 오언의 녹다운이 공이 울린 뒤인가 전인가 하는 논쟁이 화제성을 모은 까닭에, 생각만큼 집요하게 취재한 이는 없었던 것으로 미나코는 기억한다.

"그러게요, 대체 뭐였을까요."

이럴 때 오노는 거짓말을 잘 못한다. 미나코는 가슴 졸이며 그 모습을 지켜보았다.

"사실 이번에 저희가 그 라운드 보이의 근황을 알아봤습니다." 사회자가 방청객들을 둘러보며 말했다. "당시에는 띄엄띄엄 패션잡지에 나오던 햇병아리 모델이었는데……."

오노는 사회자가 말하는 동안 고개를 숙이고 있었다.

"지금은 해외 무대에서 활약하는 세계적인 모델이 되었습니다. 아직도 현역으로 활동하더군요. 오노 선수, 알고 계셨습니까?"

"전혀 몰랐습니다."

오노의 시선이 다시 갈 곳을 잃고 허공을 헤맸다.

"그 일을 계기로 주목받기 시작한 걸까요?"

"그건 아니겠죠. 본인 실력일 겁니다. 그리고……."

오노는 거기까지 말하더니 끝을 흐렸다. 하지만 무슨 말을 하려는지 미나코는 알 수 있었다. '특별한 직업을 가졌다고 훌륭한 건 아니죠'라는 말을 하고 싶었던 것이리라.

"하지만 살다 보면 무엇이 전환점이 될지는 모르는 일이긴 하죠."

사회자는 느닷없이 감회에 젖은 눈으로 말했다. 그리고 묻지도 않았는데 "사실 저도 고등학생일 때 합창 대회에서……" 하고 자기 이야기를 시작했다.

선생님이 음치라고 노래를 하지 말라고 하더라고요. 그때는 소심한 성격이라 제 의견 같은 건 내지도 못했는데, 같은 반 친구들이 단합해서 입만 벙긋거려도 상관없다, 하지만 합창 전에 널 위한 코너를 따로 만들어야 한다고 주장해서 결국 개그를 하게 됐습니다. 솔직히 그때는 부담스럽기만 했습니다. 튀고 싶지 않은데 자기들끼리 정해서 통보하는 식이었으니까. 하지만 친구들과 함께 개그 소재를 생각하고, 연습도 했죠. 친구가 별로 없어서 횟수는 많지 않았지만, 그래도 얼마나 기뻤는지 모릅니다. 게다가 의외로 평도 좋았어요.

"ㄱ 얘기, 길어요?"

다른 출연자의 질문에 미나코는 웃음을 터뜨렸다. 오노도 큰 덩치를 들썩이며 웃고 있었다.

작가 후기

처음에 실린 단편 두 편의 집필 계기는 조금 특이합니다. 첫 번째 단편 「아이네 클라이네」는 가수 사이토 가즈요시 씨에게 '연애가 테마인 앨범을 만들 건데, '만남'에 해당하는 노래의 가사를 써 달라'는 의뢰를 받아서 쓴 소설입니다. '작사는 전문이 아니지만 소설은 쓸 수 있다'고 해서 쓰게 되었는데, 솔직히 말하자면 저는 (소설이든 영화든 만화든) '연애물'로 분류되는 것들에는 그다지 관심이 없었기에, 평소였다면 의뢰를 받아들일지 무척 고민했을 겁니다. 하지만 사이토 가즈요시 씨의 팬이었던 까닭에, 그와 같이 일할 기회를 놓치고 싶지 않아서 짜낸 고육지책이었습니다. 연애물에 별로 관심이 없다는 이유로 변화구 같은 스타일의 작품을 쓰는 것도 왠지 약았다는 생각이 들어서, 어떻게든 스스로도 즐길 수 있는 '만남'에 관한 이야기를 생각해 내고자 애를 썼던 기억이 있습니다. 결과적으로 사이토 가즈요시 씨는 이 단편의 글귀에서 따온 〈베리 베리 스트롱 아이네 클라이네〉라는 노래를 만들었습니다.

두 번째 단편 「라이트헤비」는 〈베리 베리 스트롱 아이네 클라이네〉가 싱글로 발매되면서, 그 초회한정판 부록으로 쓴 글입니다. 흔치 않은 기회니까, 이런 공동 작업에서만 가능한 일을 해 보고 싶다는 생각에 떠올린 아이디어가, 사이토 가즈요시 씨가 과거에 발표한 곡의 가사를 인용하는 것이었습니다. 보통은 소설 속에서 현역 뮤지션의 가사를 인용하기는 어렵고, 하고 싶은 마음도 들지 않습니다만, 이런 기회가 생겼으니 꼭 해 봐야 하는 게 아닌가 하는 생각이 들었습니다. 하지만 그것만으로는 단순한 기획물, 팬 서비스용 작품이라는 느낌이 드니까 내용 면에서도 의외성을 주기 위해 아이디어를 짜냈습니다. 결과적으로는 지금까지 써 온 단편 중에서도 제법 마음에 드는 작품이 나왔습니다.

그 후로 「아이네 클라이네」와 「라이트헤비」에서 파생된 이야기 몇 편을 써서 완성된 게 바로 이 책입니다. 출발이 연애물이었던지라 대부분의 단편이 연애에 관련된 이야기일 수밖에 없어서 개인적으로는 살짝 쑥스러운 기분도 들지만, 거꾸로 생각하면 제 작품 중에서는 드물게도, 도둑이나 강도, 살인 청부업자나 초능력, 잔혹한 범인, 특징적인 인물이나 기묘한 설정 등이 거의 등장하지 않는 책입니다(지금까지 쓴 책들 대부분에 그런 요소가 들어 있다는 것도 좀 그렇습니다만). 그래서 평소 제 작품이 부담스러웠던 독자분들도 편하게 읽어 보실 수 있지 않을까, 그랬으면 좋겠다고 생각합니다.

도모키요 사토시 씨는 이 책에 실린 단편의 힌트가 된 이야기를 제공해 주신 데다, 복싱에 관한 기술을 감수해 주시기까지 했습니다. 친구인 시로세 아키라 군은 광고에 관한 조언을 해 주었습니다. 두 분께 감사의 뜻을 전합니다.

표지 일러스트는 뮤지션 토모후스키TOMOVSKY 씨가 맡아 주셨습니다. '귀여움'과 '쓴웃음', '웃음'이 섞인 토모후스키 씨의 곡들은 '비관적 상황에서 낙관적인 이야기를 하고 싶은' 제가 그리려는 세계와 무척 닮은 듯하여 들을 때마다 항상 기쁜 마음이 듭니다. 일러스트를 맡아 주셔서 감사합니다.

『아이네 클라이네 나흐트무지크』는 총 여섯 편으로 구성된 단편집으로, 기존 이사카 코타로의 작품들에서처럼 센다이라는 공간을 배경으로 교차하는 여러 인물들의 이야기를 그리고 있다.

각각 독립된 이야기처럼 보이지만 어딘가에서 연결되어 있는 등장인물들, 소소한 복선을 통해 돌고 돌아 하나의 이야기로 확장되는 구성은 작가의 전작들과 비슷하지만, 이번 작품에서는 비일상적인 상황이나 튀는 등장인물은 거의 찾아볼 수가 없다. '작은 밤의 음악'이라는 제목처럼, 일상 속에서 보통 사람들이 엮어 가는 잔잔한 관계와 그들의 인생을 물들이는 약간은 설레고 신나는 에피소드들이 인상적이다.

작가의 말대로, 출발은 연애물이지만 이 단편집이 결국 이야기하는 건 사람 사이의 '만남'이다. 각 이야기에서, 만남은 수면에 던져진 작은 돌처럼 사소하게 느껴지지만, 그 파문은 오래도록 남아 삶을 밀어 주는 동력이 된다. 헤어진 부부에게도, 패배한 권투 선수에게도, 작은 불의에 맞서는 고등학생에게도, 왕따의 트라우마를 안은 여자에게도, 새로운 인연을 기대하는 남자에게도.

그렇게 생각하면, 이 '평범한 만남'들에도 역시 '기적'이라는 이름표를 붙여야 하는 게 아닌가 싶기도 하다. '그때 거기 있던 사람이 그 사람이라 정말 다행이었다'라고 감사할 수 있는 만남을, '당신'이라는 사건을 경험해 본 이들이 과연 얼마나 될까.

하지만 '비관적 상황에서 낙관적 상상'을 하려는 작가의 의지처럼, 그러한 기적을 누려 본 적 있는 이에게나, 혹은 없는 이에게나, 이 작은 일상의 이야기들이 삶의 '그다음'을 상상하게 하는 자극이 되어 주기를, 감히 바라본다. 픽션보다 더 기이한 이 시대에 자그마한 위안이 되기를, 진심으로.

옮긴이 **최고은**

대학에서 일본사와 정치를 전공했고 대학원에서 일본 대중문화론을 공부했다. 현재 전문 번역가로 활동하며 좋은 책들을 소개하려 힘쓰고 있다. 미카미 엔의 「비블리아 고서당 사건수첩 시리즈」, 모리무라 세이이치의 「증명 시리즈」, 오쿠다 히데오의『침묵의 거리에서』, 요코야마 히데오의『64』, 요네자와 호노부의『부러진 용골』, 유메노 큐사쿠의『소녀지옥』, 노리즈키 린타로의『노리즈키 린타로의 모험』등 다수의 책을 우리말로 옮겼다.

아이네 클라이네 나흐트 무지크

지은이 이사카 고타로
옮긴이 최고은
펴낸이 김영정

초판 1쇄 펴낸날 2016년 12월 20일
초판 4쇄 펴낸날 2019년 12월 6일

펴낸곳 (주)현대문학
등록번호 제1-452호
주소 06532 서울시 서초구 신반포로 321(잠원동, 미래엔)
전화 02-2017-0280
팩스 02-516-5433
홈페이지 www.hdmh.co.kr

ISBN 978-89-7275-799-3 03830

* 책값은 뒤표지에 있습니다.